古事記の構想と神話論的主題

村　上　桃　子

塙　書　房　刊

目次

目次

目　次

目次

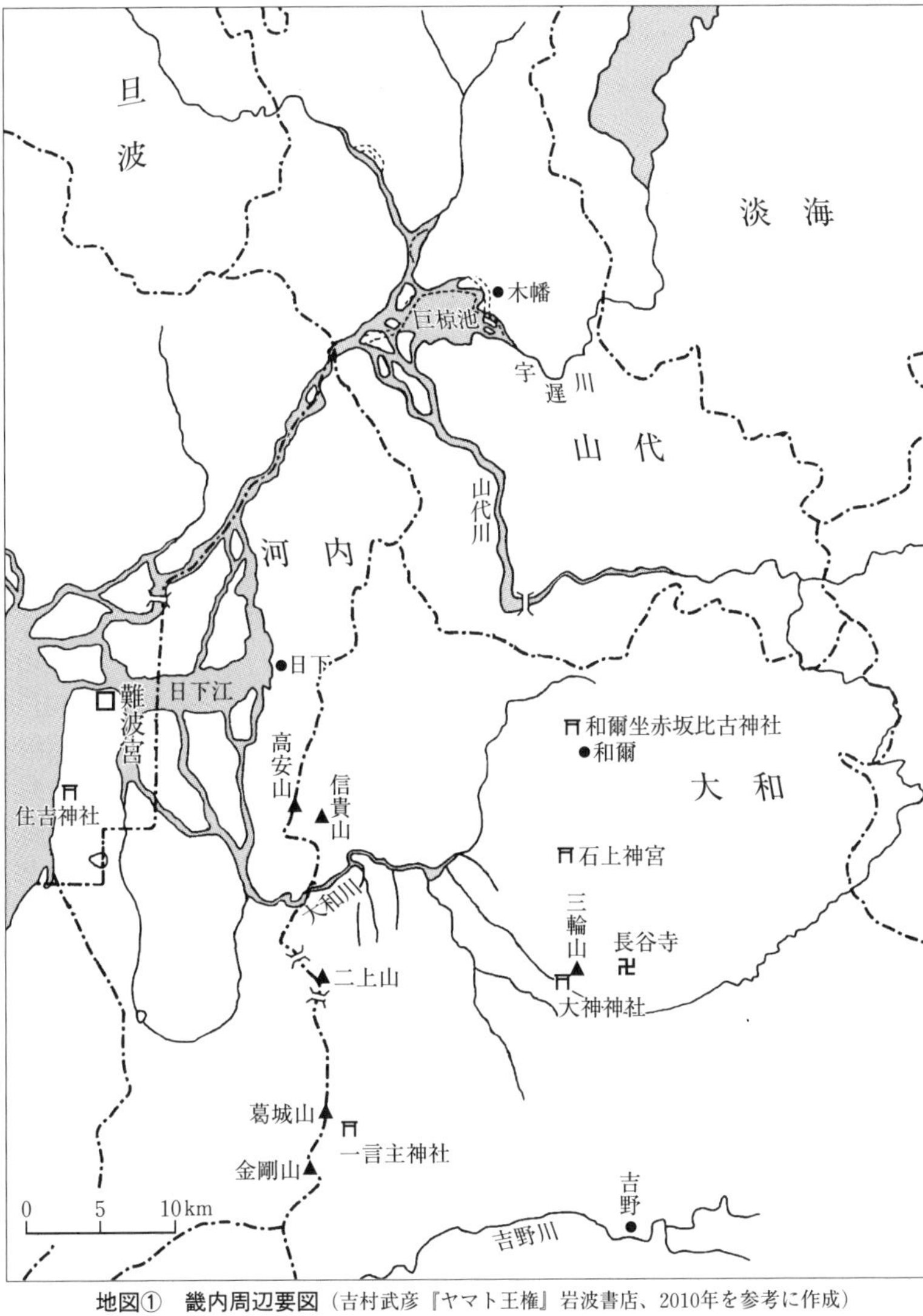

地図①　畿内周辺要図（吉村武彦『ヤマト王権』岩波書店、2010年を参考に作成）

古事記の構想と神話論的主題

序章　神話の風景

一　聖なる出産

三巻で構成される古事記の上巻・中巻のそれぞれの末に、或る共通性を有する出産が記される。上巻末尾では、豊玉毘売命が鵜葺草葺不合命《うかやふきあへずの》命を出産する。

海辺の波限《なぎさ》にして、鵜の羽を以て葺草《かや》と為て、産殿《うぶや》を造りき。是に、其の産殿を未だ葺《ふ》き合へぬに、御腹の急なるに忍へず。故、産殿に入り坐《ま》しき。爾くして、方《まさ》に産まむとする時に、其の日子《ひこ》に白《まを》して言ひしく、「凡《おほよ》そ他《あた》し国の人は、生む時に臨みて、本つ国の形を以て産生《う》むぞ。故、妾《あれ》、今本の身を以て産まむと為《す》。願ふ、妾を見ること勿れ」といひき。是に、其の言を奇しと思ひて、窃《ひそ》かに其の方に産まむとするを伺へば、八尋わにと化りて、匍匐《はらば》ひ委蛇《もごよ》ひき。即ち見驚き畏みて、遁《に》げ退きき。爾くして、豊玉毘売命、其の伺ひ見る事を知りて、心恥しと以為《おも》ひて、乃ち其の御子を生み置きて、白さく、「妾は、恒に海つ道を通りて往来《かよ》はむと欲ひき。然れども、吾が形を伺ひ見つること、是甚怍《いとはづか》し」とまをして、即ち海坂を塞ぎて、返り入りき。是を以て、其の産める御子を名けて、天津《あまつ》日《ひ》高日《たかひ》子《こ》波限《なぎさ》建《たけ》鵜葺草葺不合命と謂ふ。（上巻）

次に、中巻は末尾に近く、息長帯比売命が品陀和気命（応神天皇）を出産する。

其の政未だ竟《おは》らぬ間、其の懐妊《はら》めるを産むときに臨みて、即ち御腹を鎮めむと為て、石を取りて御裳の腰に纏きて、竺紫国《つくしの》に渡るに、其の御子は、あれ坐しき、故、其の御子を生みし地を号けて宇美《うみ》と謂ふ。

（中巻　仲哀条）

前者は上巻において、火遠理命と豊玉毘売命の聖婚によって鵜葺草葺不合命が、後者は中巻において仲哀天皇と息長帯比売命の間に応神天皇が誕生する。鵜葺草葺不合命と応神天皇の双方に共通するのは、各巻の最後に登場し次巻の天皇の父となることである。その両者について「御腹の急なるに忍へず」、「御腹を鎮めむと為て」と誕生する前の胎動に言及されるのはなぜか。

天津日高日子波限建鵜葺草葺不合命という名は、彼の生まれた状況と資質をそのままに示している。「天津日高日子」は父のもつ性質である天孫であることを、「建」の美称はその力強い存在を、「鵜葺草葺不合」とは未完成の産殿に誕生したことを、「波限」は誕生した場所をあらわす。海と陸の狭間である海辺の波限に産殿が建てられたことは、彼が海と陸に境界的な存在であることを示す。そして産殿がまだ作り竟えられていない状況で誕生したことは、その子の横溢した生命力をあらわす。

出産にあたり、妻は産殿を見るなと言い渡し、夫はそれを犯して覗き見る。妻は本来の姿、八尋のわにとなって腹這い身をくねらせている——未完成の産殿であったために、秘された異界の出産は伺いによって顕わにされる。「匍匐《はらば》ひ委蛇《もごよ》ひき」という異様さは、こちらの領域に現れてしまった異界の風景である。

それに接触し「見驚き畏みて、遁《に》げ退きき」とした夫の動作は、火を灯してしまったために伊耶那岐命が腐乱した妻の姿を顕わにし、「見畏みて逃げ還りき」としたことと同一である。見るなの禁と呼ばれるこの話型は古事記では上巻にみられ、異界の妻との別れを語る意味をもつ。異なる国との接触によって三貴子は誕生し、鵜葺草葺不合命が誕生した。それは異界との一時的な交渉によって、葦原中国が新たな力を得て更新されていくという神話の方法であろう。

鵜葺草葺不合命はこの出生場面以外には伝承をもたない。あとに記されるのは母の妹と婚姻し、そこに神倭伊波礼毘古命（神武天皇）が誕生するということのみである。従って彼の聖なる誕生は、神武天皇の出生のために必要とされたと考えることができる。ここにおいて鵜葺草葺不合命が結婚すべきは地上の神の娘ではなく、自らの出生にかかわる海神の娘であった。神とのつながりは、母の妹との濃密な婚姻によって純粋に引き継がれる。神武天皇はそうした神との純粋なつながりをもつ天皇として、中巻の最初、即ち人皇初代として現れる。

以上のような父の出生譚と比較して、神武の出生は系譜として記されるのみである。

是の天津日高日子波限建鵜葺草葺不合命、其の姨《をば》玉依毘売を娶りて、生みし御子の名は、五瀬命《いつせのみこと》。次に、稲氷命《いなひのみこと》。次に、御毛沼命《みけぬのみこと》。次に、若御毛沼命《わかみけぬのみこと》、亦の名は、豊御毛沼命《とよみけぬのみこと》、亦の名は、神倭《かむやまと》伊波礼毘古命《いはれびこのみこと》。

両者の記述のあり方の差は、聖なる出産が必要とされるのは皇子自体ではなく父の方であったことを示している。神聖な皇子は聖なる父から誕生するのである。

応神天皇の誕生も同様に解することができる。天皇としての応神自身の事蹟を古事記は記さない。彼は「胎中之帝」（継体紀）と呼ばれることに象徴されるように、息長帯比売命の胎内における出生以前において最も注目される。その胎児は神によって「凡そこの国は、汝命の御腹に坐す御子の知らさむ国なり」と聖性が示されていた。新羅への親征を終えた息長帯比売命の中に宿り、胎内で動く応神の存在は「御腹を鎮めむと為て」というかたちであらわされる。石によって鎮められようとされたにもかかわらずそれを押しのけて誕生しようとする。応神もまた、この世に勢いよく生まれ出ようとする溢れるばかりの力強い生命力を備えていた。

此の太子の御名を大鞆《おほとも》和気命《わけの》と負《おほ》せし所以《ゆゑ》は、初め、生める時に、鞆《とも》の如き完《しし》、御腕に生りき。故、其の御名に著けき。是を以て知りぬ、腹に坐して国を平げつることを。（中巻　仲哀条）

大鞆和気命という別名は誕生の際に腕に鞆（弓を引くときの武具）のような肉塊があったことによる。弓は支配を象徴する。腕に肉塊を帯びた誕生はひとつの異常出生である。肉塊は聖別であり、他の天皇ともまた異なる存在としてあることを示す。

その聖別の由来は母にある。息長帯比売命の母・葛城之高額比売は新羅国王の子・天之日矛の末裔として、遠く新羅王家の血筋を引く。神を帰《よ》すことの可能な母はその神託の随に新羅を征討し、海を渡って帰国した。異国との往復を成し得たそのとき息長帯比売命は応神を生む。ここには神武のそれと同様に、海彼の国との交渉によって誕生した子を父とする皇子が次巻の天皇となるという共通の筋がある。仁徳の出生もまた系譜で記されるのみである。新羅を征服するのがなぜ女性である息長帯比売命であるのか。ここでの彼女の役割は上巻における豊玉毘売命と同様であり、異郷との直接の接触をもって子を受胎する存在であるためである。

各巻末の聖なる出産は、古事記の三巻構成にかかわる主題であると考えられる。出産とは新たな生命の創造であり、ふたつの場面の胎動と出産は、本来は終結部である巻末において新たなはじまりを告げる。

二　古事記の三巻構成

古事記は天地が生じ神々が生まれ、国作りや天孫降臨の後に誕生した初代天皇から推古天皇までの天皇の治世を語る書である。それは初代天皇の誕生を神代に連続させ歴史として措定し、代々の天皇の神話的根拠と支配の正統性を証するために記されたといえる。序文によれば、天武天皇が「帝紀旧辞」の誤りを正し後世に伝えようと、稗田阿礼に「帝皇日継」と「先代旧辞」を誦習させたが、時勢が移り達成されなかった。そして和銅三年（七一〇年）の平城京遷都を迎え、その元明天皇の時代、天皇は太安万侶に稗田阿礼の誦習する帝紀旧辞を撰録・献上するよう命じて、和銅五年（七一二年）正月、古事記は献上された。

大抵《おほかた》記せる所は、天地の開闢《ひら》けしより始めて小治田の御世に訖《おは》る。故、天御中主神より以下、日子波限建鵜草葺不合命より以前をば、上つ巻と為《し》、神倭伊波礼毘古天皇より以下、品陀の御世より以前をば、中つ巻と

為、大雀皇帝より以下、小治田大宮より以前をば、下巻と為《す》。并《あは》せて三巻を録《しる》して、謹みて献上《たてまつ》る。（序）

構成は上中下三巻による。上巻は神代、中下巻は天皇の時代である。

時代区分について最初に言及したのは本居宣長『古事記伝』である。その三巻構成については「たゞほどよきに従へるなり」とし、上巻は「神代を以て一巻とせるは、もとよりさるべきものなり」とした。対して中下巻はともに天皇の皇位継承を語り、中巻には神武天皇の東征と即位から応神天皇までが、下巻には仁徳天皇から推古天皇までが記載される。この中巻と下巻の区分について宣長は、「おのづからより来つるまゝにて、殊なる意はあるべからず【中巻は長く、下巻は短きを以思へば、少しは意あるかとも見ゆれども、然にはあらじ、品陀御世を下巻にいるれば、又下巻長くなりて、同じほどのけぢめなるをや】」として、区分は特別な意図に基づくのではなく分量に応じて便宜的に分けたに過ぎないとした。

しかし神々の時代と天皇の時代により区分した意図をみとめるとしても、なお古事記が上下二巻としてではなく、上中下三巻として構成されたことにひとつの意図をみとめることが必要と思われる。その区分意識は作品内部においても明確にあらわれ、ただ便宜的に三巻と分けられたのではないことを示す。

倉野憲司氏、西郷信綱氏は三巻構成を次のようにみた。

〈倉野氏〉　上巻…神の物語　中巻…神と人の物語　下巻…人の物語

〈西郷氏〉　上巻…神々の時代　中巻…英雄の時代　下巻…その子孫の時代

まず倉野氏の区分は次の意図に基づく。

中下巻の物語は、上巻の「神の代」の物語に対して、「人の代」の物語であるが、中巻における「人の代」の物語は、まだ神と人との交渉が極めて深く、人が神々から十分解放されていない、言わば神話的、宗教的な色彩に富んでいる物語が多い。これに対して下巻における「人の代」の物語は、神から解放された人間そのものの物語であって、恋愛もあれば嫉妬もあり、争闘もあれば謀略もある。しかしどの物語を見ても透明であり、朗らかであって、道徳の彼岸にある美しい人間性が端的に、素朴に描き出されているのである。

（倉野憲司校注『日本古典文学大系　古事記　祝詞』解説[1]）

倉野氏の区分は、基本的に神と人との対立に基づき、その間を媒介するものとして中巻を「神と人の物語」と捉える。また、中下巻の転機を応神朝における儒教の伝来と、仁徳朝における儒教的聖天子像の始発の間に求め、下巻が推古天皇で終わることも仏教伝来という思想の転機によるものとされた。

次に、西郷氏の区分では中巻に「英雄の時代」が据えられる。

神々の時代を人間の世に媒介するのが英雄の時代であった。（中略）神々が世界を作ったとすれば、これら先祖の英雄たちは社会を作ったといってよく、そしてそれが時間意識の構造として範疇化されたのが英雄の時代に他ならぬ。（中略）英雄たちが半神であるのと見あって、中巻の物語も歴史ではなくて半ば神話で、しかもそれはその子孫の時代の経験の時間的投射としてそうなのである。　（西郷信綱『古事記研究』[2]）

倉野氏は史的事実の反映とみて、西郷氏は作品内における論理としてみる立場上の差はあるが、いずれも下巻の開始が儒教理念の始発と軌を一にするものとされる[3]。ここで注意されるのは、中巻が下巻に比して神話性を有しているという両氏の言及である。両氏はその行為主体——神であるか人であるか——に基づき、その神話性を神が主体であることに求める。倉野氏は「神と人との交渉」の深い中巻の時代を「神話的」「宗教的」と捉え、西郷氏は「英雄たちが半神である」ため中巻も「半ば神話」と捉える。ここで「歴史」と「神話」は対照的に捉えられている。

果たして古事記が神話であるということは上巻と中巻のみを対象とし、下巻からを歴史とするのか。ともに天皇の代である中下巻は「神話」と「歴史」に分けられるのか。

「神話」［Mythos］という語は現在において対照的なふたつの意味をもつ。

西欧の学者は、すくなくとも過去半世紀にわたって、従来の、すなわち十九世紀の神話研究がいとなまれた視点と全く異なる視点から、神話研究にいそしんできた。神話を「寓話」「創作」「虚構」とする通例に従った先人に対し、かれらは逆に神話が「真実の話」、ひいては神聖、模範的、重要であるがゆえにきわめて貴重な話であると考える古代的社会の神話理解によって、神話を容認したのである。神話という語に与えられたこの新しい語義の価値は、現代語におけるその用法をいくぶん曖昧にした。すなわち、今日、神話という語は「虚構」や「幻想」と、民俗学者、社会学者、宗教学者には特になじみ深い「神聖な伝承、原始の啓示、模範型」の両方の意味あいで用いられている。
（エリアーデ『神話と現実』[4]）

神話を虚構とする捉え方は近代の合理主義に基づく。合理的思考は科学的思考であり、非合理的・非科学的な神話的思考と並ぶ認識の方法とされる。神話研究はそうした思考の特性に基づき、古代社会における神話の意味を積極的に見出すことになった。神話とは虚構ではなくむしろ真実であり、超越性を有した聖なる時間として、実在に関与した歴史となる。カッシーラーは神話が一貫して第一のもので、歴史は第二義的、派生的なものである、また神話によってその歴史が規定されると言う[6]。神話は歴史の前提なのである。古事記の歴史性は神話であることを根拠にもち、それを三巻構成の中に示している。編年体で記される日本書紀のような史書としての性格をもたないことに鑑みても、古事記はその三巻の総体を神話として捉えることができるだろう。

では古事記が上巻において神の時代、中下巻において天皇の時代と構成し、同じ天皇の時代でありながらも、中巻と下巻を分節し三巻構成とすることにどのような意味をみとめるべきであるのか。

朝鮮との交渉開始により応神仁徳朝を新時代の創始とする歴史的把握[7]をふまえ、吉井巖氏は応神を非実在と捉え、「難波に本拠をもつ新しい王朝の初代天皇としてすでに仁徳天皇があり、応神はさらにその上に重ねられた天皇である」[8]とされた。

また伊藤博氏は、応神仁徳朝が中下巻に分断されていることについて、応神五世孫として即位し古事記編纂当時の皇統につながる継体天皇に注目され、「仁徳を仁徳皇統の第一代とすることが仁徳皇統自体において確立しており、それが、継体皇統の無視しえない社会的憲章となっていた」ために、「「応神」を、仁徳皇統にも始祖、継体皇統にも始祖として奉り上げることが、仁徳を第一代として仰ぐ仁徳皇統（当代社会）の認識を、継体皇統の系譜意識（時代意識）がかかえこむことによって欽明朝の頃に確立された」(9)とされた。

応神は下巻の主なふたつの皇統、仁徳と継体両天皇の祖としてあり、下巻の皇統を保証するための神話的存在といえる。ただ、応神天皇は歴史的な実在・非実在にかかわらず古事記に記され存在する。また三巻分節の動機を当時の社会通念にみるだけではなく、作品の中に実現されたものとして、改めて捉えられるべきではないだろうか。

古事記の三巻構成は物語の中にどのように実現されたのか。

本書第一部では、上巻末に対応する構造を中巻末が有し、三巻構成の方法として物語が解釈されることを、ここに多くみられる神話特有の思考方法の分析を通して論じる。上巻で取り上げるのは火遠理命と豊玉毘売命の別れの場面、中巻で取り上げるのは応神条に載る天之日矛、秋山春山の物語である。

次に第二部では、応神・仁徳・雄略条の歌謡を中心とする物語を詞章の分析を通して考察する。応神条における歌謡物語では、神話的に語られる応神天皇のあり方と、その神性を譲り受け新たに即位する仁徳天皇のために採られた方法について、また仁徳条の歌謡物語では、応神条より引き継がれる主題の展開についてを論じる。さらに、雄略条の天語《あまがたり》歌において、上巻の大国主神物語、中下巻の景行天皇・倭建命、仁徳天皇らの投影を受けて、雄略天皇が古代天皇の完成として位置づけられること、また前節に述べた聖なる出産が、三巻で構成される古事記を作品内部より分かつ方法としてあることを論じる。

注

（1）倉野憲司校注『日本古典文学大系　古事記・祝詞』岩波書店　一九五八年
（2）西郷信綱『古事記研究』「ヤマトタケルの物語」未来社　一九七三年
（3）下巻については西郷氏も倉野氏と同様、仁徳が民の貧しいのを見て課役を免じ、聖帝と讃えられたことに「儒教くさい理念は、神々の時代や英雄の時代の終わったことを告知するにふさわしくないか」と儒教理念の幕開けを転機とされる。
（4）エリアーデ『神話と現実　エリアーデ著作集7』「神話の構造」中村恭子訳　せりか書房　一九八六年（原著一九六三年）
（5）オットー（『聖なるもの』久松英二訳　岩波文庫　二〇一〇年　原著一九三六年）は聖なるもの［das Heilige］の定義を、現在用いられる倫理的・道徳的な意味ではなく、本質的に非合理で概念として説明不可能な「戦慄すべき神秘／威厳」とする。
（6）カッシーラー『シンボル形式の哲学［二］神話的思考』木田元訳　岩波文庫　一九九一年（原著一九二五年）
（7）水野祐『日本古代王朝史論序説　増訂版』小宮山書店　一九五四年、井上光貞『日本国家の起源』岩波新書　一九六〇年など。
（8）吉井巖『天皇の系譜と神話　一』「應神天皇の周邊」塙書房　一九六七年
（9）伊藤博『萬葉集の構造と成立　上』「古事記に於ける時代区分の認識」塙書房　一九七四年

第一部　三巻構成の方法

第一章　中巻への神話――日向三代

一　祝福された世界

古事記上巻の神話は、中下巻において天皇が支配する世界の由来とその正統性を語るためにある。上巻はそうして以下の巻全体にかかわる意味をもつ。一方で上巻は中巻に直接するため、上巻世界は中巻世界へとそのまま連続する。従ってそこでは神々の世界がいかに天皇の世界へと移行するかが重要となる。

ここで上巻を内容に従って大きく三段階[1]に区分すると、まず天之御中主神から大国主神までの、世界の基盤と統治のはじまりを語る段階がある。ここでは別天神による世界の初発、神世七代による伊耶那岐命・伊耶那美命の誕生と国土や神々の創造、そして天照大御神による高天原の統治と、須佐之男命から大国主命へと続く地上の系譜の展開と統治のはじまりまでが一連のものとして展開される。

続いて国譲りと天孫降臨の段階がある。地上の支配権は天つ神へと譲り渡され、天孫が正統性をもって地上に降り立ち、新たな支配を開始する。

さらに天孫降臨が完了した後の日向三代の段階がある。降臨した天孫の邇々芸命、火遠理命、鵜葺草葺不合命と三代にわたり日向の地での婚姻譚を展開し、初代天皇の出生に至る。この日向三代は天つ神の系譜を国つ神の系譜と結合させていく過程であり、支配の拡充を語る発展的段階といえる。吉井巖氏が「いわゆる日向三代にわたって、かなり豊かに聖婚の物語を繰りかえして」おり、「豊玉媛の出産の話を含む部分は、降臨した天神の御子が、山の神や海神の女を妻とし、その呪能を重ねて、支配者たる資格をより十分なものとして行くことを語る部分である」(2)とされたように、日向三代の物語は聖婚を中心に展開し、天孫が地上の支配者としての資格を充足していく。

またこの段階は神武天皇の出生につながるものであり、中巻への連続性が最も意識される部分である。上巻全体は中下巻に対しての神話となるが、より直接的には上巻末の日向三代の物語が中巻につながる神話としてあるといえる。

聖婚とは、西郷信綱氏が「即位した君主も天つ神の資格で国つ神の女と婚することにより地の豊饒を予祝せねばならなかった。これが聖婚である」と定義される。(3)農作物が豊かな稔りを迎えるためにそれに先立つ予祝がある。予祝は聖なる婚姻をひとつの方法とする。産出という女性原理に基づいた大地は、胚胎させることが可能な男性原理との結合によって稔りを実現させる。

地上に降臨した天津日高日子番能邇々芸《あまつひたかひこほのににぎの》命が豊饒を約束することはその名に明らかである。「御名義、穂之丹《ホノニ》饒君《ニギギ》にて、稲穂に因れる御名なり、丹《ニ》とは、穂の赤熟《アカラ》めるを云」(『古事記伝』(4))と、稲穂が賑々しく赤らみ稔る名をもつ。高天原に由来する神の子は葦原中国の神の女を娶る。

天津日高日子番能邇々芸命、笠沙の御前《みさき》にて、麗しき美人に遇ひき。爾くして、問ひしく、「誰が女ぞ」ととひしに、答へて白ししく、「大山津見神の女、名は神阿多都《かむあたつ》比売、亦の名は、木花之佐久夜《このはなのさくや》毘売と謂ふ」とまをしき。又、問ひしく、「汝が兄弟《はらから》有りや」ととひしに、答へて白ししく、「我が姉、石長《いはなが》比売在り」とまをしき。爾くして、詔ひしく、「吾、汝と目合《あひあ》はむと欲ふ。奈何《いか》に」とのりたまひしに、答へて白ししく、「僕《やつかれ》は、白《まを》すこと得ず。僕が父大山津見神、白さむ」とまをしき。故、其の父大山津見神に乞ひに遣りし時に、大きに歓喜びて、其の姉石長比売を副へ、百取の机代の物を持たしめて、奉り出だしき。故爾くして、其の姉は、甚凶醜《いとみにく》きに因りて、見畏みて返し送り、唯に其の弟木花之佐久夜毘売のみを留めて、一宿《ひとよ》、婚を為き。

邇々芸命は大山津見神の女、木花之佐久夜毘売と聖婚を遂げる。国つ神の代表的存在である山の神と農耕のかかわりは古事記にみられ[5]、木花之佐久夜毘売とは穀物の豊凶を占う桜を意味するといわれる。その際の姉妹の確認は、姉妹婚が関係をより強める婚姻の形式であり（第二部第四章）、最初の聖婚に相応しいためである。醜い姉を返したことはそのように予め望んだ婚姻の不完全さを意味し、「天皇命等の御命は、長くあらぬぞ」と天皇の寿命の短いことの起源となってあらわれる。古事記の「天皇」の語はここに最初にみえる。即ち天つ神の御子の事蹟が天皇にかかわる起源譚として位置づけられており、中巻へと直接する神話としての意識をみとめることができる。

木花之佐久夜毘売の一夜妊みを邇々芸命は疑い、潔白の証明に火中に出産する。一夜の懐胎は邇々芸命のもつ強い胚胎の力によるだろう。そこで火照命、火須勢理命、火遠理命（天津日高日子穂々手見命）が誕生する。三人の御子の誕生は、三貴子の誕生と同一の形式である。火遠理命の亦の名が穂々手見命であるように、火と穂は同音のもとに同一視される。[6] 穂の膨らみを意味する名をもつ子どもたちの誕生はまさしく邇々芸命の子であったことを証明する。天つ神の御子と国つ神の女との聖婚により地上の豊饒は実現をみて、火照命は海佐知毘古、火遠理命は山佐知毘古として、[7] 海と山の豊かな恵みを獲る存在となる。

国つ神の女との聖婚により、天つ神の御子は葦原中国を充足する。次いで必要とされたのが海原というもうひとつの領域である。上巻の終章としての海原の物語は異郷訪問譚の話型をもち、両国間での火遠理命、豊玉毘売命の往復がある。

火遠理命（穂々手見命）は海原の主、海神の女を娶る。

> 「人有りて、我が井上の香木の上に坐す。甚麗しき壮夫ぞ。我が王に益して甚貴《いとたふと》し。故、其の人水を乞ひつるが故に、水を奉れば、水を飲まずして、此の璵《たま》を唾き入れつ。是、離つこと得ず。故、入れ任ら、将ち来て献りつ」といひき。爾くして、豊玉毘売、奇しと思ひ、出で見て、乃ち見感《みめ》でて、目合して、其の父に白して曰ひしく、「吾が門に麗しき人有り」といひき。爾くして、海の神、自ら出で見て、云はく、「此の人は、天津日高の御子、虚空津日高《そらつひこ》ぞ」といひて、即ち内に率て入りて、みちの皮の畳を八重に敷き、亦、絁畳《きぬだたみ》を八重に其の上に敷き、其の上に坐せて、百取の机代の物を具へ、御饗《みあへ》を為て、即ち其の女豊玉毘売に婚はしめき。

婢《つかひめ》は火遠理命を「我が王に益して甚貴し」と最上級の讃辞をもって称える。「火遠理命は超越的な存在として海神の世界にかかわる」（『新編日本古典文学全集　古事記』[8]）とされるように、蓋し火遠理命の訪れは海原へのもうひとつの天孫降臨である。

火遠理命は海神のもつ水を掌る能力を珠によって譲り受け、新たな力を得て帰還する。それと同一の構造をもって、その胎内に神武の祖となる子を宿し豊玉毘売命は地上に赴く。その子は地上と海原の両種族が結合した象徴として、新たな時代を創出する意味を有していた。

是に、海の神の女豊玉毘売命、自ら参ゐ出でて白ししく、「妾は已に妊みぬ。今、産む時に臨みて、此を念ふに、天つ神の御子は、海原に生むべくあらず。故、参ゐ到れり」とまをしき。

豊玉毘売命の来訪には、海を渡り来る者がこの世に力を与えるという思考が窺える。それは古事記の方法としてもあった。国生み・神生みの後、大国主神による国の統治が開始する。その時、海彼から到来する二神の存在がある。

はじめに少名毘古那神《すくなびこなの》である。

大国主神、出雲の御大《みほ》の御前《みさき》に坐す時に、波の穂より、天の羅摩《かがみ》の船に乗りて、鵝《かり》の皮を内剝ぎに剝ぎて、衣服と為て、帰《よ》り来る神有り。爾くして、其の名を問へども、答へず。且《また》、従へる諸の神に問へども、皆、

「知らず」と白しき。爾くして、たにぐくが白して言はく、「此は、久延毘古《くえびこ》、必ず知りたらむ」といふに、即ち久延毘古を召して問ひし時に、答へて白ししく、「此は、神産巣日神の御子、少名毘古那神ぞ」とまをしき。故爾くして、神産巣日御祖命に白し上げしかば、答へて告らししく、「此は、実に我が子ぞ。子の中に、我が手俣《たなまた》よりくきし子ぞ。故、汝葦原色許男命と兄弟と為りて、其の国を作り堅めむ」とのらしき。故爾より、大穴牟遅と少名毘古那と二柱の神、相並に此の国を作り堅めき。然くして後は、其の少名毘古那神は、常世国に度《わた》りき。

ガガイモの船に乗り御大《みほ》の御前《みさき》（美保埼）に依り来った神は少名毘古那神といい、母なる神産巣日神の手の指の間より漏れ出た神であった。播磨国風土記には諸国を巡り国作りをおこなったオホナムヂ・スクナヒコネの話が載るように、国土はこの二神によって「作り堅め」られた。この表現から、二神の役目は豊かな農作物の生育のため国の土壌を完成させることにあったといえる。

手の俣から漏れ出る神[9]とは、神の手、つまり掌握する範疇におさまらない秩序から逸脱する神を意味する。少名毘古那神が国作りの途上で常世国へ赴くこともまた、そうした神の性質に即している。予め規定されたものを超えて、そこに新たな創造をなし得る存在として少名毘古那神は国作りに求められた。秩序の逸脱は上巻での須佐之男命、中巻での倭建命にみることができる。国土の開拓・拡大という役割を担う彼らは地上の統治者となることはなく、須佐之男命は根の国に往き、倭建命は天に飛び立つ。少名毘古那神もまたそのひとりで、国を作り堅め終わったのち常世国に渡る。

少名毘古那神が去ると、さらに一柱の神が海より到来する。

大国主神の愁へて告らししく、「吾独りにして何にか能く此の国を作ること得む。孰れの神か吾と能く此の国を相作らむ」とのらしき。是の時に、海を光して依り来る神有り。其の神の言ひしく、「能く我が前を治めば、吾、能く共与《とも》に相作り成さむ。若し然らずは、国、成ること難けむ」といひき。爾くして、大国主神の曰ひしく「然らば、治め奉る状《かたち》は、奈何《いか》に」といひしに、答へて言ひしく、「吾をば、倭の青垣の東の山の上にいつき奉れ」といひき。此は、御諸山の上に坐す神ぞ。

海を照らして依り来った神は、自身を祀ることが国の成立に必要であると言う。大和の御諸山に祀られる神はのちの大物主神として現れる。ここで大物主神が用いる表現「作り成す」「国成る」は、彼の存在が国の完成として必要とされたことを意味する。

このように、国を作り新たな時代を拓くためには海より到来する者の力を得ることが必要であった。海原は異界であり、異界の力を取り込むことにより、国は充足され、更新される。

豊玉毘売命が生んだ鵜葺草葺不合命は、神武の祖として力強い誕生を果たす存在であった（序章）。彼は父と同じく母の系譜の女性を娶り、そこに五瀬命《いつせの》、稲氷命《いなひの》、御毛沼命《みけぬの》、若御毛沼命《わかみけぬの》（豊御毛沼命《とよみけぬの》・神倭《かむやまと》伊波礼毘古命《いはれびこの》）が生まれる。五瀬は厳稲《イツシネ》、稲氷は稲飯（あるいは稲霊《イナヒ》か）、御毛沼は御食主《ミケヌシ》（『古事記伝』）と、穀霊そして天皇の食事を意味し、重ねられた聖婚は天皇とその豊かに満ち足りた世界をもたらす。日向三代の神話は中巻神武の出生に至る系譜を入念に準備し、世界に対する予祝を与えるのである。

二　神々の往来

濃密な婚姻によって誕生する神武天皇のために必要とされたのは、彼の血統の由来となる海原とのつながりである。

秘された出産を伺い見られた豊玉毘売命は恥じ、「海坂」を塞ぎ海郷国へと去る。

「妾《あれ》は、恒に海つ道を通りて往来《かよ》はむと欲ひき。然れども、吾が形を伺ひ見つること、是甚作《いとはづか》し」とまをして、即ち海坂を塞ぎて、返り入りき。是を以て、其の産める御子を名けて、天津日高日子波限建鵜葺草葺不合命と謂ふ。（上巻）

この「海坂を塞ぎて」（塞㆓海坂㆒）という表現により、葦原中国と海原の関係は次のように両国の隔絶と理解される。

さてかく此時に、海坂を塞《セキ》ふたぎ賜へるに因て、永く海神宮の往来は、絶たるなり。（『古事記伝』）

見るなの禁を犯して火遠理命は見てしまう。ために豊玉毘売は海神の世界との通路を閉ざして、海原に帰っ

てゆく。海神の血筋を葦原中国に残して、海神の世界と葦原中国との関係は、閉ざされてしまうのである。(10)

（『新編全集』）

しかし海神の血を純粋に継承した神武のためには、海の世界との隔絶はむしろ語られるべきではないのではないか。この部分の解釈には日本書紀の対応箇所の記述が影響していると考えられる。

書紀（正文）では彦火火出見尊に対し豊玉姫は自分に恥をかかせなければ海陸が隔絶することはなかったと言い残し、「海途」を閉じて帰っていく。

> 後に豊玉姫、果して前期《さきのちぎり》の如く、其の女弟玉依姫を将《ひき》ゐて、直に風波を冒して、海辺へ来到《きた》る。臨産《こう》む時に逮《いた》り、請ひて曰さく、「妾産む時に、幸《ねが》はくは、な看《みそこなは》しそ」とまをす。天孫猶し忍ぶること能はず、窃かに往きて覘《うかが》ひたまふ。豊玉姫方に産まむとし、竜に化為りぬ。而して甚だ慙《は》ぢて曰く、「如《も》し我に辱《はぢみ》せざらましかば、海陸相通はしめ、永《とこしへ》に隔絶《へだ》つること無からましを。今し既に辱《はぢみ》せつ。何を以ちてか親昵《むつま》しき情を結ばむ」といひ、乃ち草《かや》を以ちて児を裹《つつ》み海辺に棄て、海途を閉ぢて径に去ぬ。（神代紀下第十段正文）

ここで書紀正文は海陸の永遠の隔絶にまで言及する。

それに伴って書紀は海と陸の不通の後に神の移動を記さない。正文では最初に豊玉姫が来た時点で玉依姫を伴っていて、一書第一では、「則ち径に海郷に帰り、其の女弟玉依姫を留め、児を持養《ひだ》しまつらしめき」と豊玉姫が海郷に帰る際に玉依姫は留められて、海と陸の隔絶についても触れられない。また一書第三の豊玉姫は「乃ち海を渉り径に去ぬ」と海と陸との境を閉じることなく帰るため、御子の養育を託して玉依姫を地上に遣わすことに支障はない。さらに一書第四では、辱められた豊玉姫が両国の自由な往来は不可能となったと言い、海へと去る。ここでは「此、海陸相通はざる縁なり」と説明された後に玉依姫が遣わされることはない[11]。このように書紀は様々な異伝を有するものの、各伝において海陸の不通の事態とその後の玉依姫の移動を同時に記すことがないのである。

それに対し、古事記の豊玉毘売命は別れた夫に対する情を忍ぶことができず、御子の養育と歌を玉依毘売命に託す。

　然くして後は、其の伺ひし情を恨むれども、恋ふる心に忍へずして、其の御子を治養《ひた》す縁に因りて、其の弟玉依毘売に附けて、歌を献りき。

玉依毘売命は海原から葦原中国に赴き、鵜葺草葺不合命と結婚して、四柱の御子を生む。

　御毛沼命は浪の穂を跳みて常世国に渡り坐し、稲氷命は、妣《はは》の国と為て、海原に入り坐しき。

御子のうち御毛沼命は常世国へ、稲氷命は「妣国」として海原に入る。「妣」とは『釋名』に「母死曰レ妣。」とあり、死んだ母をあらわす。稲氷命にとっての妣、玉依毘売命の国である海原につながりを求めての行為であった。

このように海坂が塞がれた後にも玉依毘売命が海原から葦原中国へと赴き、稲氷命が葦原中国から海原へ赴くという双方向からの通行がある。御毛沼命や稲氷命のように葦原中国から異界に赴くことについて、毛利正守氏は、「古事記の構想を考える場合に、中心となる柱は、天皇及び天皇に結びつく直系の神々のことであり、そのことを押さえた上で、直系の神や皇統に繋がる神が異界に滞留し、それをエネルギーとして葦原中国に直接はたらきかける在りようを見届ける必要があると同時に、一方で、皇統に繋がる神々が葦原中国以外の国に往き留まる在りようをも無視することができない」[12]とされたように両国は依然つながりを積極的に求めているといえる。

一方書紀の正文は海途が閉じたことで終わり、次段の正文ではウガヤフキアヘズ命の系譜が述べられるのみとなる（一書も同様）。神武の兄弟が海原や常世に赴く場面は神武即位前紀においてある。神武の東征中に暴風雨が襲い、稲飯命は「「嗟乎《ああ》、吾が祖は則ち天神、母は則ち海神なり。如何《いかに》ぞ我を陸に厄《たしな》め、復我を海に厄むる」とのたまふ。言ひ訖へ、乃ち剣を抜き海に入り、鋤持神《さひもちのかみ》に化為《な》りたまふ」と海に身を投げた。さらに三毛入野《みけいりのの》命は「「我が母と姨とは、並びに是海神なり。何為ぞ波瀾《なみ》を起てて灌溺《おぼほ》れしむる」とのたまひ、則ち浪秀を蹈《ふ》みて常世郷に往でましぬ」とある。古事記の稲氷命が「妣国」としてつながりを求めて海原に入ったのに対し、[13]書紀の稲飯命は厳しい東征の中で歎いて海に入り鋤持神となり、また三毛入野命は怨みに常世国に渡るという、異なる文脈の中に記される。従って海と陸の不通は書紀の文脈の中に構想されたものといえる。

ここで「塞」の義についてみておくと、原本系『玉篇』に「隔、塞也」、『説文解字』に「塞、隔也。从㆑土寒聲」とあるが、その段玉裁注は「是爲二轉注一俗用爲二窒寧字一而塞之義寧之形倶廃矣。廣韻曰、邊塞也」と「塞」の義は廃れたとあり、その本義を「邊塞」（夷狄の侵入を防ぐ国境の砦）とする。たとえば「夫餘夷犯レ塞、殺二傷吏人一」（『後漢書』巻五　孝安帝）などであり、『淮南子』に「外邪不レ入、謂二之塞一」（主術訓）とあるのが理解し易い。「窒輓、塞也」（『爾雅』）とあるのはその転義となる。「窒」は『廣雅』に「窒、満也」とある。たとえば「志意廣大、行義塞二於天地之間一、仁智之極也」（『荀子』巻八　君道篇）のように、徳や正しい行いなどの目に見えないものがそこに満ちるといったことである。

　また、場所を塞ぐという例として「塞二宮門一、築二高牆一、不レ通レ人」（『呂氏春秋』巻十六　知接）などがあり、「塞二其穴《あな》一、閉二其門一」（『老子』徳経　第五十二）、「圍地吾将レ塞二其闕一」（『孫子』九地篇）といずれも門や穴、隙間などが塞がれる対象となる。また生物が立ち塞がる例、「飛狐横二塞路一」（北周・庾信「陪駕幸終南山詩」『藝文類聚』）などもみられ、拒む相手を限定しない不通の事態を導く。

　さらに『呂氏春秋』に「豪士時之、遠方来賓、不レ可レ塞也」（巻三　季春紀　論人）とあり、その高誘注に「塞、遏也」（「遏、微止也。按微者細密之意」『説文解字』）とある。ここでは全体的な通行を止めず、特定の対象を拒む意味で用いられる。

「塞」とは何かを間に介することで間隙を無くし、不通にさせたり阻んだりする性質のものであり、関係が絶たれることとは意義が異なる。『呂氏春秋』の「此六者得二於学一、則邪辟之道塞矣、理義之術勝矣」（第四　孟夏紀　誣徒）について、高誘注には「塞、断也」とある。しかし本文の表現は邪辟を断つという記し方ではなく、実際の道になぞらえて邪辟という通路を遮る意味で「塞」を用いる。注ではそれが「断」と解釈されるが、本文の表現を生かせば、やはり道や穴などを対象としてその通路を不通にさせる意味と捉えられるだろう。ふたつのものの関係を断ち切り、その関係を失わせることと、その間に障害物を置き、遮ることは別である。また相手を阻むといった意味でも「塞」は用いられた。

古事記の用例をみておく。施した波線は塞ぐ手段を、実線は塞がれる空間を示す。

a最も後に其の妹伊耶那美命、身自ら追ひ来つ。爾くして、千引の石を其の黄泉ひら坂に引き塞ぎ、其の石を中に置き、各対き立ちて、事戸を度す時に…　（上巻）

b其の神の髪を握り、其の室に椽ごとに結ひ著けて、五百引の石を其の室の戸に取り塞ぎ、其の妻須世理毘売を負ひて、即ち其の大神の生大刀と生弓矢と、其の天の沼琴とを取り持ちて、逃げ出でし時に…　（上巻）

c其の女人が言はく、「凡そ、吾は、汝が妻と為るべき女に非ず。吾が祖の国に行かむ」といひて、即ち窃かに小船に乗りて、逃遁げ度り来て、難波に留りき〈此は、難波の比売碁曽社に坐して、阿加流比売神と謂ふぞ〉。是に、天之日矛、其の妻の遁げしことを聞きて、乃ち追ひ渡り来て、難波に到らむとせし間に、其の渡の神、塞ぎて入れず。故、更に還りて、多遅摩国に泊てき。　（中巻　応神条）

a黄泉比良坂では「千引石を其の黄泉比良坂に引き塞ぎて」と千引の石によって通行が止められ、それが「塞《ふたが》り坐《ま》す黄泉戸大神」と名づけられる。[14] 塞がる神の例は次の祝詞にみられる。

「御門《みかど》の御巫《みかんなぎ》の称竟《たたへごとお》へまつる、皇神等の前に白さく、くし磐間門《いはまと》の命・豊磐間門《いはまと》の命と御名は白して、辞竟へまつらば、四方の御門に、ゆつ磐むらの如く塞りまして、朝には御門を開きまつり、夕べには御門を閉てまつりて、疎ぶる物の下より往かば下を守り、上より往かば上を守り、夜の守り日の守りに守りまつるが故に、皇御孫の命のうづの幣帛を称辞竟へまつらく」と宣る。　（延喜式祝詞　祈年祭）

「大宮のめの命と御名を申す事は、皇御孫の命の同じ殿のうちに塞りまして、参入り罷出る人の選び知らし、神等のいすろこひ荒びますを、言直し和しまして…咎過あらむをば、見直し聞き直しまして、平らけく安らけく仕へまつらしめますによりて、大宮のめの命と、御名を称辞竟へまつらく」と白す。　（同　大殿祭）

祈年祭祝詞ではくし磐間門の命・豊磐間門の命という四方の門に岩群のように塞がって朝夕に門を開閉し、疎ましい存在を排除して堅固に家を守護する神の存在を示す。また大殿祭祝詞では大宮のめの命という宮殿の内部の女神が天皇の大殿に立ち塞がり、出入りする者を選定する役目を負う。

このように塞がる神は、通行を完全に遮断するのではなく出入りする者を選定する。但し、古事記の塞り坐す黄泉戸大神は「千引の石」、即ち千人の力をもってしか動かすことのできない石であるため、ほぼ不動のものといえる。またbでは大穴牟遅命が須佐之男大神から逃れるため「五百引の石」を家の戸に引き塞ぐ。ここでは須佐之男神によって取り除けられ、大穴牟遅神は追われた。

さらにcでは、妻を追った天之日矛が難波に至って渡の神に妨害される。塞ぐ手段が示されない点において本例と同様である。これは先にみた「遠方来賓、不レ可レ塞也」のように「塞」の実質的な意味を離れて相手を拒む意味で用いられることによる。

本例の「塞」の目的語は海坂であり人ではないという違いはあるものの、手段を示さない「海坂を塞ぎて」という表現はこのｃの例に近い。豊玉毘売命が海坂を塞いだその「塞」も綿津見神之宮と葦原中国の一般的な通行を止めるためではなく、火遠理命を拒むための表現であるといえるだろう。同じ異郷の坂を塞ぐ例ａと比較しても、恒久的な障害物によって塞がれることのない海坂は後の神々の往来を可能にする。

海坂によって隔てられたのちも火遠理命と豊玉毘売命は歌を交わす。

赤玉は　緒さへ光れど　白玉の　君が装し　貴くありけり（記７）

沖つ鳥　鴨著く島に　我が率寝し　妹は忘れじ　世の悉に（記８）

二神の唱和⑮は、伊耶那岐命・伊耶那美命のように生と死によって対立するのではない。妻は夫を讃え、夫は妻を永遠に記憶しようと答える。豊玉毘売命は聖なる子・鵜葺草葺不合命を生み残した後に本来の国に戻った。それは海からの来訪者としての約束であった。しかしその後玉依毘売命が養育のため到来し、結婚する。そしてそこに誕生した子の一人はまた海原へと赴いた。天皇による統治の創始において、葦原中国と海原の世界は互いに途切れることのないゆるやかなつながりをもって共生する。それが海神の血を純粋に受け継ぐ神武の神話として要請された。

注

(1) 吉井巖氏は上巻を創造神の時代、文化神の時代、神人の時代に区分される（『天皇の系譜と神話 三』「海幸山幸の神話と系譜」塙書房　一九九二年）。
(2) 吉井巖（前掲書）
(3) 西郷信綱『古事記の世界』「日向三代の物語―聖婚」岩波新書　一九六七年
(4) 本居宣長『本居宣長全集』筑摩書房　一九六八年―一九九三年
(5) 吉井巖（前掲書）、第一部第三章参照。
(6) 内田賢徳「上代言語と呪性」『ことばとことのは』第五集　一九八八年十一月　他
(7) ここでは末子相続のため火遠理命が兄に優越することとなるが、長子と末子が対立し、次子がかかわらない関係は三貴子の天照大御神と須佐之男命、そして月読命の関係と同一である。
(8) 山口佳紀・神野志隆光校注『新編日本古典文学全集　古事記』小学館　一九九七年
(9) 「御刀の手上に集まれる血、手俣より漏き出でて、成れる神の名は、闇淤加美神。次に、闇御津羽神」（上巻）にもみえる。
(10) のち、玉依毘売との結婚、稲氷命の海原行きに対し、海神の世界とのつながりを改めて確かめることになる、という頭注があるが、この箇所の言及とどのようにかかわるのかという点では説明はなされていない。
(11) 一書第四には「一に云はく、児を波瀲《なぎさ》に置くは非《あ》し」とする異伝も存し、豊玉姫は児を抱いて去るが、後に返すために玉依姫を送り遣わす。この異伝では、豊玉姫が去る際、海途が閉じられるといったことはなく、またそれが海と陸の隔絶と記されることもないため、「乃ち玉依姫として持《いだ》かしめて、送り出しまつる」と玉依姫が海から陸へ遣わされても問題はない。
(12) 毛利正守「古事記構想論」『古事記の現在』神野志隆光編　笠間書院　一九九九年
(13) 「妣国」は古事記で須佐之男命が「僕《やつかれ》は、妣《はは》が国の根之堅州国に罷《まか》らむと欲ふが故に、哭く」（上巻）と言った箇所にもみられる。上代文献において「妣国」がみられるのは古事記のみであることからも、亡くなった母のいる国を志向しそこに赴くことは古事記上巻の構想のひとつとみられる。

（14）この場面における神名の「大神」への変化については、梅田徹「イザナキの黄泉国訪問と「大神」への変異―『古事記』の「神代」」（『帝塚山学院大学日本文学研究』二六　一九九五年二月）参照。
（15）矢嶋泉氏はこれを文芸性の面から捉えるのではなく「現実に於ける肉体的別離を超越して精神的結合を確認し合うのである」とされ、海原訪問譚の構想について「〈水の呪力〉保証のための海神の女との婚姻と、神話的海神の世界との隔絶を説くための海神の女との別離。そのままでは両立し得ない二つの要素は、かくてみごとに統一され、それぞれの機能を果たし得るものとなったのである」とされ、両世界は隔絶しつつ精神的にはつながりをもつと捉えられる（「所謂〈『古事記』の文芸性〉について―火遠理命と豊玉毗賣命の唱和をめぐって―」『青山語文』二〇　一九九〇年三月）。

第二章　下巻への神話(1)天之日矛譚

はじめに

古事記中巻は神武天皇にはじまり、応神天皇に終わる。その応神天皇条の末尾には、「又、昔…」からはじまる特殊な譚が記される。内容は大きくふたつに分けられ、新羅の国王の子である天之日矛の渡来の物語、春山之霞壮夫と秋山之下氷壮夫の物語である。両譚の特異さは、「昔」からはじまり応神条の流れとはほぼ無関係といえる内容の話であるということと、天皇の時代である中巻において神々が活躍するという点にある。本章と次章では両譚が古事記を三巻として構成するための構想のもとに置かれた物語であることを論じる。

又、昔、新羅の国王《くにぎみ》の子有り。名は、天之日矛《あめのひほこ》と謂ふ。是の人、参ゐ渡り来たり。参ゐ渡り来たる所以《ゆゑ》は、新羅国に一つの沼有り。名は、阿具奴摩《あぐぬま》と謂ふ。此の沼の辺に、一の賤しき女、昼寝せり。是に、日の耀《ひかり》、虹の如く、其の陰上《ほと》を指しき。亦、一の賤しき夫有り。其の状を異《け》しと思ひて、恒に其の女人《をみな》が行《わざ》を伺ひき。

故、是の女人、其の昼寝せし時より、妊《はら》身みて、赤き玉を生みき。爾くして、其の伺へる賤しき夫、其の玉を乞ひ取りて、恒に裹《つつ》みて腰に著けたり。此の人、田を山谷《たに》の間に営《つく》れり。故、耕人《たひと》等の飲食《くらひもの》を、一つの牛に負せて、山谷の中に入るに、其の国主の子、天之日矛に遇逢ひき。爾くして、其の人を問ひて曰はく、「何ぞ汝が飲食を牛に負せて山谷に入る。汝、必ず是の牛を殺して食まむ」といひて、即ち其の人を捕へ、獄囚《ひとや》に入れむとしき。其の人が答へて曰ひしく、「吾、牛を殺さむとするに非ず。唯に田人の食を送らくのみぞ」といひき。然れども、猶赦さず。爾くして、其の腰の玉を解きて、其の国主の子に幣《まひな》ひき。

故、其の賤しき夫を赦して、其の玉を将《も》ち来て、床の辺に置くに、即ち美麗《うるは》しき嬢子《をとめ》と化《な》りき。仍《すなは》ち婚《あ》ひて、嫡妻《むかひめ》と為き。爾くして、其の嬢子、常に種々《くさぐさ》の珍味《うましもの》を設けて、恒に其の夫に食ましめき。故、其の国主の子、心奢《おご》りて妻を詈《の》るに、其の女人が言はく、「凡《おほよ》そ、吾は、汝が妻と為るべき女に非ず。吾が祖《おや》の国に行かむ」といひて、即ち窃かに小船に乗りて、逃遁《に》げ度り来て、難波に留りき〈此は、難波の比売碁曽社《ひめごそのやしろ》に坐《いま》して、阿加流比売神《あかるひめのかみ》と謂ふぞ〉。

是に、天之日矛、其の妻の遁げしことを聞きて、乃ち追ひ渡り来て、難波に到らむとせし間に、其の渡の神、塞ぎて入れず。故、更に還りて多遅摩国《たぢまのくに》に泊てき。即ち其の国に留りて、多遅摩の俣尾《またを》が女、名は前津《さきつ》見《み》を娶りて、生みし子は、多遅摩母呂須玖《たぢまもろすく》。此が子は、多遅摩斐泥《たぢまひね》。此が子は、多遅摩比那良岐《たぢまひならき》。此が子は、多遅麻毛理《たぢまもり》。次に、多遅摩比多訶《たぢまひたか》。次に、清日子《きよひこ》〈三柱〉。此の清日子、当摩《たぎま》の咩斐《めひ》を娶りて、生みし子は、酢鹿《すが》之諸男《もろを》。次に、妹菅竈《すがかま》上由良度美《ゆらどみ》。故、上に云へる多遅摩比多訶、其の姪、由良度美を娶りて、生みし子は、葛城之高額比売命〈此は息長帯比売命の御祖《みおや》ぞ〉。故、其の天之日矛の持ち渡り来し物は、玉津宝と云ひて、珠二貫《ふたつら》、又、浪振るひれ、浪切るひれ、風振るひれ、風切るひれ、又、奥津鏡、辺津鏡、并せて八種ぞ〈此は伊豆志《いづし》の八前《やまえ》の大神《おほかみ》ぞ〉。（中巻　応神条）

新羅の阿具沼のほとりで賤しい女が昼寝をしている。日光が陰部を射し、女は妊んで赤玉を生んだ。それを賤しい男が窺っていた。男は女から赤玉を貰い受け、包んで常に腰につける。山谷の間に田を所有する彼は、ある日、耕作人のための食糧を牛に乗せて運んでいた。その折、天之日矛と遭遇し、牛を殺して食べる疑いをかけられてしまう。男はそれを否定するが、天之日矛はなお許さないため、幣《まいない》として赤玉を渡した。天之日矛がその赤玉を床に置くと、美しい嬢子に変化する。天之日矛は彼女を正妻とした。妻は様々な珍味を設けていつも夫に食べさせたが、奢った夫に罵られるようになる。そこで妻は、私はあなたの妻となるべき女ではない、祖の国へ行くと告げ、小舟に乗り、途中、倭の難波に留まった。天之日矛は妻を追って難波に至るが、渡の神により阻まれる。そこで天之日矛は多遅摩国に留まり、そこに子孫が栄え、神宝が祀られた。

ここには三つの分注が施される。女人が難波の比売碁曽社の神・阿加流比売神であること、天之日矛の子孫・葛城之高額比売命が息長帯比売命の母親であること、天之日矛の将来した宝が伊豆志の八前の大神であるということである。

本譚は、神田秀夫氏が帰化の問題として、また息長帯比売命との系譜を生かすために応神条に記されたものとされた(1)。また阪下圭八氏により、話の意義が息長帯比売命の出自を示すものであり、新羅親征ということについての「神話の神話」と捉えられた(2)。息長帯比売命が新羅王の血を引くことで親征をおこなうのは正当であるという考えである。

しかし吉井巖氏が、息長帯比売命との結びつきを語るものであるとすれば親征前に記述されるべきであると指摘されたように[3]、本譚は積極的に親征の根拠たろうとしない。ここで親征の流れを概観すれば、帰神が西の国の存在を明かし、それを胎中天皇に授ける。帰神とは天照大神の御心と住吉三神であった。そして戦うことなく新羅を従え、墨江大神之荒御魂《あらみたま》を祀ったように、親征はひとえに息長帯比売命と住吉神のはたらきによるものであり、そこに天之日矛による保証は必要とされていない。

このように従来息長帯比売命関連の分注のみに注目されることで、新羅を舞台にした天之日矛と阿加流比売神のふたりの物語については応神条の中でも独立した話とみなされ、その古事記の中での位置づけについてはあまり顧みられることがなかった。阿加流比売神が日光感精により誕生したこと、天之日矛が田を営む男に対して「汝、必ず是の牛を殺して食まむ」と言いがかり的な疑いをかけたこと、牛殺しの疑いの代償が阿加流比売神となる赤玉によって贖われることとの理由、そして女神が帰ろうとした「祖の国」とは何処を指し、中巻末に難波の比売碁曽社縁起が記されることにいかなる意味があるのか、考察すべき課題は多い。

ここで本譚が中巻末に記されることに目を向ける。吉井氏は「仁徳即位以前の物語は、始祖傳説に似た、いはば神武即位以前の鵜葺草葺不合命物語のごとき物語として、これを新しい下巻の時代の始まる前に記述し終へたいと意識してゐたからではなからうか」とされながらも、中下巻間には「質的な転換」をみられ、本譚や後続の秋山春山譚を下巻への内的な連関を有さない附加的な記述と把捉された。

しかし、上巻末の海原訪問譚は海神の血を引いた神武天皇の出生に帰結する中巻始発のための神話としてあった。そこでは葦原中国と海の世界の途切れることのないかかわりが描かれ（第一部第一章）、上巻末と中巻冒頭の強い紐帯意識をみることができた。そして中巻末の応神条では、難波を宮とする下巻冒頭の仁徳が即位する一連の経緯――天皇が喚し上げた日向の髪長比売が大雀命に与えられ、宇遅能和紀郎子が早逝し大雀命が天下を治める――を語るという、下巻はじめとの密接なかかわりを有する。つまり上巻と中巻の密接な関係と同様に、この中巻末の天之日矛譚も下巻始発との内的な連関を有し、仁徳天皇即位のための物語として意義をもつと考えられるのではないか。予め見通しを述べておけば、それは「日の御子」として仁徳を形象するための日をモティーフとするひとつの挿話《エピソード》であり、また次代の中心地となる難波のかつてを語るものと考えられるのである。

一　天と日の主題

天之日矛と阿加流比売神という両者が日やアカルというともに光り輝く名義を有していることは、本譚が日をひとつの題材としていることを示している。

天之日矛はその名義から、三品彰英氏は日の神を招聘する者であるとされた[4]。「日矛」は「儀礼の上では神楽の把物であり、日の御魂の招ぎ代」であり、神代紀（第七段一書第一）に天照大神の岩戸隠れの際「日矛」が作られたのは日の神を招く祭器としてあるためであった。またそこに「天之」と冠せられていることについて、「參來て後に皇國にて稱へたるなるべし」（『古事記伝』）、「天之日矛というのは、それを尊んだ称であろうが、同時に天降ってきたものとの意をふくむ」（『古事記注釈』[5]）とされる。「天」を冠する呼称は、天之御中主神や天若日子など上巻の国生みから天孫降臨までに集中し、中巻において、しかも新羅の王子が「天之」の名をもつのは異例といえる。

一方阿加流比売神のアカルという名義をみてみると、その名の由来となった「赤玉」は古事記では他に、「赤玉は　緒さへ光れど　白玉の　君が装し　貴くありけり」（記7）ととりわけ光輝くものの象徴である。また枕詞で「赤らひく　日も暮るるまで」（萬葉4・六一九）とアカラは日にかかり、さらに「島山に　赤る橘　うずに刺し　紐解き放けて　千年寿き　寿きとよもし」（19・四二六六）と永続性・祝福性を有する橘の形容としてある。出雲国造神賀詞にみえる「白玉の大御白髪まし、赤玉の御赤らびまし、青玉の水の江の玉の行相《ゆきあひ》に、明つ御神と大八島國知ろしめす、天皇命の手長の大御世を…」では天皇讃美のひとつとも捉えられる。

阿加流比売神が上代文献に他をみない日光感精という特殊な誕生の方法をとる意義は重くみるべきだろう。それは高句麗の高祖東明王が「為二日所レ炤。引レ身避レ之。日影又逐而炤レ之。因而有レ孕。生二一卵一」（『三国史記』巻第十三　高句麗本紀第一）と誕生したように始祖伝承に多くみられる誕生の方法であり、「母公孫氏夢三日入二臍中一書寝而生レ徳」（『晉書』載記第二十七　慕容徳）は南燕の後主の誕生を、「我夢朝日光胸覆所妊也」（『惟賢比丘筆記』大隅正八幡宮本縁事）は大隅八幡宮の本地としてその八幡神の誕生を語る。日光感精で誕生するのは国の太祖や王者、本地の神等始祖的な存在である。[6]従来阿加流比売神が渡来することについては等閑視されていたが、乗って来たその「小船」は「御誕生皇子共。空船乗。流レ着所ヲ領トシ給ヘトテ大海浮奉。日本大隅磯岸着給。其太子ヲ八幡ト號奉」（前掲　大隅正八幡宮本縁事）と同様の「うつぼ舟」のモティーフがみられ、[7]そこに海彼から到来する尊く霊的なものを運ぶ「小船」というあり方が窺える。

この女人が目指した「祖の国」は、天照大御神の国とする説（『古事記伝』）、日本とする説（『古事記新講』[8]）、また「祖」を住吉神とする説（『古事記注釈』）、或いは単に難波に関係があるとみる説（『新編全集』）等複数説があるが、このような日光感精により生まれた意義に則して、太陽の出る東方を指すとされる瀧川政次郎氏[9]の説が首肯される。この譚の日本書紀の対応箇所が「「童女何処にか去にし」といふ。対へて曰く、「東方に向にき」といふ」（垂仁紀二年）と示すように、日の出る場所を求めてより東方へ向かうという発想は、『三国遺事』の東海の濱に住んでいた夫婦、延烏郎・細烏女という日月の精が日本へ移動し、新羅に日月の光が失われるという話にもみられる。

こうした類話の中、本譚は「日」を題材として構成され、応神条に位置づけられる。青木周平氏は、応神から仁徳条にかけて散見する日の要素が仁徳天皇の日の御子像を形成する役割を担うと論じられた[10]。仁徳は歌謡で「誉田の　日の御子」（中巻　記47）、「高光る　日の御子」（下巻　記72）と繰り返し日の御子と讃えられる。氏の説に加え、従来応神条の流れと関連しないとされた本譚もまた、日とかかわって仁徳を「日の御子」と形象する。日光感精により新羅に誕生した日の御子・阿加流比売神が小船に乗って難波に留まり、それを追いかける新羅の王子・天之日矛（日を招聘する者）が日本に到来することには、「日」の概念が朝鮮までを包摂して日本にもたらされる構図がみとめられよう。同時に新羅の王子が「天之日矛」であることも、「天」の概念が日本のみならず朝鮮をも覆うことを示す。

神野志隆光氏は「新羅・百済を「王化」のうちに組みこんだことを語ったのにかかわって特に新羅を「天下」の一部とすることの当為をあかしだてるものとして、「昔」のことを意味づける[11]」とされた。それはまた「日」の問題としてもある。それは新羅親征がなされた中巻末においてこそ記すことが可能であった。本譚は古事記に孤例である「昔」からはじまるが、「昔」とは時間の特定化を拒んだ語りはじめの方法であり、今とは異なる過去に立ち返って、そのかつての出来事に向き合うための時間設定である。[12] つまりこの「昔」という時間設定を用いて、天と日の概念が新たに朝鮮までを含んで据え直されていく在りようをみることができるのである。

二　牛殺しと豊饒——天之日矛

「日」の神話は赤玉をめぐって展開していく。赤玉を生んだ水辺の「賤女」はその一部始終に隠れて立ち合っていた「賤夫」と対をなし、二者は赤玉を生み育てる母と父の役割を託されている。賤夫が赤玉を包んで肌身離さず腰につけるのは庇護者としての証左であろうか。その赤玉をめぐって牛殺しのモティーフが絡んでくる。牛殺しの罪の代償に赤玉が渡されることから、赤玉と牛殺しの間には密接な関係が窺える。

佐伯有清氏が「農耕民族の間では牛は神的存在として崇拝され、また色々と神話にも現われて来るが、朝鮮及び日本では牛の信仰や神話は比較的稀少である」[13] とされたように、上代文献に牛の神話は豊富ではない。賤夫が牛に田人の食糧を乗せて運び、天之日矛に牛を殺して食べることの疑いがかけられるくだりは従来解釈を拒んできた箇所であった。

古代における殺牛・食牛の諸形態について、佐伯氏は牛殺しの信仰形態を、①雨乞いを中心とした広く農耕儀礼にかかわるもの、②軍事の吉凶を占うもの（日本の文献にはみられない）、③漢神を祀って祟りを祓うものの三つに分類される。③漢神信仰による牛殺しは、「會稽俗多二淫祀一、好二卜筮一。民常以レ牛祭レ神。百姓財産以レ之困匱、其自食二牛肉一而不二以薦一レ祠者、發レ病且死先為二牛鳴一、前後郡將莫二敢禁一」（『後漢書』列伝第三十一第五倫）や、「聖武太上天皇のみ世に、彼の家長漢神の祟りに依りて禱シ、祀るに七年を限りて、年毎に殺し祀るに牛一かしらを以ゐ、合せて七頭を殺し、七年にして祭り畢りき。忽に重病を得たりき」（『日本霊異記』中巻第五縁）などにみえる。この漢神については、素性は定かではないが項羽神的な祟りの神とされる。漢神信仰は聖武朝頃から広まりはじめ、怨霊思想が流行した社会的動向とかかわり延暦期に盛流する。日本の文献で牛殺しが明確に漢神とかかわって記されるのは霊異記をはじめ平安期以降のもので、漢神信仰が広くおこなわれるようになったのは比較的新しいとされる。一方、①農耕儀礼にかかわる牛殺しは「太守殺レ牛自祭二孝婦冢一、因レ表二其墓一、天立大雨歳孰」（『漢書』巻七一　于定国）、祈雨のための「牛馬を殺して諸社の神を祭ひ」（皇極紀元年七月）など漢神と平行して広くおこなわれているが、両者は別系統とされる。本譚は田を営む賤夫が耕人の食糧を牛に乗せて運ぶという農耕とのかかわりをみせるため、漢神信仰ではなく農耕儀礼の面から考察していくことにする。(14)

本譚の理解には、牛を殺し食べることを主題とし、「営田」「田人」など共通要素の多い次の話を参照すべきだろう。

昔在《むかし》神代に、大地主神《おほなぬしの》、田を営る日に、牛の宍《しし》を以て田人に食ましめき。時に、御歳《みとしの》神の子、其の田に至りて、饗《あへ》に唾《つは》きて還り、状《さま》を以て父に告《まを》しき。御歳神怒を発して、蝗を以て其の田に放ちき。苗の葉忽《たちまちに》に枯れ損はれて篠《しの》竹に似たり。是に、大地主神、片巫《かたかむなぎ》・肱巫《ひぢかむなぎ》をして其の由を占ひ求めしむるに、「御歳神祟りを為す。白猪・白馬・白鶏を献りて、其の怒を解くべし」とまをしき。教に依りて謝《の》み奉る。御歳神答へ曰《のら》しく、「実に吾が意ぞ。麻柄《あさがら》を以て桛《かせひ》に作りて之に桛《かせ》ひ、乃ち其の葉を以て之を掃ひ、天押草を以て之を押し、烏扇《からすあふぎ》を以て之を扇ぐべし。若し此の如くして出で去らずは、牛の宍を以て溝の口に置きて、男茎形《をはせがた》を作りて之に加へ〔是、其の心を厭《まじな》ふ所以なり。〕、薏子《つすだま》・蜀椒《なるはじかみ》・呉桃《くるみ》の葉及塩を以て、其の畔に班ち置くべし」とのりたまひき。仍りて、其の教に従ひしかば、苗の葉復茂りて、年穀《たなつもの》豊稔《ゆたか》なり。是、今の神祇官、白猪・白馬・白鶏を以て、御歳神を祭る縁なり。

（『古語拾遺』御歳神）

「田を営る日」とは農耕はじめの日である。「牛の宍」はここで二度触れられる。最初に、田人に食べさせ御歳神の怒りを招く牛宍、次に、御歳神自身が求め稔りをもたらす牛宍である。西宮一民氏が「御歳神に豊作を祈念してもてなしの食事（アエ）を献ったが、その農夫は豊穣祈念に捧げられた犠牲の牛の肉を食っていた（犠牲の牛の肉を食する習俗のあったことがこれで分る）ので、それを穢れとして、そのアエ（饗饌）に唾液を吐きかけたのである」[15]とされる。田を営む際の牛宍とは、神に捧げて豊穣を祈念する儀礼に必要とされた。

御歳神とは祝詞に「御年《みとし》の皇神《すめがみ》等の前に白《まを》さく、皇神等の依さしまつらむ奥《おき》つ御年を、手肱《たなひぢ》に水沫《みなわ》畫き垂り、向股《むかもも》に泥《ひぢ》畫《か》き寄せて、取り作らむ奥つ御年を、八束穂の茂《いか》し穂に、皇神等の依さしまつらば、初穂をば、千穎《ちかひ》八百穎《ほかひ》に奉り置きて…」（祈年祭）とあるように稲の豊穣を司る穀霊である。[16]豊饒神は自らに捧げられるべき牛宍を田人に食べさせたため、怒りにより苗を枯れさせ、稔りをもたらさすことを不可能にする。御心を鎮めるために「白猪・白馬・白鶏」と獣肉を、また教えに従い牛宍をはじめとする諸物を捧げると、「苗の葉復た茂りて、年穀豊稔なり」と豊かな稔りがもたらされた。

ここで大地主神が「田を営る日」、牛を「田人」に食べさせることは、本譚の賤夫が「此の人、田を山谷の間に営れり。故、耕人等の飲食を、一つの牛に負せて…」と田を営み、「耕人」或いは「田人」に食糧を運んでいたことと同様の状況である。つまり、この話により、本譚において田を営む賤夫が牛を殺し食べることの疑いをかけられたことの背景には、農耕の際、牛を殺して稔りを司る神に捧げ豊饒を祈る儀礼があったと考えることができる。牛はあくまで神に捧げるものであり、田人が食べることは固く戒められた[17]。従って天之日矛が牛を殺して食べる疑いをかけたことが決して言いがかりではなかったことがわかるだろう。それは「獄囚に入れむとしき」とされるほどに重い、神に叛く罪であった。「猶ほ赦さず」と賤夫を厳しく罰しようとする天之日矛はここで御歳神に対応する存在としてある。

罪を咎める天之日矛は、罪を償う「幣《まひなひ》」（捧げ物）として、賤夫から「赤玉」を受け取る。〈牛を殺して食べることの罪〉は〈赤玉〉によって贖われている。ここで両者は交換可能な等価の関係にあると考えることができる。とすれば阿加流比売神は牛殺しと深くかかわる神でなければならない。

ここでアカルヒメに関する資料をみておきたい。延喜式、摂津国住吉郡に「赤留比賣命神社」（神名式）とみえるが、ヒメゴソ社は摂津国東生郡に「下照比賣社一座【或號二比賣許曾社一】」（四時祭式下）、「比賣許曾神社一座【亦號二下照比賣一】」（臨時祭式）とあり、祭神を下照比賣とする。これを『古事記伝』は同一神を別に祀ったものとし、集成では古事記の方を古伝とみて、住吉郡にあった赤留比売命神社は孝徳朝以後ヒメゴソ社近辺に移動したとされ、その帰趨はさだかではない。垂仁紀の対応箇所は童女が比売語曾社神になったと記すのみで、その名がアカルヒメという記述はなく、古事記のみが難波のヒメゴソ社神をアカルヒメとする。ただ両者がかかわりをみせる

『住吉大社神代記』では住吉神社の子神に「赤留比売命神」「下照比売神」双方が挙がり、『古事記注釈』は新羅親征譚における住吉神のはたらきからも、新羅で生まれた阿加流比売神の難波への鎮座が住吉神との関連のもとにあるとする。

ヒメゴソ社は難波のみならず垂仁紀（二年是歳）に「求《ま》げる童女は難波に詣り、比売語曾《ひめごそ》社の神と為り、且豊国の国前郡に至り、復比売語曾社の神と為る。並に二処に祭らるといふ」と筑紫の地にもみられ(18)、摂津国風土記逸文には阿加流比売神が難波に逃げ帰るくだりの類話がみられる。

地図②　伊波比乃比売島

比売島《ひめしま》の松原。古へ、軽島の豊阿伎羅《とよあきら》の宮に御宇《あめのしたしろ》しめしし天皇の世、新羅の国に女神あり、其の夫を遁《のが》世れ来て、暫し筑紫国の伊波比乃《いはひの》比売島（地の名なり）に住みき。乃ち曰ひしく、「此の島は、猶、是遠からず。若し此の島に居ば、男神尋《と》め来なむ」といひて、乃ち更に遷り来て、遂に此の島に停まりき。故、本住める地の名を取りて以て島の号《な》と為《せ》り。

（摂津国風土記逸文　比売島松原　『万葉集註釈』所引）

新羅の女神が夫から逃れ、筑紫国の伊波比乃比売島に宿るが、男神が尋ね来ることを恐れ摂津の姫島松原に移り住む。この伊波比乃比売島は国東半島に近接した姫島である。ヒメゴソ社は筑紫と難波を結ぶ航海要路に位置し、社神は新羅からの渡来の女神であることからも、「上代には海上の守護神として尊信された」（『古事記新講』）と説いたのが首肯されよう。難波の神社の中でも比売碁曽社が取り上げられるのは、新羅と難波のかかわりを背景に保有するためといえる。

但し古事記の阿加流比売神は海上の守護神でありながらも、それにおさまりきらないのが「常に種々の珍味を設けて、恒に其の夫に食ましめき」という記述である。この行為によって示される神格は、食物を与える豊饒神である。

古事記にはこの「種々の珍味」と同様の表現として、食物を司る大気都比売神が「鼻・口及び尻より種々の味物を取りだして」とする例がある。様々な種類の珍味（味物）を与えるのは食糧や稲種を生み出す豊饒神である。このように、同様の神格をみせる阿加流比売神を豊饒神と捉えたとき、殺牛とのかかわりを見出すことができる。つまり牛を殺す罪を咎めた天之日矛の手に渡ったのが赤玉であり、その赤玉が阿加流比売神と化したのは、その女神が牛の供犠を受けるべき豊饒神であったためである。[19]

牛殺しの罪を赤玉で償い、赤玉の嬢子が「種々の珍味」を食べさせるという一連の出来事は、豊饒祈願の形式を前提とすることで把握できる。両話の構図は次のような対応をみせる。

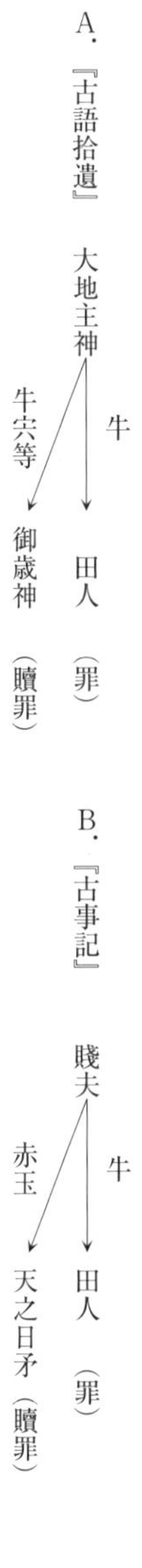

過ちを犯すのは、Aの大地主神は土地を領有支配する者、Bの賤夫は田の所有者であり、それぞれの土地を領有する者である。田人の共食という罪（Bはその疑い）に対する代償・贖罪を求めるのはAでは御歳神という地の豊饒を司る神、Bでは新羅国王の子という政治的な次元における国土の統治者を指す。

罪を贖う捧げ物は、Aでは農耕にかかわる牛宍、Bでは赤玉[20]である。赤玉は光輝く性質と地の豊饒性を併せもつ。この捧げ物はその地の神や統治者を慰撫する性質を有する。Aで御歳神に牛宍を捧げるのは、「生ける鹿を捕らへ臥せて、其の腹を割《さ》きて、稲を其の血に種《ま》きたまひき。すなはち、一夜の間に、苗生ふ」（『播磨国風土記』讃容郡）にみられる獣の肉や血が実りを促す発想による。Bで天之日矛に赤玉が捧げられるのは、天之日矛が国土の統治にかかわる一方で日を招聘する者としてあるためで、日から生じた赤玉を渡すことで天之日矛は慰撫され、賤夫の罪は赦されることになるのである。

このようにしてみると、Aが地の実りを祈願する話であるのに対し、Bは地の実りと日の恵みへの祈願というふたつの要素が複合していることがわかる。本譚は農耕儀礼における豊饒祈願の形式を有しつつ、それがより複雑化され地の実りと日の恵みに対するふたつの豊饒祈願への動機がはたらく。前者については特に阿加流比売神にかかわって次節で詳述する。

後者は本譚が日をモティーフとすることの一環である。ここで倭国の大雀命が日の御子としてあり、新羅国王の子、天之日矛が日を招聘する者であるという両者の関係が注目されるだろう。大雀命も天之日矛も時代の王となる共通する立場でありながら、大雀命は日の直系の御子として、隣国の天之日矛は日を祀る立場にある。つまりここには時代は異なるものの、それが語られる中巻末において大雀命と天之日矛というふたりの王子の対照関係をみることができるのではないか。

アメノヒボコは古事記以外の文献にも散見する。

> 粳岡《ぬか》は、伊和の大神と天の日桙の命と二はしらの神、各軍を発《おこ》して相戦ひましき。（『播磨国風土記』神前郡）
>
> 粒丘《いひぼ》。粒丘と号くる所以は、天の日槍の命、韓国より度《わた》り来て、宇頭《うづ》の川底に到りて、宿処《やどり》を葦原の志挙《しこ》乎《を》の命に乞ひて曰はく、「汝は国主為《た》り。吾が宿る所を得まく欲りす」といふ。志挙、即ち海中を許す。その時、客神、剣以て海水を攪《か》きて宿る。主の神、すなはち客神の盛りなる行《わざ》を畏みて、先に国を占めむと欲ひ、巡り上りて粒丘に到りて、湌《みをし》したまふ。ここに、口より粒落ちき。故れ、粒丘と号く。（同　揖保郡）

ここでは伊和大神や葦原志挙乎命と並び領土争いをする「客神」として現れている。これらのあり方に対し、古事記の天之日矛の性格は異なる。天之日矛は新羅国王の子であり、神ではない。それは異国の神を描かないという古事記の姿勢によるだろうか。そのため多遅摩の地で彼自身は祀られることなく、かわって将来した宝が伊豆志の八前の大神として祀られる。

新羅国王の子を祖とする血筋は、倭の日継の御子が受け継ぐ。そこで新たな「日の御子」の概念は形成される。新羅国王の子の渡来が大雀命の皇子である時代、即ち応神条に記されるのは、天之日矛のもつ新羅王家の血と「日」にかかわる資質が、日の御子としての大雀命に新たな資質を賦与する意図をもつためだろう。そうして語られる時点と語られる内容の時点は相関する。中巻末に語られることと、「昔」の時間設定はその巧まれた結果といえよう。

三　新しい「難波」の神話——阿加流比売神

豊饒神でありながら阿加流比売神は心の奢った天之日矛に罵られ、「祖の国」を目指す。なぜ天之日矛は妻を罵ったのか、祖の国とは何処を指すのかという問題は、話型の面から手がかりを得ることが可能である。阿加流比売神は日光感精によって誕生するという特異性を有しつつ、その行動に天人女房(21)としての性格がみとめられるのである。

類似した行動をみせるのは丹後国風土記逸文、奈具社の天女(22)である。以下引用する。

a此の里の比治《ひぢ》山の頂に井有り。其の名を麻奈井《まなゐ》と云ふ。今は既に沼と成れり。此の井に天女八人降り来て浴水《かはあ》みき。時に老夫婦有りき。其の名を和奈佐老夫《わなさのおきな》・和奈佐老婦《わなさのおみな》と曰ひき。此の老等《おきな》、此の井に至りて、天女一人の衣裳《ころも》を竊取《ぬす》み蔵《かく》しき。即ち衣裳有る者皆天に飛び上がりき。但《ただ》衣裳無き女娘《をとめ》一人留まり、身を水に隠して独《もはら》懐愧《は》ぢ居りき。爰《ここ》に、老夫、天女に謂《かた》りて曰はく、「吾に児無し。請ふらくは天女娘《あまつをとめ》、汝、児と為《な》りませ」といひき。天女答へて曰はく、「妾《あれ》独人間《ひとのよ》に留まりぬ。何ぞ敢へて従はずあらむ。請ふらくは衣裳を許したまへ」といひき。老夫曰はく、「天女娘、何《いか》にそ欺く心存らむ」といひき。天女云はく、「凡そ天人の志は信を以ちて本と為す。何ぞ疑ふ心多くして衣裳を許さざる」といひき。老夫答へて曰はく「疑ひ多く信無きは率土《このよ》の常なり。故、此の心を以ちて許さじと為《おも》ひしのみ」といひ、遂に許して、即ち相副《たぐ》ひて宅に往き、即ち相住むこと十余歳になりき。爰に天女善く醸酒《かみさけ》を為《つく》りき。一坏飲めば吉《よ》く万病除りき。（云々）其の一坏《ひとつき》の直《あたひ》の財《たから》、車に積みて送りき。時に其の家豊かにして土形《ひぢかた》も富みき。故、土形里と云ひき。此、中間《なかつよ》より今時《いま》に至るまで便ち比治の里と云ふ。後に、老夫婦等、天女に謂りて曰はく、「汝は吾が児に非ず。暫く借りに住めるのみ。早く出で去くべし」といひき。是に、天女、天を仰ぎて哭慟《な》き、地に俯して哀吟《な》き、即ち老夫等に謂りて曰はく、「妾、私意《わがこころ》を以ちて来れるには非じ。是は老夫が願へるなり。何ぞ厭悪《いと》ふ心を発して、忽に出去之痛《いでゆくいたみ》存らむ」といひき。老夫 増《いよいよ》 発瞋《いか》りて去かむことを願ひき。天女、涙を流して、微《ひそ》かに門の外に退き、郷人に謂りて曰はく、「久しく人間に沈みて天にえ還らず。復《また》、親故も無く、由る所を知らず。吾何哉《いかにせむ》、何哉」といひき。涙を拭ひて嗟歎《なげ》き、天を仰ぎて歌ひて曰はく、

天の原ふりさけ見れば霞立ち家路惑ひて行方知らずも

といひき。遂に退り去きて荒塩《あらしほ》村に至りき。即ち村人等に謂りて云はく、「老夫老婦の意を思ふに、我が心荒塩に異なることなし」といひき。仍《よ》りて比治里の荒塩村と云ひき。亦丹波里の哭木《なききの》村に至り、槻木に拠りて哭きき。故、哭木村と云ひき。復、竹野郡の船木里の奈具《なぐの》村に至り、即ち村人等に謂りて云はく、「此所に我が心なぐしくなりぬ〔古事に平けく善きことを「なぐし」と曰ふ〕」といひき。乃ち此の村に留まり居りき。斯《こ》は所謂竹野郡の奈具社に坐す豊宇加能売《とようかのめ》命なり。

（丹後国風土記逸文　比治の真奈井　奈具の社『古事記裏書』『元元集』所引）

この話は地上に慰留された天女が家を富ませた後に老夫婦に追い出され、各村をさすらって心の平穏を得た村に留まり、奈具社に鎮座する「天女の追放↓流離↓鎮座」という構造をもつ(23)。その天に対応する日から生まれた阿加流比売神が、夫に豊饒を授けながらも罵られ流離し、難波に鎮座する本譚と同様の展開である。

その奈具社の天女が殊に「善く醸酒《かみさけ》を為《つく》りき」と酒造に長けた豊宇加能売命であったことは注目される。「屋船豊うけ姫の命と、【こは稲の霊なり。俗の詞にうかのみたまといふ。】」（祝詞　大殿祭）とみられるようにウカ・ウケは食物の意で、豊宇加能売命は穀霊・豊饒神なのである。

天人女房は天から降り地上に豊饒をもたらす存在である。天女はより発展的なかたちであり、もとは天から降り立つ鳥であっただろう。三品彰英氏は「鳥が人態化されて行く時、羽衣伝説の「天女」の観念へと連絡して行くことは自然な発展である(24)」とされた。

b郡の北三十里に、白鳥の里あり。古老の曰へらく、伊久米の天皇のみ世に、白鳥あり。天より飛び来たり、僮女と化為りて、夕に上り朝に下る。（『常陸国風土記』香島郡白鳥郷）

c古老伝へて曰はく、近江国の伊香郡《いかのこほり》与胡郷《よごのさと》の伊香小江《いかごのおうみ》は、郷の南に在り。天の八女、倶に白鳥と為りて天より降る。江の南の津に浴す。その時、伊香刀美《いかとみ》、西山に在り。遙かに白鳥を覧て、其の形奇異《あや》しむ。因りて若《も》しこれ神人《かみ》ならむと疑ふ。往きて之を見るに、実にこれ神人なり。ここに伊香刀美、即ち感愛生え、還り去くこと得さしめず。窃かに白犬に天の衣を盗み取らしめ、弟の衣を隠す。天女乃ち知り、其の兄七人、天上に飛び昇る。其の弟一人、飛び去ることを得ずて、天の路永《とこし》へに塞《ふたが》る。即ち地の民と為る。天女の浴しき浦は、今に神浦と謂ふ。伊香刀美、天女の弟女と共に室家と為り、此処に居り、遂に男女を生む。男二女二なり。兄の名は意美志留《おみしる》、弟の名は那志等美《なしとみ》。女の名は伊是理比咩《いごりひめ》、次の名は奈是理比売《なごり》。此は伊香《いかごの》連《むらじ》等の先祖これなり。

（近江国風土記逸文　伊香小江『帝王編年記』所引）

d昔者、纏向の日代の宮に御宇しし大足彦《おほたらしひこ》の天皇、豊国の直等が祖菟名手《うなで》に詔したまひて、豊の国を治めしめたまひしに、豊前の国、仲津の郡中臣の村に往き到りき。時に、日晩れて僑宿《やど》りき。明くる日の昧爽《あけぼの》に、忽ちに白き鳥あり、北より飛び来りて、此の村に翔り集ひき。菟名手、すなはち僕者に勒《おほ》せてその鳥を看しむるに、鳥、餅と化為る。片時《しまし》の間に、更、芋草《いへついも》数千許株《いくちもと》と化りて花葉尽に栄えき。（『豊後国風土記』総記）

bでは白鳥が乙女となって朝夕天地を往復し、cにおいても天女が白鳥となり伊香小江（余呉湖）に降り立つ。豊後国風土記（総記）の白鳥は餅や芋草や花と化す。

富は始祖になる子や金としてもあらわれる。伊香小江の天女は伊香連等の先祖をもたらし、のちの天人女房譚のひとつ、竹取物語[25]では「この子を見つけて後に竹とるに、節を隔てゝよごとに金ある竹を見つくる事かさなりぬ。かくて翁やう〳〵豊になりゆく」と富が金という形式に具象化される。このようにしてみれば、阿加流比売神の「種々の珍味」も、日からもたらされたひとつの富のかたちなのである。

天人女房や白鳥は地上の一所へ留まるものではなく、十分に富が与えられるといずれは去ることが宿命づけられている。その契機となるものが〈心の奢り〉であることに注意したい。白鳥が去る時点をみる。

e田野。この野は広大く、土地沃腴《こ》えたり。開墾《にひばり》の便、この土に比《たぐ》ふものなし。昔者、郡内《くぬち》の百姓、この野に居みて、多く水田を開きしに、糧に余りて畝に宿め、大く己が富に奢りて、餅を作ちて的と為しき。時に、餅、白鳥と化りて、発ちて南へ飛びき。当年の間、百姓死に絶え、水田を造らず、遂《はて》は荒れ廃てたり。時より以降、水田に宜しからず。今田野と謂ふ、それ縁なり。（『豊後国風土記』速見郡田野）

f伊奈利《いなり》と称《い》ふは、秦中家の忌寸《いみき》等の遠祖、伊侶具《いろぐ》の秦公《はたのきみ》あり。稲粱を積みて富裕有り。乃ち餅を用いて的と為せば、白鳥と化成りて飛翔り、山峯に居りて子を生みき。〔子、稲と化成る〕。遂に社と為す。其の苗裔、先過を悔ひき。而して社の木を抜きて家に殖へ、禱り祭るなり。

（山城国風土記逸文　伊奈利社『延喜式神名帳頭注』『諸神記』所引）

eでは百姓が土地の肥沃さに食糧を余し、富に奢って餅を的に遊んだことで餅が白鳥に化して南へ飛び去る。fでも裕福となった伊侶具秦公が餅を的にしたために、穀霊としての白鳥が飛び去る。「奢」とは合理化されたひとつの説明のつけ方であり、もとは教訓的なそれでなかっただろう。餅を射ることは農耕に対するうけひ的な呪術の矢といわれる(26)。ここではそれが富に満たされ、またその余りあることの表現としてある。

次に天女の去る時点について前出のaとcを振り返れば、aでの天女が実の子ではないと理不尽な退去を迫られた契機は、酒を醸して家が豊かになり、天女の役目が果たされ不要となったときである。cの天女が羽衣を探して取り戻すのは伊香連等の先祖となる四人の子供を十分に生み育てた時点である。

つまりこれらの富をもたらす天女・白鳥はいずれもその富の贈与が十二分になったときに去るという共通性を

有している。餅を射る話にみられる〈心の奢り〉は享受する側が富を十分に与えられ、それを充足し過ぎた状態を示すひとつの表現であろう。

よって阿加流比売神を天人女房としてみたとき、天之日矛の「心奢りて妻を詈る」という表現は、彼が富に充足されて嬢子を用済みとしたその状態を示すものであることがわかる。それは天人女房としての阿加流比売神が主人のもとを離れる契機となるのである。

日光感精により誕生したことで阿加流比売神の言う「祖の国」が日を指すことを第一節で述べたが、天人女房譚の面からみれば「祖の国」はより明瞭に捉えることができる。天人女房は天によって生を享け天に帰す、本来の国に帰る存在である。日光感精で誕生した阿加流比売神にとっての祖の国が、風土記逸文にみられる天女にとっての天、そしてかぐや姫にとっての月に対応することを思えば、日を祖とすることが帰納される。女神が日の方向へ帰る途中で難波に留まったため、豊饒は次に難波へともたらされた。難波が目的地ではなかったことは「難波に留りき」の表現からも明らかであり、渡の神に阻まれた天之日矛が新羅に帰る途次、「更に還りて多遅摩国に泊てき。即ち其の国に留りて」と目的としていなかった但馬に留まるのと同様である。本来難波は「祖の国」に至るための通過点であった。こうして難波には日からもたらされる奇瑞の定着地としての性格が賦与される。比売碁曽社神として祀られることで阿加流比売神は永遠に難波に留まり、難波は日の奇瑞を授かった地として記憶される。

古事記に「難波」の文字が見えるのは応神・仁徳・履中条という仁徳時代を中心とした限られた時期のみであり、常に仁徳とのかかわりをみせる。応神天皇が日向国の髪長比売を迎えたとき、「其の太子大雀命、其の嬢子の難波津に泊てたるを見て」と大雀命が難波津で見そめたのがその初見で、仁徳時代に至って「大雀命、難波の高津宮に坐して、天下を治めたまふ」と宮が置かれ難波を舞台とする物語がはじまる。天皇は「難波の堀江を掘りて、海を通しき」と交通機能を拡大する難波の堀江を拓き、淡路島に行幸した折、「押し照るや　那邇波の崎よ　出で立ちて　我が国見れば…」と歌う。続く履中条は「本、難波宮に坐しし時」と履中即位前、所謂実質仁徳時代を語る。履中は謀反の知らせをうけて大和に連れ出され、「難波宮を望み見るに、其の火、猶ほ炳し」と難波宮の燃えるのを見る。宮は消失してしまうが「難波に還り下りて、墨江中王に近く習へたる隼人、名は曾婆加理を欺きて云ひしく」と依然難波が勢力をもつ様子が記される。

神武東征を想起してみると、浪速渡を経て白肩津に泊まるものの楯津の地で軍勢に阻まれ、紀国から迂回し大和に入る。難波は息長帯比売命の新羅親征を経てはじめて有効となり、中巻巻頭においてその地が用意されることはなかった。大和が神武東征以来伝統的な政権の地であるのに対し、難波は未だ神話を有さず、正統性の裏づけが要求されるのである。その新たな地に祝福を授けるのは大和から到来する神ではなく、新羅親征や百済の朝貢を終えた中巻末において、すぐれて朝鮮半島を展望し得る神でなければならない。

従来阿加流比売神の渡来について、その意義を問われなかったが、そこには下巻始発のための重要な意義がある。さすらう神が特定の地に鎮まることは土地讃めのひとつの方法である。(27) 比売島松原の女神は「此の島は、猶、是遠からず。若し此の島に居ば、男神尋め来なむ」と言い、さらに男神の手の届かない地に移動して安全を見出し、奈具社の天女は「「此所に我が心なぐしくなりぬ」といひき。乃ち此の村に留まり居りき」と心の平穏を得た地に留まるように、難波は女神の御心に適った地、讃えられるべき土地となる。

天之日矛と阿加流比売神は、巫女と神、また、かつて三品氏が祀る者と祀られる者との関係で捉えられたような不即不離の関係において把握できる。はじめ天之日矛は、赤玉を祀る者としての立場にあっただろう。(28)「其の玉を将《も》ち来て、床の辺に置くに、即ち美麗しき嬢子と化りき」と天之日矛が玉を床辺に置く記述は、同じ丹塗矢型譚で「其の矢を将ち来て、床の辺に置くに、忽ちに麗しき壮夫と成りき」（中巻　神武条）と、伊須気余理比売が大物主神の憑代である矢を床辺に置いたのと同様、祀る者が祀られる者を遇する表現としてある。

赤玉が化身して「種々の珍味」を食べさせる嬢子は、天之日矛に仕える巫女の姿を思わせ、最初の立場は覆された様相をみせる。しかし嬢子の「凡そ、吾は、汝が妻と為るべき女に非ず」という発言により、そもそものふたりの関係——嬢子こそが祀られる者であり、天之日矛は祀る者であるという事実——が明らかにされ、当初の関係は引き戻される。逃げる阿加流比売神を天之日矛は追うが、「心奢りて妻を詈る」という行為によって祀る者—祀られる者の関係は崩され、阿加流比売神は他に祀られるのに相応しい難波の地を見出す。「難波に到らむとせし間に、其の渡の神、塞ぎて入れず」と渡の神が阻んだ「塞」という表現は、ここにおいて祀る者と祀られる者の訣別ともいえる。こうした嬢子が受難を経て難波において神となるこの物語全体のプロセスが、下巻に先立ち仁徳の治世を予祝するのである。

おわりに

天之日矛・阿加流比売神の日本への渡来の物語は、その両者が相俟って仁徳天皇を予祝する物語となる。阿加流比売神の渡来は豊饒祈願の意味をもつ牛殺しのモティーフを含み、受難を通して鎮まる地を見出すことによって仁徳が即位する難波の地の豊饒を予祝する。難波は新羅とのつながりを有し、日光の奇瑞が降り立った大和に代わる新しい王権の地として、中巻末に記憶される。

本譚は「又、昔、新羅の国王の子有り。名は、天之日矛と謂ふ。是の人、参ゐ渡り来たり。参ゐ渡り来たる所以は…」という書き出しをもって、天之日矛の渡来譚として示される。阿加流比売神は難波に留まることで仁徳時代とかかわるが、天之日矛はその時代に留まらない、古事記中巻と下巻の問題にかかわるより大きな問題として捉えられるだろう。

天之日矛の渡来は息長帯比売命・応神へとつながる系譜を生み出すことで仁徳を血筋の面から保証する。なぜ他の天皇と一線を画し仁徳のための神話が必要となるのか。巻頭に即位する天皇は直前の巻末においてその誕生が語られる。また次の系譜に示すように、神武は海神の、仁徳は新羅の天之日矛の血筋という両者ともに特異な血筋を引く特徴をみることができる。

海の世界や新羅はそれぞれ上巻・中巻にとっての最も身近な、かつ未知なる隣国であり、上巻末では海の世界とのかかわりが豊玉毘売命・火遠理命によって、中巻末では新羅とのかかわりが息長帯比売命・仲哀天皇によって語られる。従来分注によって息長帯比売命自身に注目されてきたが、豊玉毘売命が引く海神の血筋が神武の重要な特質のひとつとなったように、息長帯比売命が天之日矛の血筋を引くことを示すことも仁徳の特質を示すためのものなのである。

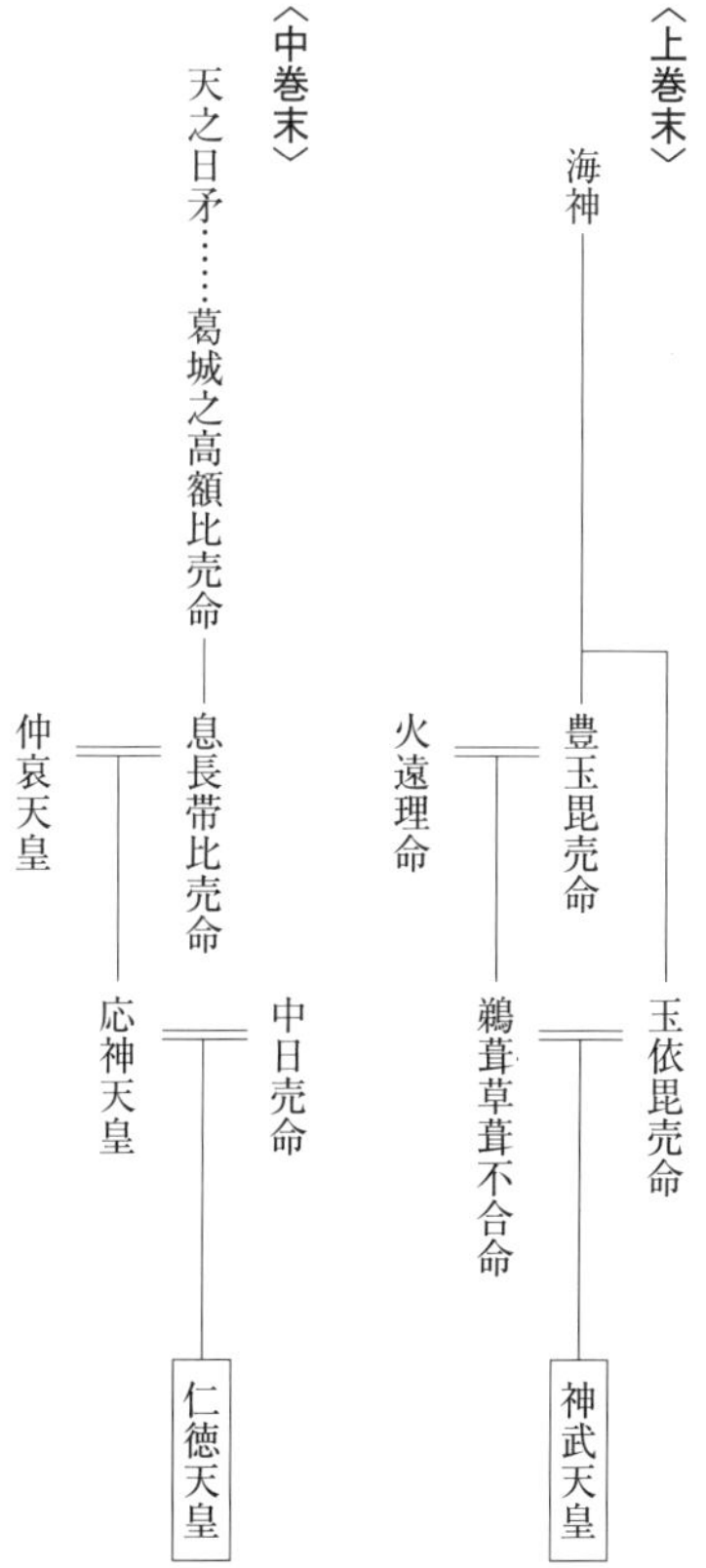

このように中巻、下巻始発の天皇は、皇統にとって外部の新たな世界からの血筋を享けることによって保証される。ここには巻頭を拓くひとつの力学をみることができる。

古事記における新羅は異国の象徴とされる。[29] 従ってその国の王子の渡来は古事記と異国とのかかわりの総体を物語るものである。遠い昔の新羅王家の血と倭王家の血の融合は、倭が異国との関係を結んで統治世界の完成といえるだろう。大雀命とその子孫たちの時代である下巻世界を拓く前提となるのである。

統治世界の拡大は上巻世界、中巻世界それぞれにとって最も切実な異国の血筋を皇統に取り込むことで果たされる。そのようにして神武、仁徳は各巻頭に立ち、中巻、下巻という新たな世界を拓く嚆矢として象徴的に位置づけられた。

そして仁徳は上巻、中巻と積み重ねられたその上に即位する点でまた神武とも異なる。中巻において大和、西国、東方十二道、新羅とすべての平定が終えられたそれを所与のものとして即位するのが仁徳である。本譚は、王権の根幹にかかわる天と日の概念を朝鮮半島までを含んで据え直し、輝かしい新時代の「日の御子」を祝福する下巻への神話といえるだろう。

注

(1) 神田秀夫「天之日矛」『国語国文』二九―二　一九六〇年二月
(2) 阪下圭八「天之日矛の物語（一）（二）」『東京経済大学人文自然科学論集』65・66　一九八三年十二月・一九八四年三月
(3) 吉井巖『天皇の系譜と神話　二』「應神天皇の周邊」塙書房　一九六七年
(4) 三品彰英『増補日鮮神話伝説の研究』「アメノヒボコの伝説」平凡社　一九七二年
(5) 西郷信綱『古事記注釈』平凡社　一九七五年―一九八九年
(6) 三品彰英『神話と文化史』「神話と文化領域」平凡社　一九七一年
(7) 柳田國男『定本柳田國男集　第九巻』「妹の力」筑摩書房　一九六九年（初出一九二五年）
(8) 次田潤『古事記新講　増訂版』明治書院　一九二六年
(9) 瀧川政次郎「比賣許曾の神について―日鮮交通史の一考察―」『國學院大學日本文化研究所紀要』九　一九六一年十月
(10) 青木周平「仁徳天皇論―日の御子像の成立―」（『古事記の天皇』古事記研究大系6　髙科書店　一九九四年）では、后として迎えた髪長比売が天孫降臨の地であり邇々芸命と神阿多都比売の聖婚の地であった「日向国」を出身とすること、日光を浴びた菟寸河の西にある巨樹の影が淡路島まで届くこと、「押し照るや　難波の崎よ」の歌等が、難波に即位する日の御子としての空間的・時間的な支配権を定位すると論じられる。
(11) 神野志隆光『古事記の世界観』「「天下」の歴史―中・下巻をめぐって―」吉川弘文館　一九八六年

(12) 伊藤益『ことばと時間—古代日本人の思想—』「神代論」大和書房　一九九〇年
(13) 佐伯有清『牛と古代人の生活—近代につながる牛殺しの習俗—』至文堂　一九六七年
(14) 佐伯前掲書が指摘するように、農耕儀礼にかかわる牛殺しは主に雨乞いを目的とするが、後述のように殺牛・食牛は豊饒を祈る儀礼であり、両者とも豊饒儀礼として捉え得る。
(15) 西宮一民校注『古語拾遺』岩波文庫　一九八五年
(16) もとより牛は農耕家畜としてあり、大気都比売神譚と対応する神代紀（第五段一書第十一）で口から食糧を出す保食神《うけもちのかみ》が穢らわしいと殺されたとき「其の神の頂に牛馬化為り、顱の上に粟生り、眉の上に繭生り…」とその頂が牛馬となったことは穀霊と牛の神話的な有縁性を示す。
(17) Ｊ・Ｇ・フレイザー（『初版　金枝篇』吉川信訳　ちくま学芸文庫　二〇〇三年　原著一八九〇年）が「動物を聖餐として殺し食すること、すなわち神としての動物を殺し食べることは、その動物が神聖であり、通常殺してはならないものである、ということを含意している」とする。
(18)『肥前国風土記』（基肆郡）にも姫社郷という地名がみえ、道行く者を「半凌半殺」する荒ぶる神の名が織女神であることから「姫社《ひめこそ》」と名づけられる。織女神であることから渡来系とも推測される。
(19) 垂仁紀（二年是歳）、「一云」の対応の箇所では詳細は異なるが、牛を殺して食べた代償に郡内の祭神「白石」を天日槍に捧げ、記と構造を一にする。
(20) 豊饒を約束するものが玉であったことについて、允恭紀（十四年九月）で真珠が狩の豊饒をもたらしたことが想起される。島の神の祟りが原因で天皇が淡路島で狩をおこなっても一向に仕留め得ず、神の言葉に従って赤石の海底の真珠を奉ると獣を得たというもの。
(21)「天人女房」という呼称について、他に「白鳥処女」や「羽衣説話」等があるが、本譚や取り上げる説話に必ずしも白鳥や羽衣が出てくるわけではなく、天女が地上に降り立つというモティーフの点から捉えるため、本書ではこう呼ぶ。
(22) これは仁平道明「『丹後国風土記』逸文存疑—「奈具社」の話の後代的性格—」（『解釈』五二　二〇〇六年三・四月）が中

世の偽書とされ、独詠歌、信疑問答等問題のある点が多いが、「後代的性格を思わせる」という推測に留まり、話の構造自体は古事記と同様のもの。

(23) 斎藤英喜「「奈具社伝承」を通して　制度論から」『古代文学』二一　一九八二年三月

(24) 三品彰英『古代祭政と穀霊信仰』「穀霊信仰の民俗学的基礎研究」平凡社　一九七三年

(25) 片桐洋一校注『新編日本古典文学全集　竹取物語・伊勢物語・大和物語・平中物語』小学館　一九九四年

(26) 守屋俊彦氏、吉井巖氏の諸論を纏められた内田賢德氏（「記紀歌謡の方法―意味と記憶―」『萬葉集研究』第十六集　塙書房　一九八八年）による。

(27) 野田浩子「「奈具社伝承」を通して　様式論から」『古代文学』二一　一九八二年三月

(28) 三品彰英「神話と文化領域」（前掲書）

(29) 阪下圭八（前掲論文）

第三章　下巻への神話⑵　秋山春山譚

はじめに

続く秋山春山の譚は、天之日矛が将来した八種の宝が伊豆志の八前の大神となり、その娘・伊豆志袁登売《いづしをとめの》神への求婚をめぐって八十神が争う中に展開される。

故、茲《こ》の神の女《むすめ》、名は伊豆志袁登売神、坐《いま》しき。故、八十神、是の伊豆志袁登売を得むと欲へども、皆婚《あ》ふこと得ず。是に二はしらの神有り。兄の号は、秋山之下氷壮夫《あきやまのしたひをとこ》、弟の名は春山之霞壮夫《はるやまのかすみをとこ》ぞ。故、其の兄、其の弟に謂ひしく、「吾、伊豆志袁登売を乞へども、婚ふこと得ず。汝は、此の嬢子を得むや」といひき。答へて曰ひしく、「易く得む」といひき。爾くして、其の兄の曰はく、「若し汝此の嬢子を得むこと有らば、上下の衣服を避り、身の高《たけ》を量りて甕の酒を醸まむ。亦、山河の物を悉く備へ設けて、うれづくを為む」と、云ふこと爾り。爾くして、其の弟、兄の言の如く、具さに其の母に白すに、即ち其の母、ふぢ葛《つら》を取りて、一宿《ひとよ》の間に、衣・褌《はかま》と襪《したぐつ》・沓《くつ》とを織り縫ひき。亦、弓矢を作りて、其の衣・褌等を服しめ、其の弓矢を取らしめて、其の嬢子の家に遣れば、其の衣服と弓矢と、悉く藤の花と成りき。是に其の春山之霞壮夫、其の弓矢を以て、嬢子の厠に繋けき。爾くして、伊豆志袁登売、其の花を異《け》しと思ひて、将ち来る時に、其の嬢子の後に立ちて、其の屋に入りて、即ち婚ひき。故、一の子を生みき。爾くして、其の兄に白ししく、「吾は、伊豆志袁登売を得たり」といひき。是に、其の兄、弟の婚ひしことを慷愾《うれた》みて、其のうれづくの者を償はず。爾くして、其の母に愁ひ白しし時に、御祖《みおや》の答へて曰ひしく「我が御世の事は、能《よ》くこそ神を習はめ。又、うつしき青人草《あをひとくさ》を習へか、其の物を償はぬ」といひき。其の兄の子を恨みて、乃ち其の伊豆志河の河嶋の一節竹《ひとよだけ》を取りて、八目の荒籠《あらこ》を作り、其の河の石を取り、塩に合へて、其の竹の葉に裹《つつ》みて、詛《とこ》はしむらく、「此の竹の葉の青むが如く、此の竹の葉の萎ゆるが如く、青み萎えよ。又、此の塩の盈《み》ち乾《ひ》るが如く、盈ち乾よ。又、此の石の沈むが如く、沈み臥せ」と、如此《かく》詛はしめて、烟の上に置きき。是を以て、其の兄、八年の間、于萎え病み枯れたり。故、其の兄、患へ泣きて、其の御祖に請せば、即ち其の詛戸《とごひと》を返さしめき。是に、其の身、本の如くして、安く平らけし。〈此は、神うれづくの言の本ぞ〉。（中巻　応神条）

兄の秋山は弟の春山に、伊豆志袁登売神を得ることができたら上下の衣服を脱ぎ、身の丈ほどの甕酒を醸して山河のものをすべて供えようと賭けを提案する。春山は母に相談する。母は藤の葛を取り、一夜の間で衣服から沓・弓矢までを作り上げて春山にもたせた。嬢子の許に行くと服も弓矢も藤花と化す。不思議に思いそれを手に厠に入った嬢子のあとをつけ、春山は婚姻を遂げる。そこにひとりの子が生まれた。しかし秋山はそれを妬み、賭けたものを償なわない。春山が愁うと、母は竹で荒籠を作り、塩にあえた河石を竹葉に包み烟上に置いて兄の子を呪詛した。秋山は八年の間、萎び、病み、枯れたままの状態となり、泣いて懇願した結果、その身は本来通り安泰となった。

話は秋山春山兄弟の対立の中、母の協力によって弟が婚姻を遂げ、兄が制裁を受けるという筋をもつ。前半部では春山之霞壮夫と伊豆志袁登売神との婚姻、後半部では秋山之下氷壮夫が八年の間苦しめられた末に元の身に戻されることが語られる。

本譚と上巻末の海幸山幸譚の対応関係については寺田恵子氏の指摘がある。(1) 両譚は兄弟の対立にはじまり、弟が婚姻を遂げ兄への報復に至るという共通の構造をもつ。一方、海幸山幸譚が海神の血を承け中巻冒頭に即位する神武天皇の出生につながる譚としてあるのに対し、本譚は下巻冒頭の仁徳天皇の出生につながらないという位置づけの差がある。

また本譚は前節の天之日矛譚に比してもなおつながりが希薄である。天之日矛譚では天之日矛の血脈が応神天皇の皇統へと連なるのに対し、本譚で生まれる子は「一の子」とされるのみで子の名は明らかにされない。皇統とのかかわりを一切もたないという点で、古事記の中でもきわめて前後の脈絡が見出し難い譚といえる。

従来、本譚は皇位継承のあり方(2)や統治(3)、規範(4)や外来技術の伝来(5)を示す物語として、応神条の本文に直接的に解釈された。しかし、本譚は「昔」という時間設定の中の物語である。「今」につながる根拠となる過去をあらわす「古」とは異なり、「昔」とは「今」を規定することのない、恣意的な過去をあらわす。従って本譚は独自の物語の時間を構成し、それ自体で完結した物語として解釈することが求められるのではないだろうか。

本譚を完結した物語として、周期の観点から捉えたものに三品彰英氏の論(6)がある。氏は本譚を「生命の若返りの周期」に沿ったものとして捉え、上巻の天照大御神の岩戸隠れに共通する死と再生の主題に基づくものとされた。冬から春に至るときの、生命の更新の祭儀がここにみられるとするのである。本章はこれを追認するかたちでさらに考究を深め、本譚の古事記における位置づけにまで考察を広げたい。天之日矛にまつわる譚が日本書紀や風土記に散見されたのに対し、この秋山春山譚は他に対応の物語をみることのできない古事記独自の譚である。従って、中巻末に位置づけられる本譚は古事記の三巻構想に独自に要請された物語であると考えられる。

本譚に登場する神々が恋愛の主題性を喚起させる壮夫《をとこ》と袁登売《をとめ》の呼称をもつことは(7)、本譚の主題のひとつが婚姻にあることを示している。倭の山の神である春山之霞壮夫と、新羅に由来する神宝の娘である伊豆志袁登売神の婚姻は聖婚とみることができ、豊饒に先立つ予祝のための聖婚として、上巻末における日向三代の聖婚と対応的に捉えることが可能であると考えられる。

『古事記伝』が「此段の故事《フルコト》凡て神代めきたるは、いと〳〵上代の事とぞ聞ゆる」と本譚の神代的性格について言及したことにも注目したい。ここで「神代めきたる」の内容を私に説明すれば、主役が神々であることに加え、人間を「青人草」と上巻と同様の呼称を用いて呼ぶことや丹塗矢型婚姻の話型など、現実とは異なる論理に基づく神話的モティーフが多くみられる点だろう。そうしたことも本譚が上巻に並ぶ質をもつことの証左であり、中巻末において挿入的な「神代」が構成されていると考えられる。

一　春と秋

春山之霞壮夫・秋山之下氷壮夫の名には春秋、山、霞と下氷、壮夫の四つの要素が含まれている。各要素が複合する兄弟はどのような神格をもつのだろうか。

兄弟の名に冠する春秋は元来、農耕における一年の周期をあらわす。

　魏略曰、其俗不レ知二正歳四節一。但記二春耕秋収一為二年紀一。　（『魏書』東夷伝倭人条　裴松之注）

　春には渠を塡み畔を毀つ、又秋には穀已に成りぬれば、冒すに絡縄を以ちてす。　（神代紀上　第七段一書第二）

『魏書』所引の『魏略』は、四節を知らない倭人が春に田を耕し、秋に作物を収穫することをもって一年としたことを伝える。書紀ではスサノヲが春に田の畔を壊し溝を埋め、秋に穀物が稔ればそこに縄を張る。記紀を通じてスサノヲには農耕神の性格がみとめられるため、乱行と称されるこの行為もその性格に則ったものと捉えられる。「皇神等の依さしまつらむ奥つ御年を、手肱に水沫畫き垂り、向肱に泥畫き寄せて、取り作らむ奥つ御年を、八束穂の茂し穂に」（延喜式祝詞　祈年祭）と古代において稲がトシとも呼ばれたことは、一年が農耕によって把握されたことを示す。春秋を名に冠する兄弟は農耕における一年を具現した存在であると考えられるだろう。

　この神名に対して、従来多く萬葉集の額田王の春秋競憐歌（1・一六）が参照される。題詞には「春山万花の艶と秋山千葉の彩とを競ひ憐れびしめたまふ」とあり、春山と秋山のそれぞれの美しさを競わせるありかたは、本譚の秋山春山兄弟に通じ、「春山と秋山とのこの対比には、いささか風雅の要素が加味されているといえる」（『古事記注釈』[8]）といわれる。加えて次の二首も参照しておきたい。

やすみしし　我が大君　神ながら　神さびせすと　吉野川　たぎつ河内に　高殿を　高知りまして　登り立ち　国見をせせば　たたなはる　青垣山　やまつみの　奉る御調と　春へには　花かざし持ち　秋立てば黄葉かざせり　行き沿ふ　川の神も　大御食に　仕へ奉ると　上つ瀬に　鵜川を立ち　下つ瀬に　小網さし渡す　山川も　依りて仕ふる　神の御代かも　（萬葉1・三八）

葦原の　瑞穂の国に　手向すと　天降りましけむ　五百万　千万神の　神代より　言ひ継ぎ来たる　神奈備の　三諸の山は　春去者《はるされば》　春霞立ち　秋往者《あきゆけば》　紅にほふ　神奈備の　三諸の神の　帯にせる　明日香の川の水脈速み　生しため難き　石枕　苔生すまでに…　（同13・三二二七）

三八歌・吉野讃歌は天皇が吉野に国見をすると、山の神が天皇に奉るため春には花、秋には黄葉をかざしもつ。春秋の美しい世界を予祝としてあらわす発想が窺える。三二二七歌はそれと同形式により、三諸山は春になると春霞が立ち、秋になると紅葉が美しく照り映えると歌う。この霞と紅葉の対比は春山之霞壮夫と秋山之下氷壮夫の名に対応する。下氷は「秋山の　下《した》部《へ》留《る》妹《いも》　なよ竹の　とをよる児らは」（萬葉2・二一七）と女性の形容としてもある、紅葉の色づきを意味するといわれる晩秋の景物である。

春秋を対比させてその山の豊かな景物を歌うこれらの歌は、いずれも「神の御代かも」「神代より　言ひ継ぎ来たる」と神代に由来をもって歌われる。つまり春秋ともに豊饒な世界が神代であり、本譚の春山之霞壮夫・秋山之下氷壮夫の名もそうした意識に基づき、上巻に並ぶ神代を現出させる神としてあるといえるだろう。

また兄弟の名に「山」が含まれていることは、農耕の周期を具現する神であると同時に、山の神でもあることまれる。

をも示している。古事記において山の神は国つ神の代表的存在であり、その山の神からは農耕にかかわる神が生

僕は、国つ神、大山津見神の子ぞ。僕が名は足名椎と謂ひ、妻が名は手名椎と謂ひ、女が名は櫛名田比売と謂ふ。（上巻）

大山津見神の女、名は神大市比売を娶りて、生みし子は、大年神。次に宇迦之御魂神《うかのみたまのかみ》。（上巻）

大山津見神の孫に稲田の神・櫛名田比売が生まれ、大山津見神の娘から歳《トシ》を司る大年神、穀物を意味するウカを冠した宇迦之御魂神が誕生する。春になれば山の神が里に降りて田の神となり、秋の収穫が終われば再び山に還るという民俗的信仰においても、山の神と田の神はかかわりが深いとされる。(9)

本譚の中でもそうした兄弟の神格に基づく表現はみとめられる。伊豆志袁登売神をめぐる賭けでは、秋山は「上下の衣服」「甕の酒」「山河の物」を春山に約束する。「上下の衣服」は吉野讃歌において、山の神が花や黄葉をかざすと擬人的に表現されたように、山の神の装いをあらわすものと考えられる。また先の萬葉集長歌で「山川も　依りて仕ふる」（三八）、「三諸の神の　帯にせる　明日香の川」（三二二七）と歌われたように、川は山に属して並び称される景物である。そうしたことに基づき、秋山は「山河の物」を約束することが可能である。さらに、「甕の酒」を醸すことを約束したのは秋山が農耕にかかわる神でもあることによるだろう。農耕の神が酒を醸すことは、「爰に天女善く醸酒を為りき。一坏飲めば吉く万病除りき…斯は所謂竹野郡の奈具社に坐す豊宇加《とようか》

能売《のめ》の命なり」（丹後国風土記逸文）にみえる。天女が酒を醸すことに長けていたのはその名がウカ（食糧）の名をもつ豊宇加能売命であったためである。秋山が「甕の酒」を提示するのも、彼が田の神であり、また秋という稔りの側を司る性格をもつためと考えられる。

このように、秋山春山兄弟はその神名から、あるいは文中の表現から、農耕の周期を司る山の神・田の神としての性格をもち、神代における豊饒の世界を具現化した存在であると把握することができる。さらに兄弟の役割を詳細に規定すれば、春山は農耕の周期前半の胚胎と繁殖の側を、秋山は周期後半の稔りや紅葉、枯死を司るといえる。春から秋へという季節の巡行が弟と兄というふたりに説話的に分けられ、兄弟が揃うことによってはじめて農耕の周期をなす。このように秋山春山兄弟を捉えることができるだろう。

二　春の婚姻——伊豆志袁登売神

兄弟争いの話型においては弟が勝つという論理が存在する。本譚もその話型の論理に則り弟の春山之霞壮夫が嬢子と婚姻を遂げる。古代の時間性からしても、秋が兄で春が弟であることは自然ではなく、春山が婚姻を遂げるための設定と考えられる。

兄弟が農耕の周期をあらわす存在であることに鑑みるならば、そのうち春山のみが繁殖の力をもち、嬢子を懐胎させ得る存在であることに注意したい。一方秋山が司るのは稔りの側であり、胚胎や生成の力をもたない存在なのである。伊豆志袁登売神が結ばれる相手は春山であり、秋山ではなかったのは兄弟それぞれがもつ神格に即した結果である。

春がこの婚姻において決定的な意味をもつということは、男女の媒介になった藤の花が示す。嬢子の前に開花した藤は陽暦五月の田植えの頃に盛りを迎える花で、昔話の猿聟入譚にみえる。この昔話は、老父が田畑の仕事に疲れ、代わりに引き受けてくれた者に娘の一人をやると呟くと、猿が引き受け、約束の娘を乞う。末娘が猿の嫁となるが、娘は里帰りの時、餅を入れた臼を猿に背負わせ、藤花の咲くのを見て採ってくれるよう頼む。臼を背負いながら木を登ったところ、枝は折れ、猿は谷川へ沈むという筋をもつ。

この話の背景には「田植えに先立って、山の神が里に降って水の神に転生する民俗」が隠されているといわれ[10]、藤が農耕の季節を象徴する花であったことが窺える。春山は嬢子の厠に弓矢を懸ける。丹塗矢型神婚において弓矢は男神の依代としてある。その弓矢を手に嬢子が厠に入ると春山之霞壮夫はあとをつけ、結ばれる。神話特有の生殖行為と農耕作業が重ね合わされる思考[11]に鑑みれば、田植えの季節と結びつく藤の花は両者の婚姻が可能であることを象徴的に示すと考えられる。

伊豆志袁登売神の性格についてみておきたい。伊豆志袁登売神は天之日矛の将来した八種の「玉津宝」、伊豆志の八前の大神の娘で、延喜式（神祇）の出石郡には「伊豆志坐神社八座【並名神大】」とみえる。この伊豆志の八前の大神は、垂仁紀では「但馬国に蔵め、常に神の物と為す」（三年三月）、「朕聞く、新羅王子天日槍《あめのひぼこ》、初めて来し時に、将来《もちきた》る宝物、今し但馬に有り。元《はじ》め国人の為に貴びられ、則ち神宝と為《な》れりと。朕《われ》其の宝物を見まく欲し」とのたまふ。即日に使者を遣し、天日槍の曾孫清彦に詔して献らしめたまふ。是に、清彦、勅を被り、乃ち自ら神宝を捧げて献る」（八十八年七月）と神物・神宝として扱われる。八座をもつ大神とされるように、伊豆志の八前の大神は多遅摩の出石地域における強力な神として尊信されている。他の文献にその名を見ない伊豆志袁登売神は、その神宝に仕える巫女としての性格をもつと考えられる。

その神宝の内容は記紀間で異なる。三品彰英氏はそれを日神の呪具・水の呪具・玉の呪能・神籬の四種に分類された[12]。古事記の玉津宝（玉二貫・浪振る比礼・浪切る比礼・風振る比礼・風切る比礼・奥津鏡・辺津鏡）の性格は、玉と水の呪具、鏡に分けられる。玉は神霊[13]、比礼は浪や風を操り航海・漁撈の安全を祈る呪具とされ、天之日矛が新羅から倭の難波に至る海を渡るために用いた航海道具と考えられる。阿加流比売神に対して神とされない天之日矛の渡来は宝の力によって遂げられている。

鏡は神に代わる権威的な聖具である。天照大御神らが「此の鏡は、専ら我が御魂と為て、吾が前を拝むが如く、いつき奉れ」（上巻）とみられるように政治的権威を有する。そこに冠する「奥」「辺」は、宗像三神の宮に「奥津宮」「中津宮」「辺津宮」（上巻）とあるのを思わせる。奥津宮は玄界灘に囲まれた沖ノ島、中津宮は陸に近い大島、辺津宮は陸に位置するため[14]、「奥津鏡」は沖の海神を祀る鏡、「辺津鏡」は岸に近い海神を祀る鏡と思しい。倭を起点に新羅近海を奥津鏡、日本近海を辺津鏡により祀るのである。従って伊豆志の八前の大神は新羅に由来し、新羅から倭の海を治め航海を可能にする、新羅と倭のつながりを示す神であると考えられる。

このような神宝を祀る譚としては、崇神紀（六十年七月）に出雲大神の宮に納められた武日照命の天から将来した神宝を天皇が求める話がある。神宝は出雲人が祀る「真種の甘美鏡」であり、天皇の所望は出雲大神の祭祀権の獲得という意図に基づいていた[15]。同様の論理に基づけば、神宝を祀る巫女・伊豆志袁登売神との婚姻は、春山之霞壮夫が伊豆志の八前の大神の力を取り込むことであると考えられる。

国つ神の筆頭としての山の神と新羅に由来する神の巫女との婚姻は聖婚であり、この婚姻の構造は上巻末の火遠理命と豊玉毘売命との婚姻に対応をみることができる。火遠理命（山佐知毘古）は豊玉毘売命との結婚を経た後、綿津見大神に塩盈珠・塩乾珠を授けられ、海潮を操る資格を手に入れる。両譚は、山にかかわる神が海の呪能を得るという構造を共有する。

〈上巻末〉綿津見大神――豊玉毘売命
　　塩盈珠・塩乾珠
　　火遠理命（山佐知毘古）
　　鵜葺草葺不合命――神倭伊波礼毘古命（神武天皇）

〈中巻末〉伊豆志の八前の大神――伊豆志袁登売神
　　（玉津宝）
　　春山之霞壮夫（山の神）
　　一子

海の呪能は、上巻末では塩盈珠と塩乾珠、また豊玉毘売命や玉依毘売命の名に含まれるように、神霊としての「玉」に具象化され、中巻末では天之日矛の八種の「玉津宝」が新羅の海洋の力を象徴する。上巻末の綿津見の宮は神話的異郷、中巻末の新羅は現実につながる異国である。ここには各巻の性格に即して、海を隔てた重要な国を取り込む構想をみることができる。

聖婚によって誕生する子について、上巻末では鵜葺草葺不合命と記されるのに対し、中巻末では「一子」とのみ記され、その名が明らかにされない。上巻末の聖婚が神武天皇出生へとつながる皇統を生み出すのに対し、中巻末の聖婚は皇統につながらないためである。

系譜の面から下巻のはじまりを支える天之日矛譚に対し、本譚は聖婚という主題によって予祝の意味をもつ。子とは、生み出されたものであり、生命と創造を象徴する。聖なる子は、春における増殖の観念[16]と相俟って、聖婚がもたらす地の豊饒の象徴といえる。

三　母の協力――春山之霞壮夫

前節では春山之霞壮夫と伊豆志袁登売神の婚姻が、上巻末の火遠理命と豊玉毘売命の婚姻に対応をもつことを述べ、双方が次巻の予祝の意味をもつ聖婚であることをみとめた。一方で上巻末の譚は系譜の面において根幹をなす神話であるが、中巻末に位置する本譚は、上巻から続く系譜を継承するため、本譚自体は直接系譜にかかわる要素をもたない予祝の挿話であるという差異がみられた。

物語内容において、上巻末と異なる本譚のもうひとつの特徴的な点は、母が子の運命を握るということである。春山の聖婚は母のはたらきによって遂げられ、秋山への制裁もまた母の呪詛によってなされた。

上巻の結末において、火照命（海佐知毘古）は苦しめられた末に「僕は今より以後、汝命の昼夜の守護人と為て仕へ奉らむ」と、弟の守護人としての従属を申し出るが、秋山は制裁を受けた後に許しを乞うと「其の身、本の如くして、安く平らけし」と本来の姿を取り戻す。この兄弟は一方が一方に従属するような関係ではなく、春と秋でひとしく並び立つ存在である。海幸山幸譚と秋山春山譚は、兄弟争いの話型をもつ話として一見同じであるが、上巻末が火遠理命（山佐知毘古）を中心として物語り、火照命を脇役とするのに対し、本譚は前半部を春山の聖婚の話、後半部を秋山への制裁の物語として等分に描くように、互いの物語としてのあり方は異なっている。従って本譚では聖婚、また死と再生というふたつの主題を併せた解釈が必要であると考える。

本節、次節では母と兄弟のかかわりを中心に物語を分析していきたい。母にかかわる場面では上巻の神話的なモティーフが散見し、本譚の「神代めきたる」性格が顕著である。

まず結婚の賭けに際して春山は母に相談する。その両者の密着した関係は、話型において上巻の大国主神譚と共通する。八上比売が大穴牟遅神との結婚を宣言し、怒る八十神は巨石により弟を殺す。「御祖命」は愁い泣き神産巣日之命に告げ、貝の神が遣わされることで大穴牟遅神は「麗しき壮夫」として復活する。再び八十神が大穴牟遅神を殺すと、「御祖命」は再び助け出し子を復活させた。

八十神の求婚というモティーフ、母親が「御祖」[17]と表現される点、また子の生死にかかわる点で両譚は共通し、ここに生死を司る御祖という共通の話型をみとめることが可能である。ただ両譚ともに、母は「御祖」とのみ呼ばれ、本譚ではその神名も明らかにされない[18]。話の主体はあくまで兄弟にあり、母は、自身の象徴的性格——子を生み育てる親——に基づき、兄弟双方にはたらきかける存在に過ぎないのである。

母は藤葛を取り「一宿の間」に衣・褌・襪沓・弓矢を作り、春山にもたせる。衣服は春山のもつ春としての資質を開花させ、弓矢は神婚のための男神の依代とするためである。

本来、「一宿の間」に藤葛を用い衣から沓までを織り上げることは不可能である。衣を藤葛で織るには、皮を剝ぎ繊維を取り出し水でさらし軟化させ、さらに乾燥させたものを績み撚って織るというきわめて多くの工程を要する。[19] しかしこの「一宿の間」の表現は神の特別な権能による秘技をあらわす。

妹玉津日女命、生ける鹿を捕らへ臥せて、其の腹を割きて、稲を其の血に種きたまひき。すなはち、一夜の間に、苗生ふ。即ち取りて殖ゑしめたまふ。

（『播磨国風土記』讃容郡）

鹿の腹を割いて稲種を植えると一夜のうちに苗が生える。「一宿の間」はこの世ならぬことが実現された神話的な時間表現である。

藤葛で作った衣と弓が藤花となることも神話特有の再生の表現である。黄泉国に赴いた伊耶那岐命が投げた御《み》縵《かづら》は「カヅラ」という同音に導かれ「蒲子《えびかづらのみ》」に再生し、竹の櫛が「笋《たかむな》」に再生して黄泉醜女をひきつける。

伊耶那岐命、黒き御《み》縵《かづら》を取りて投げ棄つるに、乃ち蒲子生りき。是を摭《ひり》ひ食む間に逃げ行きき。猶ほ追ひき。亦、其の右の御みづらに刺せる湯津々間櫛《ゆつつまくし》を引き闕《か》きて投げ棄つるに、乃ち笋生りき。是を抜き食む間に、逃げ行きき。

（上巻）

このような母の協力を得て、藤花を開花させた春山と伊豆志袁登売神との出会いの場面は、火遠理命と豊玉毘売命の婚姻の場面に対応する。

其の璵《たま》を見て、婢を問ひて曰ひしく、「若し、人、門の外に有りや」といひき。答へて曰ひしく、「人有りて、我が井上の香木の上に坐す。甚麗しき壮夫ぞ。我が王に益して甚貴し。故、其の人水を乞ひつるが故に、水を奉れば、水を飲まずして、此の璵を唾き入れつ。是、離つこと得ず。故、入れ任ら、将ち来て献りつ」といひき。爾くして、豊玉毘売命、奇しと思ひ、出で見て、乃ち見感でて、目合して、其の父に白して曰ひしく、「吾が門に麗しき人有り」といひき。　（上巻）

火遠理命の不可思議な行為を婢を通して聞き、豊玉毘売命が「奇し」としたことは、本譚の伊豆志袁登売神の「異し」という表現に共通する、聖性の顕示に感じた反応である。このように母は神の特殊な技によって息子を聖婚に導く。ここには、中巻でありながらも上巻神代における神秘的な要素が凝縮された、もうひとつの神代が描かれているのである。

四　母の制裁——秋山之下氷壮夫

一方、弟の婚姻を妬んだ秋山之下氷壮夫は賭けたものを償わず、「八年」の間萎び病み枯れるという厳しい罰を科せられる。弟との賭物を償わない罰としてこの長期間にわたる制裁はいささか重すぎるのではないか。

同様の兄弟争い型をもつ海幸山幸譚における兄への制裁の場面では、海神は「三年の間、必ず、其の兄、貧窮《まづ》しくあらむ」と一定の期間を示した。本譚ではそれをはるかに超えた制裁に見合うだけの内容の「神うれづく」がなされているとみる必要がある。

　再び賭けの表現を検討する。賭けの品物は「上下の衣服を避り、身の高を量りて甕の酒を醸まむ。亦、山河の物を悉く備へ設けて、うれづくを為む」とすべてにわたることが強調された。衣服を「上下」すっかり脱ぐことは秋の装いを脱ぎ去りすべて春に捧げること、「身の高を量」り酒を醸すことは自分の存在と同等の分だけの酒を用意すること、「山河の物」を「悉」く供えることも秋に収穫されるすべての産物を春山に譲ることを意味する。つまり、これら三つの品物を春山に約束することは、秋の季節におけるすべての風景・産物を春に譲渡するということにひとしいのではないか。

　本譚末尾に「此は、神うれづくの言の本ぞ」と分注が施されることも重要である。神うれづくは「神かけての賭」（『古事記注釈』[20]）といわれ、そこに人間同士のそれを超越するものという意味をみとめる。秋山は単に所有の一部を譲り渡すのではなく、神としての自身の存在を賭けた約束をしたといえるのではないだろうか。その存在にかかわる重大な約束をしたにもかかわらずそれを履行しなかった息子に、母は制裁を与えたのではないか。母の呪詛の意義は秋の植物を毎年枯らしめ稔りのない状態へと陥らせること、つまり秋の時間を実現させないことにあった。秋の時間が実現しなければ、秋のおわりをもって春へと譲り渡すことが不可能となり、来たる春の時間も実現されない。豊饒に先立つ春山の聖婚が成し遂げられたにもかかわらず、実りを結ぶことは果たされないのである。

　その呪詛の方法について、母は伊豆志河の「河嶋の一節竹《ひとよだけ》」を取り「八目の荒籠《あらこ》」を作り、河の石を取って塩にあえ、「竹の葉」に包んで詛い「烟の上」に置く。秋山を懲らしめる道具が竹であることは、それがもつ聖性による[21]。

老翁《をぢ》、即ち嚢中《ふくろのなか》の玄櫛《くろくし》を取り地に投げしかば、五百箇竹林《いほつたかむら》に化成りぬ。因りて其の竹を取り、大目麁籠に作り、火火出見尊《ほほでみのみこと》を籠の中に内れ、海に投る。（神代紀下　第十段一書第一）

竹で作られた「荒籠」は、火火出見尊が「大目麁籠《おおまあらこ》」に入り海神の宮に届けられたように、中に入るものを常ならぬ状態へと導く空間である。竹取物語においても、かぐや姫は竹の中で異常な出生を遂げ、竹の籠に入れて養育され、三月で成人する。本譚での「一節竹」とは、一節のみの竹、つまり節のない竹を意味する。「実際にはありえない」（『新編全集』）ものであるが、それは竹を曲げて籠を作るのに最も適した竹であるはずで、神だけが見つけられる特殊な竹といえる。

石は神の依代として意味をもつ（『日本民俗事典』[22]）。仲哀条や萬葉集にみえる息長帯比売命の鎮懐石には、子の出産にかかわる石の性格をみることができる。日本霊異記（下巻第三一縁）には女が二つの石を産み、年ごとに増長する譚がみえる。伊奈婆《いなば》の大神は「其の産める二つの石は、是は我が子なり」と告げたため、女は忌籬を立てて祀った。石に神が宿り生命をもつという発想に鑑みれば、竹葉に包んだ石は神としての秋山の生命を見立てたものであり、従って呪詛によって萎びたと考えられる。その石が置かれた「烟の上」について、『類聚名義抄』（観智院本）には「烟、カマト　ケブリ」とあり、『古事記伝』はカマドと訓む（「氣夫理《ケブリ》と訓むもあしからじ」とも述べる)。「烟」が「竈」のけむりをあらわす例として、[23]「沈水《ぢむ》、淡路島に漂着れり。其の大きさ一囲なり。島人、沈水といふことを知らずして、薪に交《か》てて竈に焼く。其の烟気、遠く薫る。則ち異なりとして献る」(推古紀三年四月)と、沈水という香木が淡路島に漂着したが、島人が香木と知らずに「竈」で焼くとその「烟気」が遠くまで薫った例がみえる。

石をこのような竈の烟の上に置いたのは、「呪いのためであり、たんに竹の葉がしなび塩が乾くからではあるまい」(『古事記注釈』)とされるように、呪的な動作と考えられる。次の竈神に対する信仰のあり方は本譚の行為に通じる。

少君言レ上「祠レ竈皆可レ致レ物。致レ物而丹沙可三化為二黄金一。黄金成以為二飲食器一則益レ壽。益レ壽而海中蓬萊僊者乃可レ見之。以封禪則不レ死。黄帝是也。嘗游二海上一、見二安期生一、安期生食二臣棗一、大如レ瓜。…

(『漢書』郊祀志第五　武帝)

李少君は武帝に竈を祀るよう勧める。そうすれば精霊を集めることができ、丹沙は黄金になり、黄金で食器を作れば寿命が延びる。そうして蓬萊の仙人に会うことができ、祭祀すれば不死となるからである。竈が「致レ物」、即ち鬼神や精霊を駆使することが可能な場であり、「益レ壽」と寿命を延ばすことにかかわることに注意したい。中村喬氏は竈がそこで食事を作ることによって家族の生命を保障する、人の命数にかかわるものであるとされた。[24]竈は生命を支配する源泉であり、竈神は「家族および家族生活に重大な影響を与え、これを左右する力があると信じられ」、炊爨を通して婦と結びつく。

　母が竈の上に石を置くことは、竈と母との慣習的結びつきによる。食物を通して一家の生命にかかわる竈が、食育を含め、子を産み育てる母の性格と類縁的であるためである。竹の葉が青み、萎えるように青み萎え、塩が盈ち乾るように盈ち乾よと詛うことは、秋山の生命力をそれらに準えて操作することである。母は家族の寿命を司る竈の烟に石を置くことで、秋山に内在する秋の枯死という資性を促進させたのである。

　神の衰弱、或いは死は常にその再生と結びつく。上巻におけるふたつの譚を参考にすれば、まず前節で触れた大国主神譚において、大穴牟遅神は八十神に二度殺されながらも母によって再生された。ここでの眼目は大穴牟遅神の死ではなく、死を経たことによる再生・蘇りにある。また天若日子譚においては、天若日子の死と阿遅志貴高日子根神の登場という流れに、ひとつの神の死と復活が捉えられる[25]。そこには毎年死んでは復活する穀物霊という農耕祭儀の主題がみとめられる[26]。衰弱は蘇りとともに語られ、後半部分の意義は秋山が元の安穏の姿を取り戻すことにあるといえる。

　長い間の衰弱の末、秋山は許しを請い、もとの身を回復する。秋山の再生は秋の時間の再開と同時に、季節の巡行の再開を意味する。即ち、春山が司る春の時間がここで漸く実現をみるのである。春は万物のはじまりであり、再生と更新の季節である。秋に衰弱し春に再生するという農耕における穀物の円環的周期を、秋山春山兄弟は具現化する。長い不毛の期間を経て漸く秋山は豊饒の秋を迎える。それはかつてあった秩序を取り戻すことのみならず、聖婚による倭の神と新羅に由来する神の融合という、新たな要素に賦活されているだろう。秋山が回復を遂げた際の「其の身、本の如くして、安く平らけし」という表現にも注意しておきたい。「安平」であったという表現は、秋山がもとの身を取り戻すだけでなく、こうして再開された春秋の周期が永く継続されていくことを暗示する。八年という時間はきわめて長い時間が必要であったということである。それは「昔」という時間と見合って、その時間が「今」に直接至ることはないものの、今とのつながりを暗示する時間の長さではないだろうか。

自然周期の交代と回復、賦活という構造は、同じ農耕のモティーフをもつ上巻の天の岩屋譚に共通する。農耕神・須佐之男命が天上で田をつくる天照大御神を妨害し、天の服織女が殺されたことによって、天照大御神は岩屋に籠る。「爾くして高天原皆暗く、葦原中国悉く闇し。此に因りて常夜往きき。是に、万の神の声は狭蠅なす満ち、万の妖は悉く発りき」と高天原は葦原中国と同時に闇に覆われ、万の災禍は生じる。天宇受売命らによって引き出されると「天照大御神の出で坐しし時に、高天原と葦原中国と自ら照り明ること得たり」と光が同時に二つの世界にもたらされた。ここで天照大御神は単に元の姿を取り戻したのではなく、服織女の死と岩屋籠りというひとつの「死」の形態から再生を遂げることで世界の秩序が回復され、危機の克服を通じ安泰がもたらされている。

このように自然周期の昼夜が時と秩序を司ることに鑑みれば、自然周期の春秋もまた、歳時をあらわし、秩序を司ると言うことができる。

ここで本譚を周期の観点から述べた三品氏の論を引用する。

歌劇の終幕の舞台にもなりそうな花やかな光景である。新嘗、天照の岩戸隠れ、鈿女の命の鎮魂の神楽、そして新生の日の御子は、春を迎える。このような生命の若返りの周期を顧みるとき、出石乙女の物語は、これまでに通説になっているような、観念的な筆のすさびなどではなく、それが特に出石乙女の話として語られている点、必ずしも偶然ではあるまいと思われる。代々の出石の乙女たちが、阿具沼のほとりの女アカル姫・姫許曾・出石乙女などとよばれつつ、秋が去り冬が来て、新春の太陽を迎えるころ、瑞穂の国の稔りを願い、主上の生命をはじめ、民草の生命まで、その力を増すように祈るために、迎春の祭儀をおこないつづけたのである。(27)

三品氏はこの物語を「出石乙女の話」として捉え、乙女たちが「迎春の祭儀」をおこなったとされる。しかし本譚は伊豆志袁登売神の話にとどまらず、神宝を斎き祭る嬢子をめぐる秋山春山兄弟の物語として展開される。以上の考察を通して、春山の聖婚と秋山の衰弱と復活という一連の流れそのものが周期の更新をあらわす物語であるといえる。

五　「昔」の位置づけ

最後に、本譚と天之日矛譚を包摂する「昔」という時間設定に目を向け、古事記における「昔」の物語の位置づけを考えていきたい。

「昔」からの書き出し「昔、有二新羅国王之子一。名、謂二天之日矛一」は萬葉集の巻十六の題詞「昔者有二娘子一、字曰二桜児一也」（16・三七八六）、「昔有二老翁一、号曰二竹取翁一也」（同　三七九一）に多く見られる形式に共通する。小島憲之氏はこの「昔（者）有…」の冒頭の形式を、『敦煌零拾』所収『捜神記』をはじめとする外来説話のそれによると指摘された。[28]説話は短編の集合であり、『捜神記』においても個々の話の連関はない。他の外来説話類が上代の文学的素材として用いられても、「本来の口承的な説話でないだけに、むしろ挿話的短篇的であり、息の短い説話といえる」とされた。

「昔」は「今」と対になる語である。

昔こそ　難波ゐなかと　言はれけめ　今都引き　都びにけり　（萬葉3・三一二）

昔見し　象の小川を　今見れば　いよよさやけく　なりにけるかも　（同　三一六）

「昔」はもう過ぎ去った、「今」と状況の異なる過去である。前者は「昔」は難波田舎と馬鹿にされていたのに、「今」は都が置かれたことですっかり都らしく変貌したと歌い、後者はかつて見た清らかな小川が「今」はよりいっそう清らかになったことを歌う。

この「昔」は、同様に過去の時間をあらわす「古」とはその質において異なる。「昔」は「昔、思亦反。徃古也」（『篆隷萬象名義』）とあり、「往」は「往、之也。从レ彳㞷聲」（『説文解字』）で歩いて行くこと、また一定の視点からは過ぎ去ることを意味する。対して「古」は、「古、故也。从二十口一、識二前言一者也」（『説文解字』）とあり、その段玉裁注に「邶風、大雅毛伝曰、古、故也。攴部曰。故、使レ為レ之也。按、故者凡事之所以然。而所以然皆備二於古一。故曰、古、故也」、また「識二前言一者口也」とある。古は故、凡事の所以をあらわし、口承で伝えられてきた過去の出来事をいう。たとえば大和三山歌「香具山は　畝傍ををしと　耳梨と　相争ひき　神代より　かくにあるらし　古も　然にあれこそ　うつせみも　妻を　争ふらしき」（萬葉1・一三）は神代・古から妻を争い、それが現在につながることを歌う。「古」は今ある出来事の所以となる時点、現在において感覚できる過去である。

反対に「昔」は今に根拠を与え、今の状況につながるような過去ではない。本譚のそれも古事記の現在とは直接つながらない位置づけをみる必要がある。天之日矛の子孫の系譜から辿ると、「昔」が含む物語は開化天皇の頃に遡る。しかし、宣長が「昔とは此御代より前なるよしなり、其は何の御代と云ことは伝の詳ならざる故に泛く昔と云るなり」と述べたように、「昔」は時代の特定化を拒む時間の表現であることに注意したい。

物語に多く「今は昔…」という形式がみられることは、「昔」の特徴をよくあらわす。伊藤益氏は、これを単に語り出される物語を過去のものとして措定するにとどまらず、「現実の史的空間とは無縁な空間に「今」を設定し、そして、その「今」のなかに非歴史的かつ抽象的な世界たる「むかし」の世界をよびこんでいる[29]」機能をもつとされる。つまり「昔」とは現在との連続性を有さない、「現実的かつ歴史的な世界の外に措定された非日常的な空間のなかで「今」に結びつく」ものであり、そこに恣意的な過去を設定する機能をもつ。

そうした「昔」の性質をふまえれば、神々の物語である本譚は、中巻末に挿入された恣意的な「神代」といえる。古事記の歴史の本流にかかわることがない、傍流の話である。それは天之日矛の血筋と息長帯比売命を結びつけたように、古事記の本流の歴史にわずかなつながりをもちつつも、表向きにかかわろうとはしない。それが根拠となり歴史が展開するような質をもたない「神代」なのである。

歴史の或る特定の時点に位置づけられることがない「昔」という時間設定は、新羅とのかかわりを物語る本譚が新羅親征の後に記されるということと相俟っている。異国に端を発するこれらの譚は古の天照大御神の時代から綿々と続く歴史に対して挿話《エピソード》としての位置づけにあり、主の時間軸とは異なるところの物語である。それが仲哀条において息長帯比売命の新羅親征によって倭に取り込まれたことで、倭の時間軸に編入が可能となる。そこに「昔」という書き出しはあるといえよう。中巻末において「昔」と語り出されることによって、そこに別の時間軸が編入されるのである。その二つの時間軸の融合を象徴的に示すのがふたりの聖婚である。ここに新羅をも包摂した下巻世界に対する予祝がうまれる。

母親の呪術によって展開する物語は、三品氏が「花やかな光景」(30)とされ、『古事記評釈』(31)が「美しい神話」としたように、巻の掉尾を飾るのに相応しくはなやかで、綺想の趣をもつ。「昔」の性質と見合って、中巻末尾に装飾的に位置する本譚は、下巻世界のはじまりを彩る物語として構想されたと言えるのではないだろうか。

おわりに――中巻末の構想

古事記は神代、そして天皇の時代の第一期、第二期を系譜と予祝によってつなぎ、今に至る天皇の支配する世界と系譜に根拠を与える神話としての歴史であった。

中でも上巻末の日向三代は、中巻における天皇世界に直接する神話である。聖婚を重ねることによって三つの世界（高天原・葦原中国・海原）にわたる系統が神武天皇に集約される。天つ神からつながる系譜は完成され、以下の天皇に継承される。また穀物の豊饒を示す御子たちの誕生はそれ自体が予祝性をもち、系譜と予祝を主題とした巻末の構想をみることができた。

そうした上巻末の構想と同様に、中巻末の構想はある。

中巻は第二の国作りの時代である。神武天皇によって大和が拓かれ、倭建命によって東国・西国が平定され、息長帯比売命によって新羅が征服される。国土の拡大はここに完了された。

それが成し遂げられたとき、応神天皇は誕生し、新羅をも支配する新たな君主となる。従って中巻の最後の応神条では、その世界の神話は更新されなければならない。

そこで用意されたのが新羅に端を発するふたつの連続する物語である。天之日矛の物語は、新羅が天下に含まれたことを証し、下巻の時代における新たな土地での君主の誕生を予祝する。続く秋山春山の物語では、死と再生、豊饒予祝の主題をもとに、新たな時代を創造し祝福する。ここで神代という最も力に汪溢したときを反復することで、始原の力を回復するのである。

このように「昔」が語るふたつの譚は、予祝の概念によって貫かれた象徴的「神代」といえる。下巻は天皇の世としての第二のはじまりでありながらも、その開始はかつての中巻という時代のはじまりのように上巻神代に直接せず、そこから遠く隔てられている。そのため中巻末に「昔」の物語が、象徴的「神代」として用意されたのではないだろうか。

神話は系譜と予祝によって成り立つ。ここには上巻末に端的にあらわれた系譜と予祝の主題のうち、系譜の要素をもたない予祝という主題のみがある。豊饒祈願は人が生きるための切実な課題であり、それをもたらす予祝は神話の基本的な主題である。ここに系譜の要素がないということは、天孫に発し神武から続く皇統が一貫して継承されていくことを思えば自然である。

かつて中巻が上巻神代を直接承けて展開したように、このように「神代」の再構成によって、下巻もまた神話に裏づけられ、展開される。それが中巻末の構想といってよいだろう。上巻末の構想と同一の方法に支えられながらも、そこには中巻末という位置に応じた新たな方法があった。

最後に、下巻の終わり方を確認しておきたい。下巻は仁賢天皇以後、天皇名・宮廷所在地・享年・御陵記事のみの条が推古天皇まで続く。その下巻最後の、推古天皇の記事は次のようにある。

妹、豊御食炊屋比売命《とよみけかしきや》、小治田宮に坐して天の下を治むること、卅七歳ぞ。御陵は、大野崗の上に在りしに、後に科長の大陵に遷しき。（下巻　推古条）

命名の由来に遡ることはできないが、「豊御食炊屋比売命」には天皇のための豊かな食糧を炊ぐ女性としての意がこめられ、そこに上巻末の御毛沼命・豊御毛沼命の名と同様の、豊饒への予祝が含意される。古事記が推古条で幕を閉じることについて、伊藤博氏は「舒明が、天武を主体とする現代天子の先考であって、そこから現代が始まると認識されたことがおもな理由だったと考えられる」とされた[32]。そうした古事記成立の時代の中にあって、それは天武・持統、さらには元明朝、即ち当代に至る世を祝福するに相応しい名であったと考えられる。

三巻構成を採る古事記には、上巻、中巻末において次巻のための予祝の神話が用意される。序章で述べたように、巻によって古事記は神話と歴史に分かたれるのではなく、その三巻の総体を神話として捉えることができるといえよう。そこには上巻から中巻へ、中巻から下巻へ、下巻から古事記の今へと、三巻全体が連関しつつ展開していく重層的な神話の構造をみとめることができるのである。

注

（1）寺田恵子「秋山之下氷壮夫と春山之霞壮夫の物語」『神田秀夫先生喜寿記念古事記・日本書紀論集』一九八九年十二月

（2）飯村高宏「兄弟相剋の神話と否定される〈末子〉—秋山之下氷壮夫と春山之霞壮夫の伝承をめぐって—」（『二松学舎大学人文論叢』57　一九九六年十月）、藤澤友祥「秋山之下氷壮夫と春山之霞壮夫—神話の機能と『古事記』の時間軸—」（『早稲田大学大学院文学研究科紀要』54—3　二〇〇八年度）、大脇由紀子『古事記説話形成の研究』「応神記の構想—秋山之下氷壮夫と春山之霞壮夫—」（おうふう　二〇〇四年一月）など。

（3）城﨑陽子「春山之霞壮夫と秋山之下氷壮夫の物語—季節観の享受を視点として—」『野洲国文学』六三　一九九九年三月

（4）前川晴美「「秋山之下氷壮夫と春山之霞壮夫」物語の意義」『古事記年報』四七　二〇〇五年一月

（5）阪下圭八「天之日矛の物語（二）」『東京経済大学人文自然科学論集』66　一九八四年三月

（6）三品彰英「帰化人の神話」『日本文学の歴史　二』角川書店　一九六七年

（7）寺田恵子氏（前掲論文）は古事記において「壮夫」は神婚にかかわる場面に用いられると指摘される。豊玉毘売命の婢が火遠理命を「甚麗しき壮夫ぞ」（上巻）と表現し、勢夜陀多良比売が丹塗矢を床に置くと大物主神が「忽ちに麗しき壮夫と成りき」（中巻）となって現れる。『萬葉集』（9・一八〇九）には菟名負処女《をとめ》に対し智弩壮士《をとこ》と宇奈比壮士が求婚する長歌がみえ、『常陸国風土記』（香島郡）には歌垣において寒田郎子と安是嬢子が俗に「加味の乎止古《をとこ》」「加味の乎止売《をとめ》」といわれる譚がみえる。

（8）西郷信綱『古事記注釈』平凡社　一九七五年—一九八九年

(9) 柳田國男『定本柳田國男集 第十巻』「先祖の話」筑摩書房　一九九八年（初出一九四七年）
(10) 稲田浩二他編『日本昔話事典』弘文堂　一九七七年
(11) ミルチャ・エリアーデ『神話と夢想と秘儀』岡三郎訳　国文社　一九七二年（原著一九五七年）
(12) 三品彰英『増補日鮮神話伝説の研究』「ミタマフリの伝承」平凡社　一九七二年
(13) 柳田國男『定本柳田國男集 第九巻』「妹の力」筑摩書房　一九六九年（初出一九二五年）
(14) 沖ノ島の祭祀遺跡から大量の鏡が出土したことも「奥津鏡」との関連を示唆する。
(15) 吉井巖『ヤマトタケル』「ヤマトタケル」学生社　一九七七年
(16) 三品彰英「帰化人の神話」（同注6）
(17) 毛利正守氏（「古事記に於ける「御祖」と「祖」について」『藝林』19―1　一九六八年二月）が「御祖」と「祖」の違いについて「母及び親の場合が「御祖」祖先の場合が「祖」」とされるのに従い、本譚の御祖も母親と捉える。
(18) 大穴牟遅神の母は系譜に刺国若比売と記されるのみで、話中では一貫して「御祖命」と記され神格については問題とされない。
(19) 名久井文明『樹皮の文化史』吉川弘文館　一九九九年
(20) 西郷信綱『古事記注釈』平凡社　一九七五年―一九八九年
(21) 内田賢徳「記紀の文体―題材と記述方法―」『国文学　解釈と教材の研究』32―2　一九八七年二月
(22) 大塚民俗学会編『日本民俗事典』（弘文堂　一九九四年）「石神」の項目。
(23) 仁徳紀（四年二月）には「朕高台に登りて遠く望むに、烟気、域中に起たず。以為ふに、百姓既に貧しくして、家に炊者無きか」とあり、「竈」の語がなくても「烟気」が竈のけむりであることをあらわす例をみる。
(24) 中村喬『中國歳時史の研究』「竈神と竈の祭りについて」朋友書店　一九九三年
(25) 高崎正秀『文学以前』（桜楓社　一九五八年）、松前健『日本神話と古代生活』「天若日子神話考」（有精堂出版　一九七〇年）、吉井巖『天皇の系譜と神話 二』「天若日子の伝承について」（塙書房　一九七六年）など。

(26) 土井光知『古代伝説と文学』(岩波書店　一九六〇年)、松前健(前掲書)など。
(27) 三品彰英「帰化人の神話」(同注6)
(28) 小島憲之『萬葉以前―上代びとの表現―』「上代官人の「あや」その1」岩波書店　一九八六年
(29) 伊藤益『ことばと時間』「神代論」大和書房　一九九〇年
(30) 三品彰英「帰化人の神話」(同注6)
(31) 中島悦次『古事記評釈』山海堂出版部　一九三〇年
(32) 伊藤博氏(『萬葉集の構造と成立 上』「古事記における時代区分の認識」塙書房　一九七四年)は、『古事記』の中で天武の父・舒明について、系譜上その名が記されず、「岡本宮に坐して天の下を治めし天皇」として特殊な扱いをうけることをふまえ、舒明朝以降を現代と捉えられた。

第二部　歌われる神話

第一章　応神天皇　角鹿の蟹の歌

はじめに

古事記中巻応神条は、系譜と三皇子それぞれへの付託に続き宇遅での国見を語る。

一時に、天皇、近淡海国に越え幸《いでま》しし時に、宇遅野《うぢの》の上に御立《みたち》して、葛野《かづの》を望みて、歌ひて曰はく、

千葉の　葛野をみれば　百千足る　家庭《やには》も見ゆ　国の秀《ほ》も見ゆ　（記41）

近淡海国への巡幸は矢河枝《やかはえ》比売との婚姻へと続く。それは国見と婚姻という、天皇としての一連の行動である。

故、木幡《こはたの》村に到り坐しし時に、麗美《うるは》しき嬢子《をとめ》、其の道衢《ちまた》に遇《あ》ひき。爾くして、天皇、其の嬢子を問ひて曰ひしく、「汝は、誰が子ぞ」といひき。答へて白ししく、「丸邇の比布礼能意富美《ひふれのおほみ》が女、名は、宮主矢河枝比売」とまをしき。天皇、即ち其の嬢子に詔ひしく、「吾、明日還り幸さむ時に、汝が家に入り坐さむ」とのりたまひき。故、矢河枝比売、委曲《つばひら》かに其の父に語りき。是に、父が答へて曰はく、「是は、天皇に坐すな

り。恐し。我が子、仕へ奉れ」と、云ひて、其の家を厳餝《かざ》りて、候ひ待てば、明くる日に入り坐しき。故、大御饗を献りし時に、其の女矢河枝比売命に大御酒盞を取らしめて、献りき。是に、天皇、其の大御酒盞を取らしめ任ら、御歌に曰はく、

この蟹や　何処《いづく》の蟹　百伝ふ　角鹿《つぬが》の蟹　横去らふ　何処に至る　伊知遅《いちぢ》島　美島に著《と》き　鳰鳥《にほどり》の　潜《かづ》き
息づき　しなだゆふ　ささなみ道を　すくすくと　我がいませばや　木幡の道に　遇はしし嬢子　後姿《うしろで》
は　小楯《をだて》ろかも　歯並は　椎菱《しひひし》如す　櫟井《いちひゐ》の　丸邇坂《わにさ》の土《に》を　端《は》つ土《に》は　肌赤らけみ　下土《しはに》は　に黒き
故　三つ栗の　その中つ土を　かぶつく　真火には当てず　眉《まよ》画き　此に画き垂れ　遇はしし女　斯《か》もが
と　我が見し子ら　斯くもがと　我が見し子に　うたたけだに　向ひ居るかも　い添ひ居るかも　（記42）

如此《かく》御合《みあひ》して、生みし御子は、宇遅能和紀郎子《うぢのわきいらつこ》ぞ。

（中巻　応神条）

この婚姻には、応神天皇が皇位継承を命じた宇遅能和紀郎子の出生につながる譚としての位置づけをみることができる。西宮一民氏『古典集成』[1]は「応神天皇のこの妻問いの歌は、丸邇氏の女の後宮入りを氏族の誉れとして丸邇氏が伝承したもの。木津川水系から琵琶湖を経て敦賀への交通上の要衝を管掌し、海産物を献上するとともに、多くの女を後宮に入れた大豪族であったが、特に宮主矢河枝比売の名からも察せられるように、この女は水の巫女としての性格があり、したがって応神天皇との結婚は「聖婚」ともいうべき特質をもつ。これは、その間に出来る宇遅能和紀郎子が聖なる御子であって、皇位継承者にふさわしいことを示す布石ではないか」と位置づける。[2]古事記の丸邇氏は山代や近淡海の水系を掌握する一族であり、その氏族の嬢子・矢河枝比売と婚姻を結

ぶことは王権にそうした畿北一帯の水運支配の力を取り込むことである。

しかし、所伝におけるそうした位置づけは記42「この蟹や…」以下の歌の解釈には及んでいない。本歌には古代の宴席で鹿や蟹に擬した歌舞がおこなわれたという説(3)、子供の童歌とする説(4)、乞食者による演劇歌とする説(5)、乞食《ほかひ》歌の詞章を取り込んで丸邇氏が作った物語歌とする説(6)など様々な説がみられる。そこで蟹が題材となることについて、『厚顔抄』(7)は「御肴ニ蟹ノ有ケルニ託テカクハヨミ出サセタマヒテ、行幸ニナヅマセタマヒシ由ヲノタマハムトテ喩へ出サセタマフ歟」と宴の御膳に供されたためとし、現在の諸注釈においても同様に解釈される。そのひとつの根拠は萬葉集の乞食者《ほかひびと》の歌である。「蟹のために痛みを述べて作る歌」(萬葉16・三八八六)の中では天皇の大御食に蟹が供されるため、本歌も同様に解釈されるのである。ただ所伝にそうした蟹が供される記述はなく、応神天皇自らが蟹に擬する記42の中に乞食者の存在をみることも所伝と大きく乖離する。なぜそれが蟹の歌であるのか。所伝に照応した解釈が求められるのではないか。蟹は角鹿から到来する。その角鹿の地とのかかわりをもつのは応神天皇のみであり、両者の結びつきを看過することはできない。

蟹の歌は、角鹿に鎮座する気比大神との交渉の確かな記憶にかかわるのではないだろうか。

また、後半の嬢子についての部分には最も多く問題が残る。「後ろでは　小楯ろかも」と後ろ姿を小さな楯のようだと、「歯並は　椎菱如す」と歯並びが椎菱形のようだと、最後に「櫟井の　丸邇坂の土を…」以下眉の点で褒めるのは、順番もさることながら、諸説が指摘するように、女性の形容らしくない(8)。そのような嬢子を応神が「斯もがと　我が見し子ら」と理想の相手と讃え、「向ひ居るかも　い添ひ居るかも」と歌うのはなぜか。土橋寛氏が本譚を「応神天皇と矢河枝姫との個人的な恋物語といふよりは、皇室と豪族ワニ氏との婚姻関係を語るといふ社会的意義を擔った物語である」[9]とされたように、矢河枝比売は大和の和爾に本拠地をもつ丸邇氏の性格を強く帯びており、歌の不自然な形容も丸邇氏の嬢子への讃えの表現と解される。以下矢河枝比売の負う性格と蟹のもつ意味について考え、所伝をふまえた本歌謡の解釈をおこなう。

一　蟹と応神——気比大神とともに

歌の冒頭、「この蟹や　何処の蟹　百伝ふ　角鹿の蟹」という問答形式は神楽歌の採物に多くみられる、その由来を歌うことで讃美する方法である。

この杖は　いづこの杖ぞ　天に坐す　豊岡姫の　宮の杖なり　宮の杖なり（杖）
この篠は　いづこの篠ぞ　天に坐す　豊岡姫の　宮の御篠ぞ　宮の御篠ぞ（篠）

由来は豊岡姫[10]という起源に遡る。駒木敏氏によれば、この形式は採物が「始原の根源的世界に由来し、神に帰属するもの」として「聖別する方法[11]」であるとされる。

ここで「この蟹」が「角鹿の蟹」として聖別されるとしたら、そのとき蟹自体の象徴的含意とは何だろうか。萬葉集の乞食者の歌の蟹は「おしてるや　難波の小江に　廬作り　隠りて居る　葦蟹を　大君召すと　何せむに　我を召すらめや」（萬葉16・三八八六）と天皇の饗に供される食材として鹿の歌の次に詠まれる。鹿と蟹は棲処において陸と海に対称的である。鹿が「足柄の坂本に到りて、御粮《みかりて》を食む処に、其の坂の神、白き鹿と化りて来立ちき」（中巻　景行条）とあるように、土地の神、地霊としての性格をもつことを思えば、それと並び歌われる蟹も水辺に棲む水霊とみることができる。そして古語拾遺には「天祖彦火尊《ひこほの》、海神の女豊玉姫命を娉《ま》ぎたまひて、彦瀲尊《ひこなぎさの》を生みます。誕育《ひだ》したてまつる日に、海浜に室を立てたまひき。時に、掃守連《かにもり》が遠祖天忍人命、供へ奉り陪侍《はべ》り。箒《ははき》を作りて蟹を掃ふ」とある。「掃守《かにもり》」と「蟹守《かにもり》」の同音による神話である。蟹を掃う行為を、西宮一民氏は蟹が逃げ出すのを防ぐ意味とされ、中山太郎氏は蟹の脱殻作用に生命の更新と永遠性をみて御子の生命の不滅を祝福するものとされた。(12) 海神の娘から生まれ、海浜という海と陸の狭間で誕生した「彦瀲尊」はその名にあらわされるように海の影響を強く負う。その誕生の際に這う蟹は、水霊であると同時に海と陸の媒介としてあるといえるだろう。さらに、日本霊異記にみられる蟹報恩譚（中巻第八縁）では聖者が蟹をもって現れる。女が蛙を蛇から助けようとしてその妻になる約束をした後、道端で大蟹をもつ老人に遇う。老人は「難波に往きて、偶《たまさか》に得た」その蟹を、身にまとう衣類をもって贖い、放生を願う女に与える。八日目、やって来た大蛇を女の放生した大蟹が切り裂いて女を助けた。景戒は、老人を聖の化であろうと解説する。女に報いる聖者がもつ大蟹は聖の法力を具現する聖なる蟹といえよう。このような蟹の含意からみて、応神天皇の蟹は角鹿の水霊であると同時に、海と陸を媒介する存在であり、祝福性をもつ聖なる蟹と捉えられるだろう。

聖なる蟹の由来する角鹿は、古事記に「高志前《こしのみちのくち》の角鹿」と記される北陸道高志の地であり、日本海に面した入江の漁港をもつ。角鹿の港の性格についてみておく。古事記下巻に至って難波の存在が際立つ中、角鹿の港としての機能は目立ってあらわれない。しかし古代の文献を通じて、角鹿は瀬戸内海側の難波と並ぶ日本海側の代表的な対外港であった。その位置を端的に示すのは、朝鮮半島の王子来訪を物語るふたつの譚、日本書紀のツヌガアラシト譚（垂仁紀二年是歳一云）と古事記の天之日矛譚（中巻　応神条）である。ツヌガアラシトは意富加羅《おほから》国（任那）の王子で、崇神天皇の時代、笥飯《けひ》の浦に到着する。日本国の聖皇を求め、はじめ穴門（下関海峡）に至り国王と称する人物に出会うものの、虚偽が判明し出雲を経て角鹿に至る。対して新羅の王子・天之日矛が最初に倭に上陸しようとした地点は「乃ち追ひ渡り来て、難波に到らむとせし間に」とある難波であった。即ち両王子が上陸した地点として、日本海側の角鹿、瀬戸内海側の難波という対照をみることができる。それはともに内陸の大和に連絡する港であった。

穏やかな瀬戸内海の難波が文献上公式の港であったのに対し、角鹿の海は日本海特有の激しい波風があり、外国の使の漂着も多くみられる。欽明紀（三十一年四月）にはそうした高麗使人の到来の事実を郡司が隠匿し、天皇と詐称して本来の調物を独占したことが載り、詐称に見合うほどの角鹿の渡来文化の影響、富力を窺わせる。続日本紀には渤海使の到来も多くみえ、角鹿をはじめ能登や出羽などの日本海沿岸全体に及んだため、朝廷は日本海沿岸からの来朝を禁止し、筑紫からの来朝を求める（宝亀四年六月）。このことから浅香年木氏は「ツクシ→瀬戸内ルート重視の傾向のもとにおいても、初期の高句麗・新羅、続く渤海・新羅との対岸交渉において占める日本海→コシ＝「北陸道」ルートの比重は、極めて大き」いとされた[13]。

このような角鹿の地に由来する蟹と応神天皇のかかわりについて、『厚顔抄』は「此帝、笥飯大神ト御名ヲ易サセ給ヘル事サヘアレハ、其故ナト侍テノタマフニヤ」と仲哀条に記された応神と気比大神との名前の交換との関連により説いたが、『古事記伝』は「其由まではあるべからず」と否定した。気比大神は延喜式（神名式）に名神大社として記される角鹿の気比神社に鎮座する大神である。続日本紀（宝亀元年八月）では伊勢太神宮、若狭彦神、八幡神、住吉神に並んで奉幣され、新抄格勅符抄（大同元年牒）に「気比神　二百卌四戸　越前国　天平三年十二月十日符従三位料二百戸」と載る。神封数では八幡神（一六六〇戸）、伊勢大神（一一三〇戸）、大和神（三二七戸）には及ばないものの、同じく航海神である住吉神（二三九戸）とほぼ同規模である。これを井上辰雄氏は「朝鮮経略に関係の深かった気比神の加護を祈り、従三位がさずけられ神封の増加となったものであろう」(14)とされる。角鹿は北陸道によって大和に接続し、且つ海を隔てて朝鮮半島に臨むという地理的性格を有し、そこには海洋に臨む神が鎮座する。古事記の中でこのような角鹿の地とのかかわりを有するのは応神天皇ひとりであり、次に示す、高志の強力な神との名の交換という強い紐帯をもっていることの意義は積極的にみるべきではないか。

故、建内宿禰命、其の太子を率て、禊《みそぎ》せむと為《し》て、淡海と若狭との国を経歴《へ》し時に、高志前の角鹿に仮宮を造りて、坐せき。其地に坐す伊奢沙和気《いざさわけの》大神之命、夜の夢に見えて云ひしく、「吾が名を以て、御子の御名に易《か》へむと欲《おも》ふ」といひき。爾くして、言禱《ことほ》きて白ししく、「恐し。命の随《まにま》に易へ奉らむ」とまをしき。亦、其の神の詔ひしく、「明日の旦《あさ》に、浜に幸《いでま》すべし。名を易ふる幣《まひ》を献らむ」とのりたまひき。故、其の旦に浜に幸行《いでま》しし時に、鼻を毀《こほ》てる入鹿魚《いるか》、既に一浦に依りき。是に、御子、神に白さしめて云ひしく、「我に御食《みけ》の魚を給へり」といひき。故、亦、其の御名を称へて御食津《みけつ》大神と号《なづ》けき。故、今に気比《けひの》大神と謂ふ。亦、其の入鹿魚の鼻の血、臰《くさ》し。故、其の浦を号けて血浦《ちぬら》と謂ひき。今は都奴賀と謂ふ。

（中巻　仲哀条）

太子時代の応神の禊のために角鹿に随行した夜、建内宿禰の夢に伊奢沙和気大神之命が現れ、自分の名を御子の名に易えようと思うと告げる。明朝、浜には屠《ほふ》られた入鹿魚が浦一面に寄りつき、そこで神の名が御食津大神、今の気比大神となる。供犠としての入鹿魚は血をもって何かを贖うのであり、気比大神の神性がそこに宿る。供犠は血と交換に、神の生命との直接の融合を図るのである。[15] 神名ケは食物、ヒは霊の意味であることからも、吉井巖氏は気比大神の性格を「漁撈民に尊崇された、海の幸を内容とした食物神」[16]と捉える。入鹿魚の供犠は気比大神の王権への服属と天皇の御食となる海産物の豊饒を約束する。新しい名は王権による祭祀の契約を意味し、この神は一地方神であることから、地域一帯に卓越した神威を示す大神となる。「易名」について、大神の易名であるか応神の易名であるのか判断は困難である。ただ吉井氏が「この話の原型が、魚《な》を賜ふ話であり、これが名《な》を賜ふ話に利用せられた」[17]とされたことをふまえれば、名《な》と魚《な》の同音の神話に基づき、応神が在地の神の神威を身につけ聖化を遂げる譚と把握できる。書紀には次の類話を見る。

天皇、豊浦津に泊りたまふ。且、皇后、角鹿より発ちて行《いでま》し、渟田門《ぬたのと》に到り、船上に食《みをし》したまふ。時に、海鯽魚《たひ》多に船の傍に聚《あつま》れり。皇后、酒を以ちて鯽魚に灑《そそ》きたまふ。鯽魚、即ち酔ひて浮かぶ。時に海人、多に其の魚を獲て、歓びて曰く、「聖王の賞《たま》ふ魚なり」といふ。故、其処の魚、六月に至るや常に傾浮《あぎと》ふこと酔へるが如きは、其れ是の縁なり。

秋七月の辛亥の朔にして乙卯に、皇后、豊浦津に泊りたまふ。是の日に、皇后、如意珠を海中に得たまふ。

（仲哀紀二年六月―七月）

神功皇后が酒を海鰤魚に注ぎ、海人が浮かんだそれを聖王が下さった魚として獲る。角鹿の海に大量の魚が供犠として出現する筋は構造として本譚とひとしい。朝鮮半島親征時の神功とその胎中の応神という関係に明らかなように、この記述も神功と応神との一体性に基づくものである。続いて神功が豊浦津（下関）に泊まったとき、海中に「如意珠」を得たことも魚の供犠と同様、海上の支配を語る主題をもつエピソードである。古事記の気比大神譚は、応神が日本海の海洋支配を司る神と交渉し、その権能を獲得する譚とみとめられる。

ここでの応神と角鹿の不離の関係は地名起源の根拠にも示される。垂仁紀では「額に角有る人」が笥飯《けひの》浦に泊ったことに由来して角《つの》と額《ぬか》で「角鹿」と名づけられ、異国の王子が渡来した地点としての記憶をとどめる。対して古事記では大神から賜った入鹿魚の鼻の血が臭いことから「血浦《ちぬら》」と名づけられ、今の「都奴賀《つぬが》」となる。古事記の角鹿には気比大神から応神に魚を献上した供犠の血の記憶が濃厚にとどめられるのである。このように、本歌で応神が自らを「角鹿」の蟹に擬することは、気比大神との交渉をもった土地の記憶に基づく。先に蟹を海と陸を媒介する水霊とみたこと、また問答形式による聖別の意味をふまえれば、この蟹は気比大神に帰属した水霊、角鹿の聖なる蟹といえる。その水霊は八足をもち、海の豊饒を地上にもたらし得るものとして宇遅までの水陸を乗り越えることができた。そうして道行を経た蟹は、「すくすくと　我がいませばや」と自称敬語の語法で、応神自身でもあることを明かす。すなわち蟹は、気比大神の使いであり、また応神でもあるという二重性を有している。このようにして角鹿での供犠の記憶を有しつつ嬢子との出逢いを祝福として果たすべく、応神は蟹に自身を託したのである。

二　道行の意味

問答形式に続くのは五句目以降、角鹿から伊智遅島、美島、ささなみ道、木幡と地名を連ねた道行の詞章である。まず本婚姻譚に含まれる記41は、応神天皇が近淡海国を越える際、宇遅野の上に御立して葛野を望んだ国見歌、

千葉の　葛野をみれば　百千足る　家庭も見ゆ　国の秀も見ゆ（記41）

であり、矢河枝比売との婚姻に先がけて、国讃めを通じ宇遅の掌握の主題は示されていた。土橋寛氏が土地讃めを国見の一形式とされ、また野田浩子氏が道行を土地讃めに連なる祝福性をもつ表現とされたことをふまえれば、記41、42は宇遅を舞台に国見・道行という一連の方法によって展開されたものと把握できる。国見が主体固定の表現であるのに対し、道行は主体移動の表現である。[18]主体は移動しつつ、最終的に焦点としての対象に至る。対象は讃歎や時には嗟歎の対象であり、一見対立的なふたつの情動は昂揚においてひとしい。その典型例は次の影媛の歌（武烈紀）である。

石上　布留を過ぎて　薦枕　高橋過ぎ　物多に　大宅過ぎ　春日の　春日を過ぎ　妻隠る　小佐保を過ぎ

玉笥には　飯さへ盛り　玉盌《もひ》に　水さへ盛り　泣き沾《そほ》ち行くも　影媛あはれ（紀94）

この道行では「泣き沾ち行く」、涙にくれつつ歩くという連続性をあらわすものとして歌枕の地の通過が歌われ、「影媛あはれ」と媛への哀嘆の主題につながっている。また次の石之日売の歌（下巻　仁徳条）では道行が国讃め（宮讃め）への主題へと連続する。

つぎねふや　山代河を　宮上り　我が上れば　あをによし　奈良を過ぎ　小楯　倭を過ぎ　我が見が欲し国は　葛城　高宮　我家の辺（記58）

山代河を遡り、奈良、倭を過ぎと歌うことで、その向こうに想像される「我家の辺」としての葛城の高宮を称揚する。この道行から国讃め（土地讃め）へと連続する在りようは本歌にも通じる。

この蟹や　何処の蟹　百伝ふ　角鹿の蟹　横去らふ　何処に至る　伊知遅島　美島に著き　鳰鳥の　潜き息づき　しなだゆふ　ささなみ道を　すくすくと　我がいませばや　木幡の道に　遇はしし嬢子　後ろでは小楯ろかも…

道行は「我がいませばや」で転換し「木幡の道に　遇はしし嬢子」を到達点とする。この讃美の対象は木幡の土地とそこで出逢った嬢子の両者となる。ここで道行の詞章のもつ意味は何であろうか。野田氏はそれを「通過地を否定して結句の到達地を称揚するという讃性」にあるとされる。しかし地名の列挙はそれ自体祝福性をもつものではないか。道行は「過ぎ」を繰り返すことで行程の連続性を生み出すが、空間的・時間的な拡がりが提示されることで、その過程における心情が付随する。

新治　筑波を過ぎて　幾夜か寝つる（記25）

淡海の海　瀬田の済《わたり》に　潜《かづ》く鳥　田上を過ぎて　宇治に捕へつ（紀31）

記25「新治　筑波を過ぎて」の道行は「幾夜か寝つる」と幾夜も続くことを時間、空間にわたって表現し、そこに労苦の思いを宿す。紀31は所伝において忍熊王が瀬田の済に沈む際、武内宿禰が歌うものである。忍熊王を寓意した鳥は「瀬田の済」から「田上」を過ぎて「宇治」でやっと捕らえられた。通過地の列挙は、鳥を捕えるまでの難渋を示す。このように道行固有の「過ぎ」の表現には、そこに至るまでの労苦や難渋、漸く実現したことへの到達の思いがある。

本歌の道行では「過ぎ」ではなく「著き」とされる点が異なる。「著く」（とく・つく）は「さ野榛の　衣に著くなす」（萬葉1・一九）、「沖つ鳥　鴨著く島に」（記8）のようにそこに付着・到着することであり、「過ぐ」という通過性に比して土地との個別の関連が強くある。蟹に擬した応神がそれら道行の土地に勢力を拡げていたこととかかわるだろう。三句目「百伝ふ」はその勢力範囲の大きさを端的に示し、次に類例がある。

浅茅原　小谷を過ぎて　百伝ふ　鐸響《ぬてゆら》くも　置目来らしも（記111）

ここでは鐸が遍く響き渡ることが「百伝ふ」と表現される。「浅茅原　小谷を過ぎて」は遠さをあらわす空間の例示となる。

その蟹の歩いた道を辿ってみる。角鹿から出発した蟹が宇遅の木幡まで歩いた道は北陸道と定められる道である。仲哀紀（元年閏十一月）には「越国、白鳥四隻を貢る。是に、鳥を送る使人、菟道河の辺に宿る」と越の使人が宇治川に宿る記述があり、同じ道順を辿ったものと思しい。本歌では角鹿から淡海への経路は歌われないが、角鹿から陸路で深坂峠を越え湖北の塩津に出て、そこから船で琵琶湖を渡り湖西に着くルート[19]と考えられる。「伊知遅島」は琵琶湖の竹生島にある都久夫須麻神社に比定され、「美島」は未詳とされるが、高島郡に延喜式（神名式）にも載る箕島《みしま》神社（現高島市安曇川町三尾里）があり、湖西を通る蟹の道筋からみても比定地として可能性があるのではなかろうか[20]。「箕」の表記が八世紀に遡れば、ミ甲で「美《ミ》志麻」と合う。「ささなみ道」はそ

地図③　蟹の歩いた道

こから南下して「ささなみの　志賀津の海人は」（萬葉7・一二五三）と歌われた滋賀郡志賀の地を指す。

近淡海と大和は宇治川によってつながれる。藤原宮役民の歌（萬葉1・五〇）に「いはばしる　近江の国の　衣手の　田上山の　真木さく　桧のつまでを　もののふの　八十宇治川に　玉藻なす　浮かべ流せれ」と木材の運搬経路として歌われ、日本霊異記（中巻第二四縁）に楢磐嶋が交易のため都魯鹿《つるが》の津に往き、近江高島郡の磯鹿辛前、山代の宇治椅《うじばし》に至ったことが記されている。巨椋池は木津川（泉川）、淀川に分岐するため、近淡海・山代・大和・摂津の水運の中継地として機能し、その畔に位置した宇遅・木幡は古北陸道の要衝として大和政権の経済にとって重要な場所であった(21)。

これらの途中、ささなみの志賀の地において注目したいのは、丸邇氏の定着地のひとつ、延喜式（兵部省）に北陸道の駅伝馬が置かれた和爾という地である。仲哀条にも丸邇氏と近淡海の関連がみえ、皇位を窺う忍熊・香坂王が難波吉師部の祖・伊佐比宿禰を将軍とするのに対し、太子時代の応神は丸邇臣の祖・難波根子建振熊命を将軍としている。湖西の「沙々那美《さざなみ》」の地で追い詰められた忍熊王と伊佐比宿禰は次の歌を歌って入水した。

いざ吾君《あぎ》　振熊が　痛手負はずは　鳰鳥の　淡海の海に　潜きせなわ（記38）

鳰鳥は淡海の枕詞で水に潜る様子から「潜く」を導き、蟹が「鳰鳥の　潜き息づき　しなだゆふ　ささなみ道を」と渡る記42と同様である。蟹は約束された道を進む。

ここで応神が擬する蟹の辿る道と丸邇氏の勢力範囲は重なり合う。応神と丸邇氏の近しさは既に系譜上にあり、開化天皇は丸邇氏・意祁都《おけつ》比売命と婚姻し、その間に日子坐王が誕生している。この日子坐王は、湖東の水運を掌握する息長氏を取り込んだ系譜を展開し、その四代裔に応神の母・息長帯比売命が誕生している。つまり丸邇氏と息長氏の結合から生まれた息長帯比売命と応神の存在によって、高志から近淡海・宇遅にかけての地域はひとつの支配圏として形成される。歌の「百伝ふ」はその勢力の広範な行き渡りを示し、蟹の歩いた道を歌うことは、応神出生に至るまでの系譜関係に応じる勢力圏の確認であるだろう。その点で『古典集成』が述べた本譚の「聖婚」性はみとめられず、むしろ親近性をもった系譜の再確認といえる。応神は母の系譜に帰すことになるが、開化条における丸邇氏との婚姻の再現ではない。ここで〝蟹〟は気比大神を背後にもち、応神は気比大神の御食を受ける存在として、新たに丸邇氏の嬢子と結ばれるのである。

三　川の氏族——矢河枝比売

歌の後半部分では嬢子の様子に焦点があてられる。この嬢子の形容部分は現在の解釈において最も問題となる部分である。「後ろ姿《で》は　小楯ろかも」、「歯並は　椎菱如《な》す」を対句として小楯のような後ろ姿、椎や菱の実のような白い歯並と解し、続く「眉画き　此に画き垂れ」と眉の描写とともに嬢子の不自然な形容とされる。しかし眉の描写以外は嬢子の形容と解釈することは難しいのではないか。矢河枝比売は所伝を見ても丸邇氏としての性格を強く帯びており、これらはその関連のもとに歌われた詞章と考えられる。

まず丸邇氏の性格について、角川源義氏に簡潔な説明がある。「春日（奈良市）より木津川周辺に進出し、さらに琵琶湖の周辺に勢力をもち、北進して、越前（福井県）敦賀あるいは若狭の地で日本海に面して栄え、また大和川を利用して河内の国（大阪府）若江郡に進出して古代の難波の海に面して栄えた。水に深い関係をもつ氏族である。和邇氏の戦争は、ふしぎと水辺でおこなわれた」[22]。古事記の中、丸邇氏は山代地方一帯の河の起源譚を形成し、建波邇安王反乱譚（中巻　崇神条）は泉川（木津川）、楠葉、鵜川、祝園という山代一帯の河川や渡などの要路の起源譚としてもあった。

　矢河枝比売はそのような川の氏族としての丸邇氏の性格を強く負う。天皇が名を訊ねたとき、女は「丸邇の比布礼能意富美が女、名は、宮主矢河枝比売」と答える。古事記で「宮主」とされるのは上巻で須佐之男命が足名鉄神を「我が宮の首《おびと》」として「稲田宮主須賀之八耳神」と名づけたという箇所のみで、天皇と婚姻する嬢子が宮主である例は他をみない。その名が「河」を核とすることは嬢子の性格を端的にあらわすだろう。書紀における対応の人物は「宅媛《やかひめ》」であるが、系譜記述のみが記され、古事記のような婚姻譚、歌謡ともにおいては対応をもたない。

　矢河枝比売が住む宇遅の木幡は、現在の木幡よりも広域の汎称であったとされる（『宇治市史1』[23]）。延喜式（神名式）の宇治郡に「許波多《こはた》神社三座」が名神大社として載り、所伝には人の集う「道衢《ちまた》」と表現されることから、木幡は宇遅の中枢としてあったことが窺える。

　古事記は矢河枝比売の名を「矢＋河＋枝」と意味を分節的に付与する。その名の核となる「河」は宇遅の土地を象徴する宇治川、また巨椋池を中心としていくつも集合する河を意味するだろう。矢は八に通じ、枝と合わせて支流を多くもち、遍く行き渡ることを示すと考えられる。

このように丸邇氏である矢河枝比売は宇遅の中枢に居り、河の祭祀を司る巫女である。応神との婚姻は、巫女が王権の祭祀に参与することを意味する。その巫女性は応神に対するとともに、〝蟹〟が背後にもつ気比大神に対するものでもあるだろう。

応神天皇との間に生まれた宇遅能和紀郎子は、母の河にかかわる資性を如実に受け継ぐ。大山守命の反乱譚（応神条）において、応神の崩御後、大雀命は天皇の命に従って宇遅能和紀郎子に皇位を譲るが、大山守命は皇位を狙い弟の殺戮を試みる。それを聞いた宇遅能和紀郎子は賤しい舵取に扮装し、大山守命を船で渡す最中、「河中に渡り到りし時に、其の船を傾けしめて、水の中に堕し入れ」た。流された大山守命は「ちはやぶる　宇治の渡に　棹《さを》取りに　速けむ人し　我が仲間に来む」（記50）と歌い、訶和羅《かわら》の前《さき》で沈む。この舵を操る宇遅能和紀郎子の姿から、守屋俊彦氏は「舟を巧に操り、渡し場で人や物を運んでいる、丸邇氏の人々の群像をみることができるのではあるまいか」(24)と指摘された。王でありながら宇遅能和紀郎子自ら船舵を操り兄を河に堕とす記述は、流れの速い宇治川の水運を自在に操る能力をあらわし、河を掌握する宇遅の王を象徴する。母・矢河枝比売が川の氏族・丸邇氏に属して宇遅の土地の中枢を担っていたことに由来した表現である。

このことをふまえて歌謡の解釈に戻る。まず確認したいのは、古事記の歌謡の中でも長大な部類に属す本歌が「小楯ろかも」で一旦切れるということである。『古事記伝』は「此呂迦母《ろかも》と云辞、他の例、何れも一首の結にのみ在て、中間に置るは無し、此の大御歌も、是を結にて、次は又別首《コトミウタ》なるべし」として、「ろかも」（接尾辞「ろ」＋詠嘆「かも」）が上代の歌の中では本歌を除いていずれも終句にみられる形式であることを指摘した。

つぎねふや　山代河を　河上り　我が上れば　河の上に　生ひ立てる　烏草樹《さしぶ》を　烏草樹の木　其《し》が下に
生ひ立てる　葉広　斎《ゆ》つ真椿　其が花の　照り坐し　其が葉の　広《ひろ》り坐すは　大君ろかも（記57）
衣こそ　二重も良き　さ夜床を　並べむ君は　畏きろかも（紀47）
日下江の　入江の蓮　花蓮　身の盛り人　羨しきろかも（記94）
藤原の　大宮仕へ　生れつくや　娘子がともは　ともしきろかも　（萬葉1・五三）

この「ろかも」は結句以外には位置しないとみるよりも、句切れを作る性格をもつため[25]、結句に適した表現としてあるとみるほうが適当だろう。「ろかも」は体言・形容詞連体形に下接し、用例からいずれも述懐を通して対象を讃美する。また、「小楯ろかも」に切れがあると考えるのにはもう一つ、前節で確認したように、歌において道行が木幡で終結しているという理由がある。続く「櫟井の　丸邇坂の土」は丸邇氏の聖地の土について歌う箇所であり、地名は含まれていても列挙的な道行とは質を異にするのである。その句切れ「ろかも」は、終句「い添ひ居るかも」に対応をもつ。

「小楯」は『厚顔抄』が「ウシロスカタノスナホニヨキヲ、小楯ヲ立タルカ如シトヨソヘタマヘルカ」として以来、「すっきりとした形のよさをほめるのだろう」（『記紀歌謡集全講』[26]）などのかたちで現在まで受け継がれる。しかし硬質な楯は、より男性性を喚起させ、楯を女性の形容としたものが他にみられないことから問題が残る。歌に「小楯」が詠まれるのは先に道行の中で挙げた石之日売の歌、「つぎねふや　山代河を　宮上り　我が上れば　あをによし　奈良を過ぎ　袁陀弖　倭を過ぎ　我が見が欲し国は　葛城　高宮　我家の辺」（記58）である。

ここで「をだて（小楯）」は倭の枕詞となる。『釈日本紀』所引の日本紀私記には「言二倭國之山如レ立二小楯一也」と山が小さな楯のように取り囲む倭（ここは狭義の大和を指す(27)）の地理的な様子を言うものとする。石之日売がこの歌を山代の地から那良の山口（相楽地方と奈良盆地のあいだの緩やかな丘陵地帯）で歌うことは本譚の地理にも適う。本歌の小楯は枕詞ではないものの、この小楯同様の意味をもつのではないか。「山背」という国名や「次嶺経《つぎねふ》　山背道を」（萬葉13・三三一四）の表記などにみられる山に囲まれた地勢ゆえの表現であろう。同時に前句「宇斯呂傳《うしろで》」は『厚顔抄』から現在までほぼ受け継がれる「後姿《うしろで》」よりも、『古事記伝』が論じた「後方《うしろで》」(28)が適当であると思われる。木幡の後方に広がる倭を隠す小高い奈良山を、小楯と歌うのである。それまで蟹が「鳰鳥の　潜き息づき　しなだゆふ　ささなみ道を　すくすくと」歩いてきたその旅は嬢子に出逢うことで終わり、小楯の山並はもう越える必要がないまま楯としてそこに広がる。そしてその山並を前に広がる木幡の地が到達地として讃美されるのである。

　この「小楯ろかも」が終止句を作る表現とみとめるならば「後ろでは　小楯ろかも　歯並は　椎菱如す」の「小楯」「歯並」はともに嬢子の形容として並列的に捉えなくてもよいことになる。「歯並」は『厚顔抄』以来、「歯並ノウルハシキ事、椎ヲ並ヘタルカ如シト也」と嬢子の歯並の美を讃え、「歯並びは椎や菱のように形がよい」（『新編全集』）と訳される。「椎菱」は歯の白さの形容とも解される（『記紀歌謡集全講』、『古代歌謡全注釈　古事記編』(29)、『思想大系』(30)等）。しかし「ろかも」で句切れることで前二句と後二句は異なる内容であるとみて差し支えなく、「〜如《な》す」の表現は「〜（の）ように」と比況の意味として、次のように後句を連用及び連体修飾する。

たらちし　吉備の鉄の　狭鍬持ち　田打つ如す　手拍て子等　吾は舞為《せ》む　（『播磨国風土記』）
真木さく　檜のつまでを　もののふの　八十宇治川に　玉藻なす　浮かべ流せれ　（萬葉1・五〇）
真杙には　真玉を懸け　真玉なす　吾が思ふ妹　鏡なす　吾が思ふ妻　有りと言はばこそよ　（記89）

一首目「田打《たう》つ如《な》す」は次句「手拍《たう》て」を連用修飾し、鍬を振り下ろし田を耕すように手を叩けと呼びかける。二首目「玉藻なす」は「浮かべ流せれ」を連用修飾し、檜を宇治川の玉藻のように浮かべて流す意味。三首目「真玉なす」「鏡なす」はそれぞれ「吾が思ふ妹」「吾が思ふ妻」を連体修飾し、真玉や鏡のように私が大切に思う妹、の意味。この「〜なす」の用法から、「歯並は　椎菱如《な》す」は、歯並は椎菱のようだ、と切れるのではなく、後句の「櫟井の　丸邇坂の土を」にかかって、歯並が椎の実や菱の実のような櫟井の丸邇坂の土を、と解釈するのが自然だろう。

「櫟井」は現在も和爾町の隣に櫟本町の名が残る。但しここでは地名のみならず、前句の「椎菱なす」と関連して植物の櫟《イチイ》も喚起されるだろう。『倭名類聚抄』（元和本）に「櫟子、崔禹錫食経云櫟子【上音歴和名以知比】相似而大二於椎子一者也」とあり、椎と櫟の実には形態の類似がみとめられていた。椎の実は楕円形で丸く膨らみ先尖し、菱の実は三角形で両端に鋭い棘をもつ。櫟の実は円形で丸く膨らみ、しかも赤色である。その赤の喚起は「丸邇坂の土」の赤色に連なるものであろう。歯の形は、椎や菱の実に喩えられるように、丸みを帯びながらも尖鋭する。そこにふさわしいのは、『古事記伝』が「さて此二句は、次の一句を隔て、和邇の序なり、【句を隔つる序の例、にほどりのあふみの海に潜せなの如し】そは丸邇てふ地名を、鰐魚に取て、此魚の歯の勝れて利き由なり」

とした解釈、つまり地名を含む「丸邇坂《わにさ》」を導くための動物ワニ（鮫）(31)の歯という修辞表現とみることではなかろうか。記伝には「次の一句を隔て」とあるが、「櫟井」が地名として、また植物として椎・菱と関連のあることを思えば、「歯並は　椎菱なす」の二句がそのまま「櫟井の　丸邇坂の土を」の序となっていると考えられる。

眉を描く材料である土の性質に殊更長い序が必要とされたのは、丸邇氏の聖地「丸邇坂」の土であり、それが丸邇氏としての象徴的意味をもっていたためである。建波邇安王の反逆譚（中巻　崇神条）では、「丸邇臣が祖、日子国夫玖命《ひこくにぶくの》を副《そ》へて遣しし時に、即ち丸邇坂に忌瓮《いはひへ》を居《す》ゑて、罷《まか》り往《ゆ》きき」という記述がみられる。本拠地（天理市和爾町）に忌瓮を据えるのは、和爾の地から山代の木津川一帯の土地の神を慰めると同時に、氏族の霊にはたらきかけ、戦勝を祈願する意図に基づくものだろう。この丸邇氏の本拠地、和爾が赤土を産することは、本歌においても、延喜式（神名式）に「和尓坐赤坂比古神社【大。月次新嘗。】」にあることからも窺え、黒沢幸三氏は「この坂にはワニ一族共通の氏神が存在した。それゆえヤカワエヒメも祝宴に際してはこの聖なる土で顔をいろどらねばならぬのである」(32)とされた。ここでの宮主がおこなう聖地の土での化粧には、呪的な意味が窺える。

その眉を描くのには「端つ土は　肌赤らけみ　下土は　に黒き故　三つ栗の　その中つ土を」が用いられ、表面は赤く、底は「に黒き故」に中の土を良しとする。この形式は応神の「香細し　花橘は　上つ枝は　鳥居枯し　下枝は　人取り枯し　三つ栗の　中つ枝の　ほつもり　赤ら嬢子を　誘《いざ》ささば　宜《よら》しな」（記43）、伊耶那伎命が「上つ瀬は、瀬早し。下つ瀬は、瀬弱し」とのりたまひて、初めて中つ瀬に堕ちかづきて滌《すす》」いだことと同様、対象を三分し、中を最も相応しいものとする表現である。現在、邇《に》黒きの邇は赤を指す丹として赤黒い土と解される。しかしそうなれば、眉描きに用いられたのは赤くも赤黒くもないその中間の色の土だということになり、いささか不自然ではないか。中の土は眉を描くのに最も適した色と質を有しているはずで、眉墨は「黛…青黒色也、婦人飾眉黒色也、万与加支」（『新撰字鏡』天治本）とあるように、自然の眉と同様の黒に近い色が想定される。ここで、邇《に》黒きの二の解釈を見直すべきではないか。

『厚顔抄』は邇《に》黒きを「土《に》黒き」として、中土を「青キ土」とした。『古事記伝』もそれを継承しつつ「同じ黒色にも、さま〴〵ある中に、土めきたる黒さにて、光華《ニホヒ》なきを云にや」とする。続いて『稜威言別』は記伝を引用し「邇は土の惣名にて、青土、赤土、赭土、【此を青丹、赤丹とかく丹も本は赤土色より出たるなれば、赤色を丹と云は転用なり】」として「眉畫の料に採土なれば、青みのあるが用なるある也」と中層を青土とする。しかし底層の邇《に》黒きの二は赤と捉え、赤黒いと解釈する。表層の赤土の下に青土があり、さらに下には赤黒い土があると考えるのである。この不自然さを抱えたまま『古事記新講』[33]に継承されて以後、現在では二を赤色と捉えるむきが殆どで、中土の色については触れられない[34]。しかし二がもともと土の総称であり、丹＋黒と色名を重ねてより詳細な色を表現する方法は記紀歌謡にも萬葉集にもみえないことを思えば、二は土とみて「土黒き」であるとするべきではないか。「底土は　土黒き故」という反復は「朝日の　日照る宮」、「竹の根の　根足る宮」（記100）に見られる。上層から下層へかけて赤から黒へと色が濃くなっていく土の中で、その中層――色の明確な断定はここで不可能だが、茶から黒に近い自然の眉と同色だろう――の土が最も眉墨に相応しい色と考えられる。

「うたたけだに」の語義は未詳で、真福寺本「宇歹〃氣陁迩《ウタタケダニ》」、延佳本「宇多氣陁迩《ウタケダニ》」で、「宴直《ウタケタダ》に」（『厚顔抄』）、「転宴《ウタダケ》に」（『古事記伝』）、「甚酣《ウタダケ》に」（『古代歌謡全注釈　古事記編』）、「転《うた》た蓋《ケダ》に」（『新編全集』）など諸説みられる。ウタは「聖業逾高く、王風転《ウタ、》盛なり」（崇神紀七年、北野本訓）とみられるため、真福寺本の本文に従いたい。『類聚名義抄』（観智院本）で「転」はウタタ、イヨ〱く、また「漸」にもウタタ、ヤウヤクなどの訓がある。「逾」は「イヨ〱」。「逾《イヨイヨ》」「転《ウタタ》」はともに、ますます、よりいっそうの意。「ケダニ」については当てはまる語がないため判断を控えたい。文脈では「斯くもがと　我が見し子」と理想の相手にいよいよ「向ひ居るかも」と続く。

以上をふまえ記42についてまとめる。歌は「後ろでは　小楯ろかも」で一旦切れ、そこまでを前半部、「歯並は　椎菱如す」以下を後半部とする。前半部は道行表現を用いて地名が頻出したように、土地に基づいて嬢子を讃美するものである。気比大神との交渉の記憶を有した角鹿の水霊たる蟹が苦労して湖西を通り、やっとの思いで木幡の地で嬢子と出会う。水運の要地としての宇遅・木幡の地理を褒め讃えることにより、そこに立つ嬢子を讃美する。後半部は丸邇氏の氏族的象徴に基づいて嬢子を讃美するものであり、象徴としての丸邇坂の土で描いた眉により嬢子を褒め讃える。土地への関心と、氏族的性格により嬢子を讃美する方法を用いた本歌は、この婚姻が政治性の色濃いものであることを示している。応神が「斯もがと　我が見し子ら　斯くもがと　我が見し子に　うたたけだに　向ひ居るかも　い添ひ居るかも」と歌ったように矢河枝比売は、願っていた理想の相手であり、向き合い、添い合う相手としてあった。そこには応神と丸邇氏が系譜で結ばれた関係にあり、五代経た後に再び邂逅し絆を深めたことの充足、高志から近淡海、山代にかけての水運を中心とした支配の完成の喜びをみとめることができる。

おわりに

伝承において、北陸道から日本海にかけての地域と応神天皇とのかかわりは深かったと思しい。書紀においても角鹿は特に応神天皇周辺と関連した。仲哀紀では角鹿に笥飯宮が建てられ、神功皇后が角鹿の港から穴門へと熊襲征伐に発つ。宮は穴門や筑紫にも置かれ、この時代と日本海の航路の密接な結びつきが窺える。一方古事記は、以上に述べた応神天皇と角鹿のかかわりを除いて、書紀のような日本海航路を利用した記述をもたない。古事記は中央と地方・朝鮮半島を結ぶ唯一の港として難波を機能させ、瀬戸内航路についての記述のみに限定するのである。

その理由として考えられるのは、本来第一の皇位継承者であった宇遅能和紀郎子が早世し、難波に関連が深い大雀命が即位したことである。木津川・宇治川の水系を掌握する丸邇氏と対称的に、大雀命は大和川周辺から難波にかけて勢力を伸ばした葛城氏の女・石之日売と婚姻関係を結ぶ。通常皇族に用いられる「命」の尊称をもつのは仁徳朝で活躍する建内宿禰と丸邇氏のみであることから、両者ともに皇族に並ぶ待遇が示されており、応神から仁徳の時代にかけて異なる水系を掌握する氏族たちの勢力関係がみとめられるのである。

丸邇氏の支配する宇遅の勢力の大きさは、宇遅能和紀郎子が皇位継承者として指名されたことに示される。『播磨国風土記』（揖保郡）で「宇治天皇」、『山城国風土記逸文』（宇治）で「宇治の若郎子、桐原の日桁《ひげた》の宮を造りたまひ以ちて宮室とせり」と記紀には記されない宇遅に即位する天皇の存在があった。宇遅と難波の拮抗関係の中、難波を中心とする皇統の歴史を下巻の始発に位置づける古事記にとって、畿内北部一帯の水運を掌握する丸邇氏と婚姻関係を結び傘下に取り込むことは枢要な課題としてあっただろう。

それが成し遂げられた下巻に至って、山代を舞台とする仁徳天皇と石之日売の物語が展開する。ここで山代が舞台となるのは、山代一帯の水運を掌握する丸邇氏と王権が本譚において融合された結果といえる（第二部第三章）。さらに黒日売求婚譚、枯野船の瑞祥など、船のモティーフの散見する仁徳条は航海の時代であり、物語は山代河、難波、淡路島、吉備と瀬戸内海を船で渡る中に展開された。その水上交通の時代の礎となったのが仲哀・応神の時代であり、その中で、朝鮮半島の服属があり、本譚が物語る畿内の水運の支配の完成があった。角鹿の蟹の歌は応神自身の記憶を呼び起こし、中巻末における畿内の支配体制の確立と充実を物語る神話となるのである。

注

（1）西宮一民校注『新潮日本古典集成　古事記』新潮社　一九七九年

（2）「水の乙女」とはここでは河の神を祭祀する巫女であると考えられる。また、ここではこの婚姻を「聖婚」とは捉えず、第二節で親近性をもった系譜の再結合と論じる。

（3）武田祐吉『記紀歌謡集全講』明治書院　一九五六年

（4）小島憲之「古代歌謡の彼方―「わらべ歌」との交渉―」『国語国文』二四―一　一九五五年一月

（5）田辺幸雄「この蟹や　いづくの蟹」『古事記大成２』平凡社　一九五七年

（6）土橋寛「氏族伝承の形成―『この蟹やいづくの蟹』をめぐって―」『澤瀉博士喜寿記念萬葉学論叢』澤瀉博士喜寿記念論文集刊行会　一九六六年

（7）契沖『契沖全集』第七巻　岩波書店　一九七四年
（8）及川智早氏（「「この蟹や」歌謡試論―ワニ氏始祖発生を語る原歌謡の想定―」『古事記年報』三二　一九九〇年一月）は「他文献にも類例がみられない異様な表現」とされ、他、新編全集でも「女性の美の形容としては一般的とはいえない」とする。
（9）土橋寛（前掲論文）
（10）豊岡姫について大日孁尊（天照大神）説、止与宇気姫（伊勢神宮外宮の祭神の豊受大神）説、豊宇賀能売命（『丹後国風土記』逸文の奈具社祭神）説などあるが、現在多くトヨウカ→トヨヲカの転化で穀霊を司る神と解される。
（11）駒木敏「言語の呪性と様式―問答歌謡の事例に即して―」土橋寛編『古代文学の様式と機能』桜楓社　一九八八年四月
（12）中山太郎『日本民俗学　風俗篇』「蟹守土俗考」大和書房　一九七七年
（13）浅香年木『古代地域史の研究』「古代のコシと対岸交流」法政大学出版局　一九七八年
（14）井上辰雄「『民部省武』をめぐる諸問題」『日本歴史』二六二号　一九七〇年三月
（15）供犠の概念は、モース／ユベール「供犠」小関藤一郎訳　法政大学出版局　一九八三年（原著一八九九年）に拠る。
（16）吉井巌『天皇の系譜と神話　三』「応神天皇の誕生」について」塙書房　一九九二年
（17）吉井巌『天皇の系譜と神話　一』「応神天皇の周邊」塙書房　一九六七年
（18）野田浩子『万葉集の叙景と自然』「国見と道行―様式としての自然」新典社　一九九五年
（19）木下良「敦賀・湖北の古代交通路に関する三つの考察」（『敦賀市史研究２』一九八二年十月）による。萬葉集（巻三）の笠金村が越への旅において塩津山（三六四・三六五）、角鹿津（三六六）で歌を歌っており、これも同じルートを指しているとされる。
（20）この地は継体天皇の妻・三尾君等の祖・若比売、三尾君の加多夫の妹・倭比売の出自である三尾である。継体天皇は、「品太天皇五世之孫、袁本杼命自㆓近淡海国㆒令㆑上坐而」（下巻　武烈条）と応神天皇に血筋の由来をもち、近淡海国を出自とした。ここで本譚の天皇の近淡海から山代にかけての行幸は継体天皇出現の基盤をも用意するといえる。
（21）足利健亮『日本古代地理研究』「山背の計画古道」大明堂　一九八五年

（22）角川源義「まぼろしの豪族和邇氏」『日本文学の歴史1　神と神を祭る者』角川書店　一九六七年
（23）林屋辰三郎・藤岡謙二郎編『古代の景観と歴史　宇治市史1』宇治市　一九七三年
（24）守屋俊彦『古事記研究─古代伝承と歌謡─』「山代の歌と丸邇氏」三弥井書店　一九八〇年
（25）武田祐吉（前掲書）が「小楯ろかも」で句切とする。
（26）武田祐吉（前掲書）
（27）『厚顔抄』が「大和トハ、凡ソ彼国ノ中程ヲ云ヘキカ」とする。
（28）『古事記伝』は「宇斯呂傳波《ウシロデハ》は、後方者《ウシロデハ》なり、傳《デ》は、都閇《ツヘ》の約《ツヅマ》りたるにて、都《ツ》は之《ノ》に通ふ辞、閇《ヘ》は方《ヘ》なり、淤母弖《オモテ》の弖《テ》も同じ、【淤母弖《オモテ》は面《オモ》つ方《ヘ》なり、又前は目方《マヘ》、後は尻方《シリヘ》にて、これらも、都《ツ》と云ざるのみの差にて、閇《ヘ》は同じ、】此外俗言にも、山の方を山弖《ヤマテ》、海の方を海弖《ウミテ》、など云類多きも、弖《テ》は、都方《ツヘ》にて、同言なり、【又道之長手《ミチノナガテ》、縄手《ナハテ》などの手は、道の意にして、異なり、思混《マガ》ふべからず、】」と論じる。ただ宣長は契沖の「後姿」の説を「大形を以て云へば然なり、さて前方をおきて、後方をしも詔へるは、行遇奉て、別罷去る後方を御見してなり」と一応採用してもいる。
（29）土橋寛『古代歌謡全注釈　古事記編』角川書店　一九七二年
（30）青木和夫・石母田正・小林芳規・佐伯有清校注『日本思想大系　古事記』岩波書店　一九八二年
（31）南方熊楠「本邦における動物崇拝」（『南方熊楠全集2』平凡社　一九七一年）ではワニをワニザメとした説を紹介する。
（32）黒沢幸三『日本古代の伝承文学の研究』「ワニ氏の伝承」塙書房　一九七六年
（33）次田潤『古事記新講　増訂版』明治書院　一九二六年
（34）他、ニを土とみる契沖説を受け継ぐもの（武田祐吉『記紀歌謡集全講』・西郷信綱『古事記注釈』）、ニを接頭語とみて真っ黒の意味とする説（土橋寛『古代歌謡全注釈　古事記編』）もみられる。

第二章　応神天皇　蒜摘みの歌

はじめに

応神天皇の婚姻譚、宇遅能和紀郎子の出生の由来が述べられた次には、大雀《おほさざきの》命の婚姻譚が記される。それは応神が顔容麗美と評判を聞き喚し上げた日向の髪長《かみなが》比売を、大雀命が見初めて下賜されるかたちで物語られる。この婚姻譚は応神の意向により第一の皇位継承者とはされなかった大雀命が、その応神より実質的な継承を得る話である。

天皇、日向国の諸県君《もろがたのきみ》が女、名は髪長比売、其の顔容麗美《かたちうるは》しと聞し看《め》して、使はむとして喚《め》し上げし時に、其の太子大雀命、其の嬢子の難波津に泊《は》てたるを見て、其の姿容《かたち》の端正《きらぎら》しきに咸《め》でて、即ち建内宿禰大臣に誂《あとら》へて告《の》らしく、「是の、日向より喚し上げたる髪長比売は、天皇の大御所《おほみもと》に請ひ白して、吾に賜はしめよ」とのらしき。爾くして、建内宿禰大臣、大命を請へば、天皇、即ち髪長比売を以て其の御子に賜ひき。賜へる状《かたち》は、天皇、豊明を聞し看《め》す日に、髪長比売に大御酒の柏を握《と》らしめ、其の太子に賜ひき。爾くして、御歌に曰はく、

いざ子ども　野蒜摘みに　蒜摘みに　我が行く道の　香細《かぐは》し　花橘は　上《ほ》つ枝は　鳥居《とりゐ》枯し　下枝《しづえ》は　人取り枯し　三つ栗の　中つ枝の　ほつもり　赤ら嬢子《をとめ》を　誘《いざ》ささば　宜《よら》しな（記43）

又、御歌に曰はく、

水溜る　依網池《よさみのいけ》の　堰杙打《ゐぐひうち》が　刺しける知らに　蓴繰《ぬなはくり》　延《は》へけく知らに　我が心しぞ　いや愚《をこ》にして今ぞ悔しき（記44）

如此《かく》歌ひて、賜ひき。故、其の嬢子を被賜《たまは》りし後に、太子の歌ひて曰はく、

道の後《しり》　古波陀嬢子《こはだをとめ》を　雷《かみ》の如《ごと》　聞えしかども　相枕《あひまくら》枕《ま》く（記45）

又、歌ひて曰はく、

道の後　古波陀嬢子は　争はず　寝しくをしぞも　麗しみ思ふ（記46）

大雀命は見初めた髪長比売を賜ろうと、大臣である建内宿禰に天皇への打診を頼む。天皇は記43・44をそえてそれを許し、豊明宴で大雀命に髪長比売を与える。記43はふたりの婚姻の許しを、記44は皇子が髪長比売を慕っていたのを知らなかったことの嘆きである。記45・46は大雀命の歌で、髪長比売を得たことの喜びが二首をもって表現される。

大雀命は下巻に入って仁徳天皇となり、人民の課役を免除し、難波堀江や墨江津を整備した、古事記の中でただひとり「聖帝」と讃えられる天皇である。天皇は石之日売を大后とするが、その婚姻は系譜として「此の天皇、葛城之曾都毘古《そつびこ》が女、石之日売命〈大后〉を娶りて、生みし御子は、大江之伊耶本和気《いざほわけの》命」（下巻　仁徳条）とある

のみで、本譚のような婚姻譚をもたない。また大雀命は他にも吉備の黒日売や木国の八田若郎女らを娶るが、特にこの日向の髪長比売と大雀命の結婚を、四首の歌をもって荘重に語る。

本譚の位置づけに関して、『新編全集』では「応神天皇と調和ある関係を保つ大雀命を語り、大王仁徳天皇の前史とする」と応神天皇との関係を重視する。また青木周平氏は「下巻巻頭の天皇として神話的規範としての〈日向〉を受け継ぎつつ「治㆓天下㆒」天皇にふさわしい〈日の御子〉の婚として用意されたのではないか(1)」と髪長比売が日向の女性であることに注目され、日の御子としての始発を大雀命の物語にみとめられた。

これらの説をふまえて、本章では記43の解釈をおこないたい。所伝での叙述をみれば、大雀命が難波津に到着した髪長比売を見初めたことで、歌には、記44の「依網池」をはじめとする難波津周辺の地名や「堰杙打」「蓴」という水辺の光景が反映される。しかし記43では、所伝では描かれない野での光景が歌われる。なぜここでいささか唐突ともいえる、野での蒜摘みの歌が歌われるのか。

『古事記伝』は「たゞ橘を詔むためのみの序」、「たゞ香と云言に係れるのみ」とし、『厚顔抄』は「只是ニテ、端ヲヒラキ給フナルヘシ」と特に歌の内容にかかわらない部分とした。土橋寛氏は「応神天皇が美女を皇太子に与える歌としてはいかにも似合わしくない」として歌を所伝から切り離し、野遊びにおける老人が若者に妻選びを勧める独立歌謡とみとめられた(2)。『新編全集』では野蒜摘みに野遊びの要素をみることを引き継ぎつつ、所伝と歌とのかかわりをみて、「野蒜摘みに行こうというのは、野遊びの場を持ち出すこと。そこで女を誘うような気分で比売を誘えばよかろうという趣の歌」とする。

野遊びとは春菜摘み、花見、などとともに「春山入り」のひとつの行為であり、国見と歌垣の起源として、年のはじめにおける予祝的意味をもつとされる。(3) 野での求婚、菜摘みというモティーフには、萬葉集冒頭が岡での菜摘みの歌によってひらかれたことと同様の、予祝的な意味をみとめることができる。ただ、その予祝性は歌垣を含む野遊びをひとつの根拠に求めるのではなく、野の嬢子、そして菜摘みの根本的な意義から見出されなければならない。

本章では記43を手がかりとして、本譚が中巻冒頭の神武天皇の聖婚譚に基づきつつ、下巻冒頭の仁徳天皇の時代を開示する婚姻譚であることを述べる。

一　野における菜摘み

菜摘みをモティーフとする歌の中、野蒜摘みを歌ったものは他には見られない。蒜は『説文解字』に「蒜、葷菜也」とある。葷は「葷、臭菜也」と臭いのきつい植物のひとつであり、『篆隷萬象名義』には「葷、群菜辟二凶邪一也」とあることから、よこしまなものを避ける効果のある植物でもある。倭建命が白い鹿と化した坂の神を「其の咋《く》ひ遺《のこ》せる蒜の片端を以て、待ち打ちしかば、其の目に中《あ》てて、乃ち打ち殺し」（中巻　景行条）たことからは、敵を追い払う蒜の力が窺える。「咋ひ遺せる」とあるように蒜は食用であり、「醤酢《ひしほす》に　蒜搗《つ》き合《か》てて　鯛願ふ　我にな見えそ　水葱の羹」（萬葉16・三八二九）の歌がある。同様の臭菜である韮（ニラ・ミラ）を、「伎波《きは》都久《つく》の　岡のくくみら　我摘めど　籠《こ》にも満たなふ　背なと摘まさね」（同14・三四四四　東歌）と詠んだ歌もあり、韮摘みや蒜摘みは野における菜摘みのひとつと捉えられる。

終句「いざささば」も菜摘みと関係する語である。ここには二通りの解釈がみられ、まず『古事記伝』は「人を誘ひ起るを、伊邪佐須《イザサス》と云」とし、『新編全集』に「誘う意の動詞イザスの未然形に、尊敬のスの未然形がついたもの」として受け継がれる。一方『古事記注釈』は「サスは、「標さす」のサスで自分のものにする意」として、「さあ」の意の「いざ」＋「ささ」を自分のものにする意の「さす」未然形ととる。

上代文献には誘う義での「いざす」の語は見られない。「いざささば」のいざは「伊奢吾君《いざあぎ》　振熊が　痛手負はずは　鳰鳥の　淡海の海に　潜きせなわ」（記38）にみられる呼びかけの「さあ」であり、初句の「いざ子ども」と対応する。「三香原《みかのはら》　布当《ふたぎ》の野辺を　清みこそ　大宮所（一云　此処跡標刺《こことしめさし》）　定めけらしも」（萬葉6・一〇五一）には野を占有する意の「さす」が詠まれる。「標」は自分の領域とわかるように顕示することで、菜摘みとのかかわりは「明日よりは　春菜摘まむと　標之野尓《しめしのに》」（同8・一四二七）にもみられる。対の記44においても「堰杙打が　刺しける知らに」と堰杙を打つ人が既に打っていることも知らないで（息子が既に嬢子に心を通わせていたのも知らないで）、と同じく女を自分のものにする「さす」が詠まれ、両歌を関連づけるとしてある。このように「いざささば」は呼びかけの「さあ」の意の「いざ」に、自分のものとする意の「さす」未然形と捉えるのがよいだろう。記43は野での蒜摘みへの呼びかけから歌い起こされ、その途次において出くわした花橘のように美しい嬢子を皇子自らのものにすればよいという歌意をもつ。

そして記43の野蒜という野の草に対応し、記44では蓴《ぬなは》（じゅんさい）という水草が詠まれるように、歌われる場は野辺から水辺へと移る。両歌は「いざささば」、「堰杙打が　刺しける知らに　蓴繰　延へけく知らに」とともに「さす」を共通語彙としつつ、その結びを記43では「宜《よら》しな」、記44では「今ぞ悔しき」とする。前者では嬢子を皇子に授けることを、後者では息子の嬢子への気持ちに気づかなかったことを「愚《をこ》」であったと歌う。
「葛城の　高間の草野　はや知りて　標刺さましを　今そ悔しき」（萬葉7・一三三七）は高間の草野を女に寓して、「標さす」と早くものにしなかったことを「今ぞ悔しき」とした歌で、二首の趣向を併せもつ類歌とみとめられる。
以上のように記43・44は「さす」を軸に野辺と水辺の光景に展開され、ふたりの結婚の許可と祝福を歌う。では所伝の叙述に対応する水辺の光景に先行し、なぜ応神はそれとは異質な野辺での光景を歌うのだろうか。
そもそも野という地形については、柳田國男が次のように述べる。

何々野は一方が山地であり、又僅かなる高低のあることを意味したらしい。其のよい実例は大野といふ地名の地を見ればわかる。郡で大野といふものは豊後に一つ、嫗嶽山彙の東側一帯を斯く名づけて居る。中央部の日本では越前と飛驒と今は隠れたが美濃の北部とに各々一つの大野郡があつて、殆と白山連峯の四周を取囲んで居る。さうして今風の意味の大きな野は無いのであつて、之を平地に接した山の側面、麓つゞきといふ位に解しなければ意味が取れないのみか、始めて嶺を遠く望んだ人々の、健氣な志は不明になるのである。(4)

その「大野」は、次のように歌われる。

たまきはる　宇智の大野に　馬並《な》めて　朝踏ますらむ　その草深野　（萬葉1・四）

ここで大野は獣たちの生息する猟場であり、霞や霧が立つ近づき難い神聖な空間である。また「大野」に対する「小野」は次の歌にある。

さ雄鹿の　朝伏す小野の　草若み　隠らひかねて　人に知らゆな　（萬葉10・二二六七）
さ雄鹿の　小野に草伏し　いちしろく　我が問はなくに　人の知れらく　（同10・二二六八）
うちはへて　思ひし小野は　遠からぬ　その里人の　標結ふと　聞きてし日より…　（同13・三二七二）

二二六七、八の小野は、先の「草深野」とされた大野とは異なり、「草若み」、雄鹿を隠しきることができない。また三二七二では、標を結って自分の所有とする小野が歌われる。こうした小野について、辻田昌三氏は「人間の手が加わりやすい、限界・境界のたしかな、したがって、そこは人間の日常的な生活・居住の空間となっているところ」(5)とされた。次の山部赤人の歌、

春の野に　すみれ摘みにと　来し吾そ　野をなつかしみ　一夜寝にける　（萬葉8・一四二四）

には、こうした親近性のある自然の空間としての野がみとめられる。平舘英子氏は「「来し」「一夜寝にける」という行為の具体性が自然（野）への没入感を表現している。春の野に一夜寝たことを事実として表明している点に地霊と交感した実感が託されていると思われる」と、ここに自然と一体となることでの地霊との交感をみとめ

られる[6]。それは野辺の求婚、あるいは菜摘みの本質に通じるのではないか。

国栖らが　春菜摘むらむ　司馬の野の　しばしば君を　思ふこのころ　（萬葉10・一九一九）

上三句が「しばしば」の序となる。その野で菜を摘むのが国栖であることには、土着の民ゆえに大地と最も親しむ存在としてみとめられたためであり、通念としての序詞になり得ただろう。春菜は春における大地の恵みの象徴である。野に立つ者はその土地に親しみ、地霊的な性格を有するものといえるのではないか。

妻もあらば　摘みて食《た》げまし　沙弥の山　野の上のうはぎ　過ぎにけらずや　（萬葉2・二二一）
明日よりは　春菜摘まむと　標めし野に　昨日も今日も　雪は降りつつ　（同8・一四二七）
春日野に　煙立つ見ゆ　娘子らし　春野のうはぎ　摘みて煮らしも　（同10・一八七九）

菜を摘む者に春の恵みに授かるため土地に親しむ。二二一は石中の死人と野のうはぎ（嫁菜）の生命力とが対比される。ここで詠まれる幻想の妻は地の恵みを摘み取って夫に授ける媒介としてある。一四二七では年のはじめの春において春菜を摘みその恵みを享受しようとする。一八七九題詞は「詠レ煙」で野の煙がただちに娘子の菜を煮る光景と結びつくことは、それが春の慣例であったことを示す。

本譚と同様に菜摘みが求婚と結びついた例、その代表的なものが萬葉集劈頭の雄略御製歌である。

籠《こ》もよ　み籠もち　ふくしもよ　みぶくし持ち　この岡に　菜摘ます児　家告《の》らせ　名告らさね　そらみつ　大和の国は　おしなべて　我こそ居れ　しきなべて　我こそいませ　我こそば　告らめ　家をも名をも

（萬葉1・一）

この歌は万物の胎動の季節である春における、子孫の繁栄と生産の豊かならんことを予祝する歌とされる。[7] 萬葉集がこの春の菜摘みの歌を巻一巻頭歌として置くことは、それが雄略御製であることの一方で、菜摘みというモティーフに冒頭歌として相応しい性質がみとめられたためだろう。それは春という要素のみならず、菜を摘む女がその土地に慣れ親しむ者――土地と一体であり、地霊と交感する者――であり、それが聖婚の概念と併せて祝意をもつためではないか。

菜摘みの嬢子は複数の場合もある。次の竹取翁歌（題詞）では翁が丘で九人の女子と出逢う。

昔老翁あり。号を竹取の翁といふ。この翁季春の月に、丘に登り遠く望《みはるか》す。忽ちに羹を煮る九箇の女子に値《あ》ひぬ。百の嬌《こび》は儔《たぐひ》なく、花の容《かほ》は匹《たぐひ》なし。

（萬葉16・三七九一題詞）

季節は春であり、場所は丘であるという点からして、女子が煮る「羹」はやはり春菜であるだろう。「九箇の女子」は次の例と同様に、群行する嬢子のモティーフに基づく。

是に、七たりの媛女、高佐士野に遊び行くに、伊須気余理《いすけより》比売、其の中に在り。
（中巻　神武条）

余《やつかれ》、暫《たまさか》に松浦の県に往きて逍遥し、聊《いささ》かに玉島の潭《ふち》に臨みて遊覧するに、忽ちに魚を釣る女子等に値《あ》ひぬ。花の容《かほ》双びなく、光《て》りたる儀《すがた》は匹《たぐひ》なし。柳の葉を眉の中に開き、桃の花を頬の上に発《ひら》く。（中略）
僕《やつかれ》問ひて曰く、「誰が郷誰が家の児らそ、けだし神仙ならむか」といふ。
（萬葉5・八五三〜八六三　松浦河に遊ぶ序）

遊仙窟にみられるような複数の女との出会いは、伊須気余理比売が美和の神の女である血筋の神聖さと併せて、「神仙界の女として現われるようにイメージされる」[8]といわれる。菜摘み、或いは野を行く女はそうした神聖さを帯びるのである。

記43に讃美される髪長比売に立ち返れば、日向の土地と馴染み深く地霊的な存在であり、野に立つ嬢子として神聖化されているとみることができる。本譚には群行する嬢子は直接みえないが、歌において「上つ枝は　鳥居枯し　下枝は　人取り枯し　三つ栗の　中つ枝の　ほつもり　赤ら嬢子を」と多くの女性のうちの誰も手をつけていない嬢子として歌われており、そこに複数の中から最良の嬢子として髪長比売を選ぶ意識が窺える。

下巻、仁徳条に入ると、吉備の黒日売が天皇に菘菜《たかな》を献上する場面がみられる。

黒日売、其の国の山方の地に大坐《おほましま》さしめて、大御飯を献りき。是に、大御羹を煮むと為《し》て、其地の菘菜《たかな》を採る時に、天皇、其の嬢子が菘を採る所に到り坐して、歌ひて曰はく、

山方の　蒔ける青菜も　吉備人と　共にし摘めば　楽しくもあるか（記54）

黒日売が石之日売命の嫉妬を恐れ吉備へ帰ると、天皇はそれを追う。再びそれが菜摘みの場を通して描かれることは、本譚と併せて、菜摘みが聖代とされる仁徳天皇の御世に相応しい春のモティーフとして繰り返されるためだろう。

菜摘みはまず春の行為だということに意味をもつ。四季の中でも春は草花の萌え出ずる季節であると同時に、暦における歳のはじまりであり、そこに再生と更新という意味を宿す。菜摘みは春の恵みを享受するためにあり、従って豊饒の予祝を含意して、物事のはじまりにおいて相応しい。以上によって「いざ子ども　野蒜摘みに…」と野の光景が歌い起こされるのは、来る仁徳時代のはじまりを予祝する意味をもつためだと考えられるのではなかろうか。

二　神武天皇への遡源

野での婚姻譚を古事記の構成において捉えたとき、中巻冒頭の神武条とのかかわりを見出すことができる。本譚は高佐士野での神武天皇と伊須気余理比売の求婚譚に近似する形式をもつ。

是に、七たりの媛女、高佐士野に遊び行くに、伊須気余理比売、其の中に在り。爾くして、大久米命、其の

伊須気余理比売を見て、歌を以て天皇に白して曰はく、

倭の　高佐士野を　七行く　媛女ども　誰をし娶《ま》かむ（記15）

爾くして、伊須気余理比売は、其の媛女等の前に立てり。乃ち天皇、其の媛女等を見て、御心に伊須気余理比売の最も前に立てるを知りて、歌を以て答へて曰はく、

かつがつも　弥前《いやさき》立てる　兄《え》をし娶かむ（記16）

爾くして、大久米命、天皇の命を以て、其の伊須気余理比売に詔ひし時に、其の大久米命の黥《さ》ける利目《とめ》を見て、奇《あや》しと思ひて歌ひて曰はく、

あめ鶺鴒《つつ》　千鳥真鵐《ましとと》　など黥ける利目（記17）

爾くして、大久米命の答へて曰はく、

媛女に　直《ただ》に逢はむと　我が黥ける利目（記18）

故、其の嬢子の白ししく、「仕へ奉らむ」とまをしき。是に、其の伊須気余理比売の命の家、狭井河の上に在り。天皇、其の伊須気余理比売の許《もと》に幸行《いでま》して、一宿《ひとよ》御寝し坐しき。後に、其の伊須気余理比売、宮の内に参ゐ入りし時に、天皇の御歌に曰はく、

葦原の　穢《しけ》しき小屋に　菅畳　弥清《いやさや》敷きて　我が二人寝し（記19）

（中巻　神武条）

神武天皇が后に相応しい女を求めたとき、高佐士野に遊び行く七人の嬢子に出逢う。大久米命がその嬢子のうち誰を娶るかと問うと（記15）、神武はその最も先に立つ嬢子を娶ろうと歌い（記16）、大久米命は天皇に代わりそ

れを伝える。大久米命と伊須気余理比売の問答（記17・18）を経て、天皇は彼女を娶り、共寝したことの歓びを歌う（記19）。

この神武天皇の聖婚にまつわる歌謡群と本歌謡群には、いくつかの共通項がみられることが平舘英子氏[9]により指摘された。まず出会いの場が野である点。また前半の歌謡（記43・44、15〜18）がともに結婚の許可に関わり、後半（記45・46、19）が結婚の成就を歌うものである点。結婚前は第三者（応神天皇・大久米命）の歌を配し、結婚後は主人公（大雀命・神武天皇）の歌を配する構成の点であり、これらの基底に「聖婚伝承型とも言うべき、結婚に関わる歌謡の伝承の一つの型を考えてよい」とされた。神武の伊須気余理比売との婚姻は大和の支配を完成させるための美和の女との聖なる婚姻であった。このように神武の聖婚と野辺の求婚のモティーフの共有や形式面での類似を古事記の構成において捉えるならば、本譚には神武の聖婚に対応する意義がみとめられるのではないか。

神武と仁徳はそれぞれ中下巻という巻頭に即位する大きな特徴を有する。都倉義孝氏は「仁徳は、皇統の開祖神武の神話的照射によって、その聖性を開示されて下つ代の巻頭に立つ天皇であった」[10]とされ、両者が巻末に誕生し次巻冒頭に即位すること、「聖なる王権の原点」である日向の女を娶ること、大后が同質の「霊的構造性」をもつ存在であること、即位前に吉野の国主の奉仕を受けることの四点にまとめられた。加えていうならば、この野辺での求婚のモティーフと聖婚の形式の共有も神武と仁徳のひとつの照応関係の中に捉えることができる。下巻冒頭の仁徳に、天皇の開祖であり中巻冒頭の天皇神武に倣わせることは、仁徳に神武の始源の姿を背後に負わせ、新たな時代を拓こうとする意識がはたらいている。

野に立ちその神聖性を賦与された髪長比売は、大物主神の女である伊須気余理比売に比した貴さを内的に宿しているはずである。髪長比売の出自は日向国の諸県君（仁徳条には「諸県君牛諸」）の女とされるのみで、古事記ではその他の記述をもたない。景行紀（十八年三月）には「諸県君泉媛、大御食を献らむとするに依りて、其の族会《やからつど》へり」と泉媛が天皇に服属のしるしとして大御食を献る話が載る。また応神紀は次のような髪長媛の異伝を記す。

一《ある》に云はく、日向の諸県君牛《うし》、朝庭に仕へて年既に耆耈《お》い、仕ふること能はず。仍りて、致仕《まかりさ》りて本土《もとつくに》に退《まか》り、則ち己が女髪長媛を貢上《たてまつ》る。始めて播磨に至る。時に天皇、淡路島に幸して遊猟《みかり》したまふ。是に天皇、西を望《みそこなは》すに、数十の麋鹿《おほしか》、海に浮びて来り、便ち播磨の鹿子水門《かこのみなと》に入る。天皇、左右に謂りて曰はく、「其れ何の麋鹿ぞ。巨海《おほうみ》に泛《うか》びて多《さは》に来る」とのたまふ。爰《ここ》に、左右共に視《み》て奇《あや》しび、則ち使を遣して察《み》しむ。使者至りて見るに、皆、人なり。唯角著《つ》ける鹿の皮を以ちて、衣服とせるのみ。問ひて曰く、「誰人ぞ」といふ。対へて曰く、「諸県君牛なり。是、年耆いて致仕ると雖も、朝を忘ること得ず。故、己が女髪長媛を以ちて貢上る」といふ。天皇悦びたまひて、即ち喚して御船に従はしめたまふ。是を以ちて、時人、其の岸に著きし処を号けて鹿子水門と曰ふ。凡そ水手《ふなこ》を鹿子《かこ》と曰ふは、蓋し始めて是の時に起れりといふ。

（応神紀十三年九月）

諸県君牛は年老いたため故郷に戻り、代わりに娘の髪長媛を献上する。天皇は淡路島に遊猟しており、西を望むと数十の大鹿が海に浮かび来て、播磨国の鹿子の水門に入るのを見た。天皇が使者を遣ると、角を著け鹿の皮を着た諸県君牛らであったことを知る。

大鹿に擬すことは彼らがその象徴的意味を負うことを示している。鹿は土地の神としてあり、従って彼らの来訪はそのまま服属の意味をもつ。こうした服属譚としての一面は、古事記にも天皇に「喚上」られたという表現や、(11)服属伝承の型をもつという(12)大御酒を奉る女性のモティーフにみとめることが可能である。

諸県君牛が「朝庭に仕へて年既に耆耈い、仕ふること能はず」とすることについて、諸県君は忠誠心をもって長く応神朝に仕えていた。(13)しかしここに至って年老いた者から若い嬢子へと役目が交代されており、ここにも応神の時代における更新の意識を窺うことができる。

諸県は景行天皇が筑紫を巡幸した際における最果ての地であり、王権の原点、また神武天皇東征の始発の地である高千穂や笠沙の阿多に近接する。菅野雅雄氏は、日向は伊耶那岐命が禊ぎをし三貴子を生んだ地であり、邇々芸命が降り立ち木花之佐久夜毘売と結婚し、神武天皇が東征に出発した地としてあることから、歴史的な日向国ではなく、中下巻を支える神話的規範として捉えるべきであると指摘される。(14)大和が後に獲得された政権の地であるのに対し、日向は王権発祥の地としての神話をもち、大和に対応するもう一つの神話をもつ地としてある。髪長比売が伊須気余理比売のような伝承をもたず、一方でその婚姻が四首の歌をもって盛大に歌われるのは、王権始源の地日向の美女であるということにその貴さがみとめられるためである。このように、髪長比売が神聖な野に立つ女性として歌われるのは、日向の地の聖性に裏づけられた畏れ多い女性としてあることに基づくといえる。

大雀命の記45・46は以上のような了解のもとに歌われ、二首にわたって歓びが繰り返された。両歌には共通して第一句に「道の後《しり》」と歌われ、嬢子が最果ての地日向の者であることが強調される。記45「雷の如　聞えしかども」は、「雷のごと　聞こゆる滝の　白波の　面知る君が　見えぬこのころ」（萬葉12・三〇一五）にみられるような評判が高いという意味にも理解できるが、『厚顔抄』が「心ノ上ニ遙ナル事ニ思召ケル由ナリ」としたことをふまえ、内田賢徳氏が「その恐れ多い相手と結ばれたのである。髪長比売は単にいつくしむ相手ではない。結ばれた経緯を十分に了解しつつ対すること、「ウルハシミ思ふ」は、そうした畏こき相手を称え、遇する表現であった筈である」[15]とされる。「ウルハシ」とは、「笹葉に　打つや霰の　たしだしに　率寝てむ後は　人は離ゆとも　うるはしと　さ寝しさ寝てば　刈薦の　乱れば乱れ　さ寝しさ寝てば」（記79）と共寝した相手を親しく思い、慈しむこと、また「倭は　国の真秀ろば　たたなづく　青垣　山籠れる　倭しうるはし」（記30）にみられるような、対象の美しさを自己の愛着の情をこめて讃える表現である。その畏れ多い女性と結ばれたために歌う「相枕枕く」（記45）、「寝しくをしぞも」（記46）は神武の歌「葦原の　穢しき小屋に　菅畳　弥清敷きて　我が二人寝し」（記19）に対応する。

神武条と応神条の照応は、本譚の他に吉野国主（国巣）らとのかかわりにもみられる。

古老の曰へらく、昔、国巣《くず》俗の語、都知久母《つちくも》。又、夜都賀波岐《やつかはぎ》と云ふ。山の佐伯《さへき》・野の佐伯在り。普《あまね》く土窟《つちむろ》を置け掘り、常に穴に居み、人の来るあらば、すなはち窟《むろ》に入りて竄《かく》れ、その人去らば、更郊《またの》に出でて遊べり。狼の性、梟の情ありて、鼠のごと窺ひ狗《いぬ》のごと盗む。招《を》き慰《こしら》へらるることなく、弥《いよいよ》、風俗に阻《へだ》たりき。

（『常陸国風土記』茨城郡）

国巣は中央に恭順しない土着の民としてあり、豊後・肥前国風土記、景行紀などにも降服しない土蜘蛛の姿が多く描かれた。しかし古事記の吉野国主はそれと対照的に、国つ神として天皇を祝福する存在としてある。その登場の場面は限られ、神武条、そして応神条における本譚の直後のみとなる。

即ち、其の山に入れば、亦、尾生ひたる人に遇ひき。此の人、巌を押し分けて出で来たり。爾くして、問ひしく、「汝は、誰ぞ」ととひしに、答へて白ししく、「僕は、国つ神、名は石押之子と謂ふ。今、天つ神御子幸行《いでま》しぬと聞きつるが故に、参ゐ向へたらくのみ〈此は、吉野の国巣が祖ぞ〉」とまをしき。（中巻　神武条）

又、吉野の国主等、大雀命の佩《は》ける御刀を瞻《み》て、歌ひて曰はく、

誉田《ほむだ》の　日の御子　大雀　大雀　佩かせる太刀　本吊《もとつる》ぎ　末振《すゑふ》ゆ　冬木の　素幹《すから》が下木の　さやさや　（記47）

又、吉野の白檮《かし》の上に、横臼《よくす》を作りて、其の横臼《よくす》に大御酒を醸みて、其の大御酒を献りし時に、口鼓を撃ちて、伎《わざ》を為て、歌ひて曰はく、

白檮《かし》の生《ふ》に　横臼を作り　横臼に　醸みし大御酒　美味《うま》らに　聞しもち飲《を》せ　まろが父《ち》　（記48）

此の歌は、国主らが大贄を献る時々に、恒に今に至るまで詠ふ歌ぞ。（中巻　応神条）

前者では、神武の東征時に国巣が迎え来て恭順の意を表し、神武は祝福される。後者における吉野国主の歌舞と献酒は「宮内官人引二吉野國栖十二人一。楢笛工十二人。入レ自二朝堂院東掖門一。就レ位奏二国風一」（『延喜式』践祚大嘗祭）の大嘗祭等の宮廷神事に対応し、応神条でありながらもその御子大雀命を讃美する。吉野は吉祥そのものを意味する地名であり、[16] それに加え歴史的な吉野の地の性格と重なって、[17] 古事記に瑞祥性を担って現れる。その吉祥性ゆえに吉野国主の登場は神武と仁徳がそれぞれの巻頭を拓くことを祝福する。

応神条の豊明宴に髪長比売との婚姻と吉野国主の祝福がひと続きに語られることは偶然ではなく、前節でみた春菜を摘む行為と、国巣という土着の民はともに地への親近性を共有している。それは天つ神の子孫である天皇が地上世界を治める過程において必須の、大地の祝福といえるだろう。このように、仁徳天皇は野辺の求婚と吉野国主の祝福というかつての神武の神話を辿って下巻始発を迎える。

三　譲渡と継承——応神から仁徳へ

本譚は下巻の仁徳条ではなく、中巻末の応神条に記される。そのため髪長比売は下巻に入り直接仁徳に娶られるのではなく、中巻末において応神天皇を介して与えられるという特徴を有する。廣島志帆子氏が「仁徳の即位の正当性を応神の意向によって示そうとする点にその意義を認めることができる」[18] といわれたように、そこには応神天皇の意向が必要とされた。それはなぜか。

天皇が娶るはずの女を息子が娶る話は、景行条の大碓命の話にもみられる。

是に、天皇、三野国造が祖、大根王の女、名は兄比売・弟比売の二の嬢子、其の容姿麗美《かたちうるは》しと聞し看《め》し定めて、其の、御子大碓命を遣して、喚し上げき。故、其の遣さえし大碓命、召し上ぐること勿くして、即ち、己自《みづか》ら其の二の嬢子に婚《あ》ひて、更に他《あた》し女人《をみな》を求めて、詐《いつは》りて其の嬢女と名《なづ》けて、貢上《たてまつ》りき。是に、天皇、其の他し女なることを知りて、恒に長き暇《いとま》を経しめ、亦、婚《あ》ふこと勿くして、惚《なや》ましき。（中巻　景行条）

大根王の娘姉妹を喚し上げるために遣わされた大碓命は、姉妹を自らのものとし、天皇には他の嬢子を献上する。気づいた天皇は嬢子を長い間召さず苦しめる。その後も朝夕の大御食に顔を見せることがない大碓命には天皇に対する反逆の意図が窺え、天皇の命を誤解した小碓命によって殺される。また、次の神武条の例では天皇の崩御後、三柱の御子の腹違いの子、当芸志美々《たぎしみみの》命が神武の適后伊須気余理比売を娶る。

故、天皇の崩《さ》りましし後に、其の庶兄当芸志美々命、其の適后伊須気余理比売を娶りし時に、其の三はしらの弟を殺さむとして謀りし間に、其の御祖伊須気余理比売、患へ苦しびて、歌を以て其の御子等に知らしめき。（中巻　神武条）

当芸志美々命は庶弟たちの謀殺を企むが、母の歌を聞いた三柱の御子に討ち取られる。このように天皇が喚し上げる女性を横取りすることや、即位する正統性をもたないまま先帝の后を娶ることは、皇位簒奪を意図するものであり、結果として殺される運命にあった。そういった叛逆の意をもつ御子とは対照的に、大雀命は応神条においても一貫して天皇の命に従順な皇子として描かれ、建内宿禰大臣を介して髪長比売を賜わることを願う。ただ、ここには父王の妻を娶るモティーフのひとつとしてだけではなく、本譚を特徴づける、神的な父王から皇子へと女性が譲渡されることへの意義を重くみなければならない。

応神天皇は歴代の天皇とは異なり、「初め、生める時に、鞆《もと》の如き完《しし》、御腕に生《な》りき」（中巻　仲哀条）と腕に弓を引くための鞆のごとき肉塊をつけていたという異常な出生を遂げる（序章）。肉塊は神としての証であり、日本霊異記（下巻第十九縁）には女が卵のような肉塊を生み、そこから女児が誕生する話が載る。女児は身の丈三尺五寸で人とは異なる姿をもつ、聖の化身であった。肉塊という異形は、この世ならぬ聖なる者のしるしとしてみとめられる。応神は「是を以て知りぬ、腹に坐《いま》して国を平げつることを」と息長帯比売命の胎中にいながら朝鮮半島を授けられる。このように応神天皇は神秘性の中に語られた。

吉井巖氏は、難波を本拠とする仁徳天皇の始祖として応神天皇が架上されたと論じられた(19)。応神天皇が中巻において最も神秘的な存在であることを思えば、作品においても応神は仁徳の神話部分としての役割をみとめることが可能である。中巻始発の神武天皇が邇々芸命、火遠理命、鵜葺草葺不合命の譚によって神格化されたのと同じ構造に基づき、下巻始発の仁徳天皇は中巻末の応神天皇に神格化されるのである。

このような上巻と中巻、また中巻と下巻の紐帯の関係の中、いずれも日向とのかかわりが描かれることは注目できる。上巻末の邇々芸命・火遠理命・鵜葺草葺不合命の譚は、王権発祥の聖地日向における三代の王権の礎となる物語であった。そこに神武は生まれ、中巻はじめに東征して大和の地を見出した。中巻末に生を享けた大雀命はその大和を離れ、難波に宮を定める。このような地点の移動も両巻の構造において対応をみせる。そこにおいて日向の女が求められたことは、神武聖婚への遡源であると同時に、王権の拠り所への確認でもあるだろう。日向の女を娶るのは神武、仁徳に加えて景行、応神である。景行が日向の美波迦斯《みはかし》毘売を娶るのは倭建命の西征、また応神が日向の泉長比売を娶るのは息長帯比売命の新羅親征と、両者ともに国土を拡張した過程における婚姻とみとめられる。泉長比売との婚姻を結んだ応神天皇は既に日向の聖性に裏づけられており、その天皇が自身と結婚するべき女性を下賜することは、その譲渡を通して応神天皇の神性の一片を大雀命に授けることである。たとえば次の歌の、天皇の神妻である釆女を下賜されたときに歌われるのも、天皇固有の権利の一片を賦与され、天皇に準ずる存在であることをみとめられたことへの歓びであろう。本譚の大雀命が歌う記45・46と同様の質を有している。

内大臣藤原卿、釆女の安見児《やすみこ》を娶りし時に作る歌一首
我はもや　安見児得たり　皆人の　得かてにすといふ　安見児得たり　（萬葉2・九五）

大雀命に比売を授ける応神天皇の記44「我が心しぞ　いや愚《をこ》にして」にも注目したい。「をこ」とは、源氏物語[20]（空蟬巻）において光源氏が誤って空蟬ではなく軒端荻と契ったとき、「本意の人を尋ねよらむも、かばかり逃るる心あめれば、かひなうをこにこそ思はめと思す」とある、とり違えや勘違いによる馬鹿馬鹿しさを笑う表現である。また三代實録（元慶四年七月二十九日条）では「御㆓仁壽殿㆒。覽㆓相撲㆒。左右近衛府遞奏㆓音樂㆒。散樂雑伎各

盡二其能一。…右近衛内蔵富継。長尾米継。伎善二散楽一。令二人大咲一。所謂烏滸人近レ之矣」と散楽において人を笑わせる者のことを「をこ人」に似ると述べる。このような宴席における道化的な「をこ」は豊明宴で歌われた記44のそれと近く、平舘氏が「体裁の悪い「愚」なる自分を演じて、言わば道化的に戯れの表現をとることで、敗北を笑いに包み込み、二人の祝意を表現したもの」[21]とされたことに通じる。前節でみた吉野国栖の楽が宮廷神事にもみられたように、本譚と後続の吉野国主の登場は併せて祝祭としての意義をもつ。

おわりに

下巻冒頭に立つ大雀命のために、古事記は応神条においてその即位の準備を入念に描く。ひとつの方法として、それは天皇のはじめである神武の神話を辿ることだった。神武天皇は日向国で阿比良比売を娶っているが、「然れども更に大后と為《せ》む美人を求めし時」とさらに大后に相応しい美人を求め、美和の大物主神の女を娶る。それは日向と大和というふたつの神話の地の聖婚であった。

対して大雀命は、建内宿禰の子である葛城の曾都毘古の女・石之日売命を大后とするが、それに先駆けて日向の女を娶り、神武と同様、王権の地とその発祥の地の嬢子との婚姻を果たす。しかし神武の聖婚を経た今、大雀命と髪長比売の結婚は聖婚の意味をもち得ない。応神天皇が歌において野辺の求婚を現出させたことに象徴されるように、それはあくまでも神武の聖婚の記憶をふまえた婚姻なのである。本譚は吉野国主の祝福と併せて中巻の冒頭と対応し、中巻末において、神武条での野辺の婚姻と土着の民からの祝福という始源の時間を充足する。

中巻、下巻は古事記の中で天皇の世を語る巻であるが、殊に中巻は下巻に対して神話的な天皇の時代を語る。吉井巖氏が「仁徳から新しい時代が始まつたと言ふ意識は相当深く残つてゐた」(22)とされ、都倉義孝氏が「自分たちの今に直結する過去としてその存在の事実を感覚的に確信しえる歴史の範囲の最先端の王と認識されていたにちがいない」(23)とされたように、(24)中巻と下巻の時代的な差異は上巻と中巻のそれと等しく存在している。そうして神話的な天皇の世界、いわゆる中巻世界をひとつの大きな周期として、応神条という下巻胎動のとき、その時代の開示をこれらの始源的なモティーフの反復によって語るのである。

最後にこの婚姻において仲介役としてはたらいた建内宿禰にも注目しておくべきだろう。建内宿禰は成務から仁徳の四代にわたって天皇に仕えた長寿の家臣であり、その間多大な功績を残す。成務条では国造や国境、県主を制定し国政の基礎を作る。彼の行動が具体的に描かれるのは仲哀条に入り、天皇が琴を弾き、建内宿禰が神託を聞くところからはじまる。天皇が西の国の存在を否定したことが神の怒りにふれ、建内宿禰は天皇に琴を弾かせるが、そこで息絶えた天皇を見届ける。また忍熊王の反乱後、のち応神天皇となる御子に禊をさせ、息長帯比売命の酒楽の歌にも御子に代わって応じる。そして応神条では大雀命に代わり髪長比売の譲渡を天皇に打診する。このように建内宿禰は常に次の代への橋渡しとしての役割を果たす。仁徳条に入り鴈《かり》が卵を生むと、次の二首を歌った。

高光る　日の御子　諾《うべ》しこそ　問ひ給へ　真《ま》こそに　問ひ給へ　吾こそは　世の長人　そらみつ　倭の国
に　鴈卵生《こむ》と　未だ聞かず（記72）

汝が御子や　遂に治《し》らむと　鴈は卵生らし（記73）

自分のように長寿の者でも雁が卵を生むことは聞いたことがないと歌い、仁徳の子孫の御世が永代続いていくよう予祝する。古事記において仁徳の世をひとつの頂点として表現する歌である。この歌を最後に建内宿禰は古事記におけるその長い役目を終える。仁徳は古事記で最も名高い家臣の存在意義にかかわった天皇であった。新羅の服属から頂点としての聖帝の時代へと、いわば中巻と下巻をつなぐ存在として建内宿禰は古事記の中に生き、来るべき最大の聖代を迎えるための先導的な役割を果たす。

本譚はその賢臣の協力を得て成し遂げられた下巻幕開けへの祝福の婚姻である。「いざ子ども　野蒜摘みに」と応神天皇が歌う野の歌は、祝祭の中で新たな時代のはじまりを告げる象徴的な春の歌としてあり、ふたつの大きな時代を背負った天皇たちは髪長比売の譲渡によって交代を果たす。

注

（1）青木周平『古代文学の歌と説話』「仁徳天皇」若草書房　二〇〇〇年
（2）土橋寛『古代歌謡全注釈　古事記編』角川書店　一九七二年
（3）土橋寛『古代歌謡と儀礼の研究』岩波書店　一九六五年
（4）柳田國男『定本柳田國男集　第二十巻』「地名の研究」筑摩書房　一九七〇年（初出一九三六年）
（5）辻田昌三「「野」と「原」」『島大国文』第九号　一九八〇年九月
（6）平舘英子『萬葉歌の主題と意匠』「主題と意匠」塙書房　一九九八年

（7）伊藤博「雄略御製の性格とその位置」『万葉集を学ぶ 第一集』有斐閣　一九七七年
（8）内田賢徳『萬葉の知―成立と以前―』「記紀歌謡の方法」塙書房　一九九二年
（9）平舘英子「主題の成立」（前掲書）
（10）都倉義孝『古事記　古代王権の語りの仕組み』「大雀命物語論」有精堂出版　一九九五年
（11）戸谷高明（「古事記における発想と表現の類型―結婚譚を通して―」『古事記・日本書紀Ⅱ』有精堂出版　一九七五年）は「喚上」に「権力者としての天皇と地方豪族との政略的な関係が介在する」とされた。
（12）青木周平『古事記研究―歌と神話の文学的研究―』「雄略記・三重婇女物語の形式」おうふう　一九九六年
（13）『続日本紀』（天平三年七月）には雅楽寮に大唐楽、百済楽、高麗楽、新羅楽、度羅楽と並んで諸県舞、筑紫舞が定められ、「宮廷への服属のしるしに献じられた風俗舞であったらしい」（『古事記注釈』）とされる。
（14）菅野雅雄『古事記構造の研究』「「日向」の意義」おうふう　二〇〇〇年
（15）内田賢徳『上代日本語表現と訓詁』「古辞書の訓詁と萬葉語彙」塙書房　二〇〇五年
（16）川副武胤「古事記吉野考―国縣邑里考序説―」『古事記年報』十八　一九七六年一月
（17）吉井巖「国巣と国巣奏―神武天皇伝承と吉野―」『橘茂先生古稀記念論文集』一九八〇年十一月
（18）廣島志帆子「髪長比売考」『古代文化とその諸相』奈良女子大学21世紀ＣＯＥプログラム報告集15　二〇〇七年八月
（19）吉井巖『天皇の系譜と神話　二』「應神天皇の周邊」塙書房　一九六七年
（20）阿部秋生・秋山虔・今井源衛・鈴木日出男校注『源氏物語①』小学館　一九九四年
（21）平舘英子（前掲書）
（22）吉井巖（前掲書）
（23）都倉義孝（前掲書）
（24）古今和歌集仮名序は歌の起源を神代に求めた次に「難波津の歌は、帝の御初めなり」として「難波津に　咲くや木の花　冬こもり　今は春べと　咲くやこの花」と天皇の最初の歌と位置づける。

第三章　石之日売　志都歌

はじめに

下巻に至り、即位した大雀命（仁徳天皇）は民の困窮を知ってその課役を免除し、聖帝と讃えられる。さらに雁の卵や巨樹伝説によって、その聖代は確かなものとされた。

こうした時代は、仁徳天皇の徳政のみならず、葛城氏の力によって大きく繁栄した。その力は建内宿禰と、その孫石之日売によるものである。既に述べたように、建内宿禰は大雀命を天皇として即位させるために構想された臣下と考えられ（第二部第二章）、また石之日売はその子が履中・反正・允恭と三代連続して即位するように、仁徳にはじまる王権を支えた。

皇統ではなく臣下の一氏族出身の石之日売が、大后として盤石な地位を築くために採られたのは、嫉妬という方法である。嫉妬によって排除されることとなったのは、有力な氏族、或いは先帝の皇女である。応神条での「屈折した継承」(1)によって即位した仁徳は、王権の安定のための婚姻を図っていた。中巻末の応神条の主題は、下巻仁徳条に至って引き継がれていく。

大后、豊楽《とよのあかり》せむと為て、御綱柏《みつながしは》を採りに、木国に幸行《いでま》しし間に、天皇、八田若郎女《やたのわかいらつめ》に婚《あ》ひき。是に大后、御綱柏を御船に積み盈《み》てて、還り幸《いでま》す時に、水取司《もひとりのつかさ》に駆《お》ひ使はゆる、吉備国の児島の仕丁《よほろ》、是己が国に退《まか》るに、難波の大渡にして、後れたる倉人女《くらびとめ》が船に遇ひき。乃ち、語りて云ひしく、「天皇は、比日《このころ》八田若郎女に婚ひて、昼夜戯れ遊ぶ。若し大后は此の事聞こし看《め》さぬか、静かに遊び幸行す」といひき。爾くして、其の倉人女、此の語る言を聞きて、即ち御船に追ひ近づきて、白《まを》す状、具《つぶさ》に仕丁の言の如し。是に大后、大きに恨み怒りて、其の御船に載せたる御綱柏をば、悉く海に投げ棄てき。故、其地を号けて御津前《みつのさき》と謂ふ。即ち宮に入り坐さずして、其の御船を引き避りて、堀江に泝《さかのぼ》り、河の随《まにま》に山代に上り幸《いでま》しき。此の時に、歌ひて曰はく、

　つぎねふや　山代河を　河上り　我が上れば　河の上に　生《お》ひ立てる　烏草樹《さしぶ》を　烏草樹の木　其《し》が下に　生ひ立てる　葉広《はびろ》　斎《ゆ》つ真椿《まつばき》　其《し》が花の　照り坐《いま》し　其が葉の　広《ひろ》り坐すは　大君ろかも（記57）

即ち、山代より廻りて、那良の山口に到り坐して、歌ひて曰はく、

　つぎねふや　山代河を　宮上り　我が上れば　あをによし　奈良を過ぎ　小楯　倭を過ぎ　我が見が欲し国は　葛城　高宮　我家の辺（記58）

如此歌ひて還りて、暫らく筒木の韓人、名は奴理能美《ぬりのみ》が家に入り坐しき。天皇、其の大后山代より上り幸しぬと聞こし看して、舎人、名は鳥山と謂ふ人を使して、御歌を送りて曰はく、

　山代に　い及《し》け　鳥山　い及けい及け　吾が愛《は》し妻に　い及き遇はむかも（記59）

又、続ぎて丸邇臣口子《わにのおみくちこ》を遣して、歌ひて曰はく、

御諸《みもろ》の　其の高城《たかき》なる　大猪子《おほゐこ》が原　大猪子が　腹にある　肝向《きもむか》ふ　心をだにか　相思はずあらむ（記60）

又、歌ひて曰はく、

つぎねふ　山代女の　木鍬《こくは》持ち　打ちし大根《おほね》　根白《ねじろ》の　白腕《しろただむき》　枕《ま》かずけばこそ　知らずとも言はめ（記61）

（下巻　仁徳条）

仁徳天皇が八田若郎女と結ばれた際、大后である石之日売は夫を深く恨み、豊楽のために採りに行った御綱柏を怒りにまかせすべて海に棄て、山代国に赴く。船は難波堀江を経て山代河を遡る。石之日売は、天皇讃美の歌（記57）と葛城宮への望郷の歌（記58）を歌い、筒木の韓人奴理能美の家に入る。天皇は鳥山と丸邇臣口子に歌を遣わす（記59・60・61）。次いでずぶ濡れになってその口上を伝える兄の姿を見た口比売の哀訴の歌、記62があるが（第三節に後述）、石之日売は聞き入れない。口子臣とその妹の口比売、奴理能美は、大后が山代におでましになったのは三色に変わる虫を見るのが目的であったと天皇に告げ、天皇もまた山代に赴き大后に歌いかけた。

天皇、其の大后の坐《いま》せる殿戸に御立ちして、歌ひて曰はく、

つぎねふ　山代女の　木鍬持ち　打ちし大根　さわさわに　汝《な》が言へこそ　打ち渡す　八桑枝《やがはえ》なす　来入り参ゐ来れ（記63）

（下巻　仁徳条）

此の天皇と大后の歌へる六つの歌は、志都《しづ》歌の歌返ぞ。

こうして宥和され迎えられた石之日売は後に難波に戻る。

この譚には、山代で展開される石之日売と仁徳天皇の歌を中心とする志都歌が群として取り入れられている。古事記に特定の地域に因んだ歌が集中的に歌われることは、守屋俊彦氏が「山代のことを歌いこんだ歌が、群落をなして取り入れられているのであって、このようなことは記紀歌謡では珍しい現象といわなければならない」(2)とされるように異例である。なぜ山代の志都歌はここで歌われるのか。

石之日売は次の萬葉集巻二巻頭歌の歌人として記される。もとより仮託である(3)。

君が行き日《け》長くなりぬ山尋ね迎へか行かむ待ちにか待たむ　（萬葉2・八五）
かくばかり恋ひつつあらずは高山の岩根しまきて死なましものを　（同2・八六）
ありつつも君をば待たむうちなびく我が黒髪に霜の置くまでに　（同2・八七）
秋の田の穂の上に霧らふ朝霞いつへの方に我が恋やまむ　（同2・八八）
居明かして君をば待たむぬばたまの我が黒髪に霜は降るとも　（同2・八九）

この歌にみられる記紀の石之日売像との乖離については、土屋文明氏が「記紀の歌を織り込んだ物語は皇后の天皇にむけられた深い嫉妬を中心として編まれて居るが、それは深い愛情に基くものであらうから、此所に上げられるやうな相聞の作の存することも亦自然であらう」(『萬葉集私注』(4))とされるように、愛情を源泉とするものとして統一的に解釈されている。

さらにこの萬葉歌は、山尋ね、高山の岩根、霜、秋の田などの語がみられるように、都に対する鄙の、山中の風景の中に展開される。記紀の石之日売が山代に行くことを思えば、石之日売と鄙とのかかわりは伝承としてあっただろう。萬葉集での石之日売は待つ女として形象されている。八六歌のように、それは死より苦しいこととされる。日本書紀の磐之媛の、天皇の訴えを拒絶してそのまま筒木宮に薨ずることを意識しているともいえる。但しここには夫を一心に思う女のけなげさがある。石之日売の御陵が仁徳の百舌鳥耳原ではなく、そこから遠い那良山と記されることからすれば、石之日売は日本書紀のように筒木宮にて一生を終えたとするのが自然である。

ではは古事記においてなぜ石之日売は復帰を果たしたのか。歌と所伝の統一を図る古事記において志都歌はどのような意味をもつのか。本章ではこの問題について物語の展開に即して考察する。

一　嫉妬と遁走の意図

まず、古事記における石之日売の嫉妬の意味と、後日譚にみられる性格の変化について確認しておく。

石之日売の嫉妬とは、単なる個人的な気性をあらわすのではなく、天皇と他の氏族の女性との婚姻を排除する物語上の意味をもつ。

石之日売は葛城の曾都毘古の女であり、祖父は建内宿禰である。建内宿禰は孝元天皇と山下影日売の子とされ、その子は多くの氏族の祖となった。曾都毘古はそのひとりとして、玉手臣、的臣、生江臣、阿藝那臣等の祖として記される。この孝元から仁徳に至るまでには約八百年の間があり、曾都毘古の娘が仁徳の后妃となることは現実的ではない。建内宿禰が孝元の時代に生まれ、仁徳の治世まで仕えた長寿の臣下であることは、この葛城氏が下巻の仁徳の時代に至って勢力をもち、その血統の由来を孝元期に求めたためと考えられる。

難波に宮を置く仁徳の時代、また続く履中、反正、允恭の時代、王権は大和と河内の境に位置する葛城山一帯を本拠地とする葛城氏と密接な結びつきをもったことが窺える。建内宿禰は仲哀条から臣下として応神、仁徳の善き補佐役として活躍した。

石之日売はそうした葛城氏の台頭の象徴として仁徳天皇の大后となるが、皇統ではないという欠点を有する。石之日売のただならぬ嫉妬は、矢嶋泉氏が述べられるように「皇女との婚姻関係を排除し、ただ一人臣籍出自の「大后」に始発[5]」するために採られたひとつの方法であった。

そもそも嫉妬とは「妬　丹故反、婦嫉二妬夫一也」（『篆隷萬象名義』）と妻が夫をねたむ情のみならず、他と較べて己が劣ると感じられるために生じる感情である[6]。

群臣百寮、嫉妬有ること無れ。我既に人を嫉《うらや》めば、人亦我を嫉む。嫉妬の患、其の極を知らず。所以に、智己に勝れば悦びず、才己に優れば嫉妬す。

（推古紀十二年四月）

十七条の憲法では臣下間の嫉妬が禁止される。知恵や才能が己よりすぐれた者に対して気にくわないと思う感情が「嫉妬」である。

日神の田、三処有り。号けて天安田・天平田・天邑幷田《あまのむらあはせだ》と曰ふ。此は皆良田なり。霖旱《ながめひでり》を経と雖も損傷《そこなは》るること無し。其の素戔鳴尊の田、亦三処有り。号けて天樴田《あまのくひだ》・天川依田《あまかはのよりだ》・天口鋭田《あまのくちのとだ》と曰ふ。此は皆磽地《やせところ》なり。雨れば流れ、旱《ひで》れば焦《や》く。故、素戔鳴尊、妬みて姉の田を害《そこな》ふ。（神代紀第七段一書第三）

「磽地」（痩せた田）を所有する素戔鳴尊は、姉の所有する良田を羨み、破壊する。相手が望ましい状態の中で、自らの劣位を不当に思う気持ちが「妬」であらわされる。

吉備の黒日売を逃げ帰らせた石之日売が、天皇と八田若郎女との婚姻に際して最も激しい嫉妬をみせるのは、八田若郎女が皇女であり、その婚姻が臣下の娘である石之日売の大后の地位を覆す意味をもつためである。日本書紀ではより明確に表現され、「陛下、八田皇女を納れて妃としたまふ。其れ、皇女に副《そ》ひて后為《た》らまく欲せず」と奏上する（仁徳紀三十年十一月）。石之日売の「嫉妬」の背後には、夫への愛情・恨みと同時に、自らの地位への不安と皇女への羨望が潜む。御綱柏を投げ棄てたことは、自らの地位を覆された女性の悲嘆であり、大后としての権利を自ら放棄することであった。[7] 八田若郎女に相対化された石之日売は、事実上大后の立場を失うことになることを知って、難波を去るのである。

ではその山代遁走の後、難波に帰った石之日売はどのような性格の変化をみせるか。

女鳥王の誅殺後、豊楽の宴は催される。準備の段階で中断された豊楽は、山代の物語を経てここに実現する。難波で棄てられた「御綱柏」は豊楽の「大御酒の柏」として再び大后の手に戻り、諸氏族の女性に酒がふるまわれる。

其の将軍、山部大楯連《やまべのおほたてのむらじ》、其の女鳥王の御手に纏《ま》ける玉釧《たまくしろ》を取りて、己が妻に与へき。此の時の後に、将に豊楽を為むとする時に、氏々の女等、皆朝参《みかどまゐり》しき。爾くして、大楯連が妻、其の王の玉釧を以て、己が手に纏きて、参ゐ赴きき。是に、大后石之日売命、自ら大御酒の柏を取りて、諸の氏々の女等に賜ひき。爾くして、大后、其の玉釧を見知りて、御酒の柏を賜はずして、乃ち引き退けき。其の夫大楯連を召し出して、詔《のりたま》はく、「其の王等、礼無きに因りて、退け賜ひつ。是は、異《け》しき事無けくのみ。夫の奴《やつこ》や、己が君の御手に纏ける玉釧を、膚《はだ》も熅《あたた》けきに剥ぎ持ち来て、即ち己が妻に与へつ」とのりたまひて、乃ち死刑を給ひき。

（下巻　仁徳条）

山部大楯連は女鳥王の玉釧を奪い妻に与えていた。石之日売は豊楽にそれを身に帯びた女性を見咎め、その夫を処罰する。黒日売、八田若郎女に対して嫉妬の情を隠さなかった石之日売は、同じく仁徳が求婚した女鳥王に、「膚も温けきに剥ぎ持ち来て」と慈悲深さをみせている。

日本書紀の対応箇所において、この罪を咎めるのは磐之媛ではなく、雌鳥皇女の姉八田皇女である。八田皇女は雄鯽《をふな》等に「雌鳥皇女、寔《まこと》に重罪に当れり。然れども其の殺さむ日に、皇女の身を露《あらは》にせむことを欲せず」、「皇女の齎《も》てる足玉・手玉をな取りそ」と伝える。雄鯽等はふたりを誅殺後、雌鳥皇女の玉を奪う。八田皇女は「皇女の玉を見きや」と訊ね、雄鯽等は「見ず」と答えた。

是の歳に、新嘗の月に当りて、宴会の日を以ちて、酒を内外命婦等《うちとのひめとねたち》に賜ふ。是に近江の山君稚守山《わかもりやま》が妻と釆女磐坂媛と、二女の手に良き珠纏けり。皇后、其の珠を見たまふに、既に雌鳥皇女の珠に似れり。則ち疑ひて、有司《つかさ》に命して、其の珠を得たる由を問はしめたまふ。対へて言さく、「佐伯直阿俄能胡《あがのこ》が妻の玉なり」とまをす。仍りて阿俄能胡を推鞫《と》ひたまふ。対へて曰さく、「皇女を誅《ころ》しし日に、探りて取りき」とまをす。則ち阿俄能胡を殺さむとしたまふ。是に阿俄能胡、乃ち己が私地を献りて、死を免れむと請ふ。故、其の地を納れて、死罪を赦したまふ。是を以ちて、其の地を号けて玉代《たまて》と曰ふ。

（仁徳紀四十年是歳）

宴で女性が手に良い珠を纏うのを見た八田皇女がそれを問い糾し、自白した阿俄能胡は私有地を献上して死罪を免れた。

日本書紀では殺される妹の身が露わにされることを姉の八田皇女が懸念する。反逆者であることを認めながらも、妹に対する肉親としての愛情は変わらない。中島悦次氏『古事記評釈』が「女鳥王は八田若郎女の妹とされてゐるのだから、ここの大后は石之日売よりも八田若郎女とある方が話しとして筋が立つてゐる」とし、曾倉岑氏が「この女鳥王をめぐる話しの本来の参加者はイワノヒメではなく八田皇后であった可能性が大きいと考えるべきである」とされたように、(8)ここでの行為は姉妹関係において記される日本書紀が合理的である。

しかし、古事記は本来的に八田若郎女により相応しいはずの行為を、血縁関係のない石之日売のものとして語る。女鳥王の玉釧を知り無情な行為を非難するのである。この石之日売の態度には、これまでの物語にみられた荒まじい嫉妬ぶりから想像される、自らの立場を脅かす皇女が亡くなったことへの喜びはなく、氏族間を超えた女性への同情のみがみとめられる。

日本書紀に対応のない「自ら大御酒の柏を取りて」、「諸の氏々の女等に」御酒を与えたという記述もこれと応じ合う。他氏族の女性に嫉妬を隠さなかった石之日売は、このとき皇女のみならず諸氏族の女性に対しても嫉妬することはない。ここに山代の遁走を契機とした性格の変化をみとめることができるだろう。

なぜ石之日売は故郷葛城ではなく山代に赴いたのか。嫉妬が氏族の論理にかかわるものであるならば、その嫉妬に起因する行動もまた氏族の立場にかかわるものであると考えられる。

つぎねふや　山代河を　宮上り　我が上れば　あをによし　奈良を過ぎ　小楯　倭を過ぎ　我が見が欲し国は　葛城　高宮　我家の辺（記58）

石之日売は「那良《なら》の山口」に至り、この歌を歌った後、「如此歌ひて還りて、暫らく筒木の韓人、名は奴理能美が家に入り坐しき」と筒木に引き返す。この歌において石之日売は大和と山代の境である那良山で故郷を臨みつつ、そこに帰ろうとはしない。仮に完全に大后の立場を棄てるならば、難波から大和川を遡り葛城へと帰ったはずであった。山代河を遡り、そこに留まることを選択している。激情と見える中には、実は目的を遂行しようとする冷静な判断が潜むのではないのか。

嫉妬の中に石之日売がある意図をもつことは、本譚の直前に記され、同一の契機を有し対応関係をもつ黒日売求婚譚からも推察が可能である。(9)

天皇、吉備の海部直が女、名は黒日売、其の容姿《かたち》端正《きらぎら》しと聞こし看《め》して、喚《め》し上げて使ひき。然れども、其の大后の嫉《ねた》むを畏《かしこ》みて、本つ国に逃げ下りき。天皇、高き台《うてな》に坐して、其の黒日売が船の出で海に浮べるを望み瞻《み》て、歌ひて曰はく、

沖方には　小船連らく　黒鞘《くろさや》の　まさず子我妹《わぎも》　国へ下らす（記52）

故、大后、是の御歌を聞きて、大きに忿《いか》りて、人を大浦に遣し、追ひ下して、歩《かち》より追ひ去りき。

（下巻　仁徳条）

黒日売は吉備の海部直の女、瀬戸内海の海上交易により勢力を広げた豪族とされる。[10] 怒る石之日売は喚し上げられた黒日売を船から降ろし、徒歩で国に帰らせた。船から追い下ろす残酷な仕打ちは、吉備の海部直の象徴としての船を黒日売から取り上げることを意味する。それが去るのを天皇が眺める箇所においても、黒日売は「小船連らく」と船に象徴された。天皇はその後石之日売を欺いて吉備へ赴くが、黒日売が宮中に迎えられることは阻止される。激しい嫉妬からの行動も、巧まれた意図に基づくものといえよう。

黒日売は瀬戸内海の海上交通を掌握する氏族という点において、実質的な価値の高い女性である。対して八田若郎女は皇女であるということにおいて象徴的な価値をもつ。黒日売に対し船を取り上げたのと同様の方法で、八田若郎女の絶対的な身分を剥奪することは不可能である。従ってここで石之日売は、自らの立場の確立が求められるのである。

石之日売が赴いた先の山代は八田若郎女の由来の地であり（第二部第一章）、石之日売が其処へ赴くことは丸邇

氏の勢力圏に自ら足を踏み入れることを意味する。そこへの不本意さは葛城高宮を望む歌（記58）に窺える。しかし故郷を遙かに臨みつつ、ゆかりをもたない山代の地へと赴き留まるのは、自らの立場を確立するためには山代への逗留の実績が必要であるという判断があるためではないか。それは「遁走」ではなくある明確な目的意識に基づいた行動であるとみとめることができる。

二　山代の筒木宮

物語は山代の風景の中での志都歌を中心に展開される。記60を除き、歌は「つぎねふ　山代河」あるいは「つぎねふ　山代女」、また「山代」の歌い出しをもつように、本譚において山代は必然であった。本節では石之日売が山代へ赴いた理由を、本歌謡群における石之日売の記57・58の二首を分析することで考える。石之日売が山代へと赴く途次に歌う志都歌最初の記57は、大君讃美の内容を有し、夫の嫉妬に怒る妻の歌として相応しくない。

つぎねふや　山代河を　河上り　我が上れば　河の上に　生ひ立てる　烏草樹を　烏草樹の木　其が下に
生ひ立てる　葉広　斎つ真椿　其が花の　照り坐し　其が葉の　広り坐すは　大君ろかも（記57）

なぜ山代河を遡る際に大君は讃美されるのか。

「つぎねふ」は、「次嶺経《つぎねふ》　山背道《やましろぢ》」（萬葉13・三三一四）と表記され、大和を中心に続く山嶺を越えて行く山代の地理に基づいた枕詞と考えることができる。また、山代の国名そのものが「大和を主《ムネ》として、その北の方の山の後なるよしなり」（本居宣長「国號考」）とされた。山代河は難波と山代を結びつける現在の淀川・木津川と考えられる。

この記57は、日本書紀における対応歌、次の紀53の増補されたものとされる。(11)

つぎねふ　山背河を　河泝《のぼ》り　我がのぼ泝れば　河隈に　立ち栄ゆる　百足らず　八十葉の木は　大君ろかも（紀53）

紀53後半部において大君を寓するのは記57「斎つ真椿」とは異なる「八十葉の木」である。木による天皇讃美は次の天語歌にもみられる。

…新嘗屋　生ひ立てる　百足る　槻が枝は　上つ枝は　天を覆へり　中つ枝は　東を覆へり　下枝は　鄙を覆へり…（記99）

「百足る」という槻の木の無数の枝は天と東と鄙を覆うことで、広汎な支配領域を象徴する。紀53「百足らず　八十葉の木」はこの「百足る　槻が枝」の倭全土にわたるモティーフには及ばないものの、同様の質をもつ。その木が立ち栄える「河隈」という場は次に見える。

つのさはふ　磐之媛が　おほろかに　聞さぬ　うら桑の木　寄るましじき　河の隈々　よろほひ行くかも　うら桑の木（紀56）

大君の　命かしこみ　にきびにし　家を置き　こもりくの　泊瀬の川に　舟浮けて　我が行く川の　川隈の　八十隈おちず　万たび　かへり見しつつ（萬葉1・七九）

「隈」とは、旅の過程において体験する曲がり角である。そこを曲がれば新たな視界がひらけ、もと来た道は見えなくなる、そのような場所である。萬葉七九歌は、住み慣れた家を置き、泊瀬川をゆく川旅において、いくつもの川の曲がり角で繰り返しもと来た方向を振り返る。「道の隈」も同様である。

道の隈　八十隈ごとに　嘆きつつ　我が過ぎ行けば　いや遠に　里離り来ぬ　いや高に　山も越え来ぬ（萬葉13・三二四〇）

奈良山、宇治の渡、逢坂山、志賀唐崎を越えて行く際、「隈」ごとに嘆くうちに住み慣れた里から遠く離れ、多くの山を越えたことを実感する。井手至氏が「隈」の境界性について言及されるように[12]、そこを越えていくことは異境へと足を踏み入れることである。内田賢徳氏は「河隈は単に川の曲流するところというだけでなく、流れがそこに淀んで時間の停滞を印象させ、クマの語そのままにまなざしの届かぬ向こうが不可知のものの神秘な奥行を思わせる小さな聖域《サンクチュアリ》であった」とされた。カミとも交替し得るクマ（隈）という聖域に大君を寓意する「八十葉の木」は立ち栄える。

記57に戻る。その木に代わってここで歌われるのは「烏草樹の木」の下の「斎つ真椿」であった。「斎つ」「真」が冠されて椿は聖性を顕示する。椿はここで山椿（藪椿）で、山に植生する常緑の照葉樹林である。次にも山嶺に咲く花として詠まれる。

三諸は　人の守《も》る山　本辺には　あしび花咲き　末辺には　椿花咲く　うらぐはし　山ぞ　泣く子守る山（萬葉13・三二二二）

あしひきの　山椿咲く　八つ峰《を》越え　鹿《しし》待つ君が　斎《いは》ひ妻かも（同7・一二六二）

萬葉三二二二歌では、聖域としてある三諸山にあしびと椿が咲く。「あしび」（馬酔木）は、「あしびなす　栄えし君」（萬葉7・一一二八）のように「栄ゆ」を導く花とみとめられた。こうした馬酔木とともに歌われる椿もまた、その聖性をもって山を守護するものとしてある。萬葉一二六二歌では、山椿に夫の豊猟を予祝する妻が重ねられる。「八つ峰の椿」は「奥山の八つ峰の椿」（同19・四一五二）と椿を歌うときのひとつの定型であり、幾重にも重なった深い奥山に咲く神聖な花として捉えられたことを示す。「斎つ真椿」（記57）はそうした意味をもって「河隈」に生える植物となるといえるだろう。

「葉広　斎つ真椿　其が花の　照り坐し　其が葉の　広り坐すは　大君ろかも」の詞章は次の天語歌に共通する。

倭の　此の高市に　小高る　市の高処　新嘗屋に　生ひ立てる　葉広　斎つ真椿　其が葉の　広り坐し　其の花の　照り坐す　高光る　日の御子に　豊御酒　献らせ　事の　語り言も　是をば（記100）

豊明宴において若日下部王が雄略天皇に歌ったものである。「斎つ真椿」は「葉広」であるために「広り坐し」、明るい花の色と光沢を宿した葉によって「照り坐す」ことから、天皇の威光がゆき届くことの象徴としてここに歌われ、「高光る日の御子」という天皇讃美につながる。従って記57の「大君」とは、こうした「高光る日の御子」と同様の質を有した讃え名としてみとめることが可能である。そして仁徳は「日の御子」と讃えられる天皇のひとりであった（第一部第二章）。

山代河を遡る過程でこうした天皇讃美の内容をもつ歌を歌うことは、天皇の支配が鄙の山代までを確かに覆い、その威光が隅々にまでゆき届くことを確認するものであろう。志都歌は山代の掌握という主題をもつのである。

山代河をどこまでも遡った先の筒木に、石之日売は居場所を求めた。

つぎねふや　山代河を　宮上り　我が上れば　あをによし　奈良を過ぎ　小楯　倭を過ぎ　我が見が欲し
国は　葛城　高宮　我家の辺（記58）

如此歌ひて還りて、暫らく筒木の韓人、名は奴理能美が家に入り坐しき。

「宮上り」[13]の解釈には諸説あり、その宮については、①筒城宮とする説（『厚顔抄』[14]）、②難波宮とする説（『古事記伝』・『記紀歌謡全註解』[15]・『記紀歌謡評釈』[16]・『古事記注釈』[17]・『古典集成』[18]・『新編全集』等）、③葛城高宮とする説（『稜威言別』[19]・『古事記新講』[20]・『古事記評釈』[21]・『古代歌謡全注釈　古事記編』[22]等）、④河を宮と言い換え、めあての宮とする説（『大系』[23]・『思想大系』[24]等）がみられる。『古事記伝』から続く難波の宮とする説が最も多く、解釈は「難波宮を避過て泝り賜ふを詔へり」（『古事記伝』）となるが、その説を採る立場においても「「宮上り」は宮へ上る意だから、なお不審が残る」（『新編全集』）とされるように、問題の箇所である。

本論では①及び④の立場を採りたい。七八句目「烏草樹を　烏草樹の木」と同様の尻取り形式に拠って「山代河を　河上り」（記57）の詞章はあるが、それは次に「山代河を　宮上り」（記58）と展開される。ここでの上る対象は山代河と宮の双方であるだろう。従って「上り」には、山代河を遡り、宮殿に参上するというふたつの意味がみとめられる。

従って「宮上り」は山代河を遡った果てに大后が筒木宮に逗留したことの表現ではないだろうか。『思想大系』は「元来は前の歌謡五七の初四句の中の「河」を此の歌謡五八の主題に足して「宮」に変えただけのもので、特定の「宮」ではない。強いて解すれば、夫の居る難波宮にも実家のある葛城高宮にも行きあぐねた女主人公が、落ち着くべき宮（結局は筒木宮）を求めて遡る意か」とし、歌を「淀川を遡り、何処かの宮に落ちつこうと思うけれど…」と通釈する。「宮上り　我が上れば」には自分の居るべき場所を求める石之日売の思いがあらわれる。

記57は天皇讃美を、記58は望郷を主題とする。異なる主題は近似する初四句の共有によって統一的主題をもつ。その統一は山代河を遡り宮を求めることに意味される、山代地方の支配の確認という主題である。天皇讃美と望郷は、夫の難波宮と故郷の葛城高宮というふたつの場のあいだで揺れ動く石之日売の立場が反映される。しかし難波宮を離れ、葛城高宮を望みつつ引き返した石之日売の居るべき宮は自分の「遁走」の目的に見合ったそれでなければならない。

そもそも古代の山代とは、大和から見て奈良山丘陵の後方に位置することから呼ばれ、古くは現在の木津川の右岸・左岸一帯を示す地名であったといわれる[25]。古代の筒木は『倭名類聚抄』（元和本）に「山城国綴喜郡綴喜〈豆々木〉」とみられ、田辺町興戸から普賢寺谷一帯にかけての地域と考えられている[26]。

萬葉集には「そらみつ　大和の国　あをによし　奈良山越えて　山背の　管木の原　ちはやぶる　宇治の渡り　岡屋の　阿後尼の原を　千年に　欠くることなく　万代に　あり通はむと（中略）我は越え行く　逢坂山を」（萬葉13・三二三六）とあり、大和から奈良山、山背筒木、宇治の渡のルートにより近江に出たことがわかる。木津川中流域にあり、木津川右岸を古北陸道、木津川左岸を古山陰道が通り、綴喜郡山本駅が、山背国相楽郡岡田駅、河内国交野郡楠葉駅とともに設けられた（『続日本紀』和銅四年正月）。

要衝としてあるこの地は、奈良北部から山代南部、さらに湖南にかけた地域を支配していた丸邇氏の管掌下にあったと思しい。筒木の名をもつ人名は開化条にふたりみえる。開化天皇と旦波の大県主の娘の間に生まれた比《ひ》古由牟須美《こゆむすみ》命の子・大筒木垂根王。次に日子坐王と袁祁都《をけつ》比売の間に生まれた山代之大筒木真若王である。この山代之大筒木真若王の父母は、「丸邇臣が祖、日子国意祁都《おけつの》命の妹、意祁都比売命を娶りて、生みし御子は、日子坐王」とされるように、丸邇氏の祖と強い血縁関係にある。

そこで選ばれた奴理能美の家は、「今大后の坐々《マシマス》故に、宮とは云るなり、【上に殿戸と云ふも然り】」（『古事記伝』）とされる。奴理能美と対応する人物が次のように記される。

調連　水海連同祖。百済国努理使主《ぬりのおみ》之後也。誉田天皇〈謚応神〉御世。帰化。孫阿久太男弥和。次賀夜。次麻利弥和。弘計〈謚顕宗〉御世。蚕織献㆓絁絹之様㆒。仍賜㆓調首姓㆒。

（『新撰姓氏録』左京諸蕃下　百済条）

努理使主は応神天皇の時代に帰化した百済人であり、顕宗天皇の時代にその子孫が養蚕に従事し、絁絹の様を献上して調首《つきのおびと》の姓を賜ったとされる。今井啓一氏は北山城に秦氏が、南山城の綴喜においては百済系の筒木韓人や任那系の多多良公が勢力を広げていたとされる。継体紀では樟葉宮の次に筒木宮が置かれたことが記されるが（五年十月）、今井氏は「奴理能美系帰化人たちがここに繁衍していたので、その経済的地盤に関係があったことであろう」と推測される[27]。

奴理能美の家である石之日売の宮と、継体天皇の宮とは異なるものと考えるのが穏当である。後者について、『山城名勝志』[28]は「興戸村ト陀多羅《タタラ》村トノ辺ニ宮口又御所内ト云フ所有リ。方一里半許地也。是都ノ旧知カ」とし、『山代名跡志』[29]では「都谷。段々良ノ西北五町許ニ在リ。南北山ニシテ、方二町四方許。是レ則チ継体天皇ノ皇居綴喜ノ都ナリ」とあり、ともに普賢寺付近にみとめるが、石之日売の宮址は確定されない。奴理能美の登場しない日本書紀では「宮室を筒城岡の南に興てて居します」とある。筒木岡は綴喜郡飯岡[30]と推定される。

木津川の西岸を中心とする川沿い一帯の古代筒木の地は宇遅巨椋池に近接する地域である。第二部第一章で論じたように巨椋池一帯は矢河枝比売、そしてその子宇遅能和紀郎子の本拠地として登場し、ここで最も意識される八田若郎女の由来の地である。宮は支配することの象徴であり、要衝の地点、それも宇遅の一族にきわめて近い筒木宮への逗留は、石之日売が仁徳天皇の大后としての資格をもってそこを治め、八田若郎女に超越する立場を確認するものであると考えられる。

三　口子臣・口比売の服従

河を遡るためには、河の舟を両岸において牽引して行くという大変な労力を要する。そのため記57・58は「曳船の難渋をいう山城地方の舟曳き歌の断章が天皇讃歌に結びついたものか」（『記紀歌謡評釈』）ともいわれ、さらに守屋俊彦氏は「これらの歌の原歌は本来山代地方の民謡であり、その伝承者は丸邇氏であったとしてみたい」とされた[31]。

山代は常に丸邇氏の活躍する物語の舞台となる地であり、河川と深いかかわりをもっていた（第二部第一章）。本譚においても「つぎねふや　山代河を　河上り　我が上れば」と歌われる河上りの仕事に従事したのはやはり丸邇氏であったと推測できる。

本譚における丸邇臣口子《くちこ》・口比売の登場はこうした背景によって意味を帯びる。二人は奴理能美と協議した末に「大后の幸行せる所以は、…三色に変る奇しき虫有り。この虫を看行さむちすて、入り坐せらくのみ。更に異し心無し」と奏上して天皇と大后の間を取りもつ重要な存在である。

口子臣、此の御歌を白《まを》す時に、大《いた》く雨りき。爾くして、其の雨を避らずして、前の殿戸に参ゐ伏せば、違ひて後の戸を出で、後の殿戸に参ゐ伏せば、違ひて前の戸を出でき。爾くして、匍匐《はらば》ひ進み赴きて、庭中に跪《ひざまづ》きし時に、水潦《にはたづみ》、腰に至りき。水潦、紅の紐に払れて、青きは、皆紅の色に変りき。爾くして、口子臣が妹、口日売、大后に仕へ奉れり。故、是の口日売、歌ひて曰はく、

山代の　筒木宮に　物申す　吾が兄《せ》の君は　涙ぐましも（記62）

爾くして、大后、其の所由を問ひし時に、答へて白ししく、「僕が兄は、口子臣ぞ」とまをしき。

歌を託された口子は擦違いにより大后に届けられず、嘆く口比売は記62を歌う。口比売はなぜ「涙ぐましも」と歌ったのか[32]。兄への同情は大后に対するある距離を示す。なぜここに丸邇氏が仕える話が挿入的に語られるのか。

日本書紀ではこれを的臣《いくはのおみ》が祖口持臣《くちもちのおみ》、国依《くにより》媛とし、和珥氏を異伝とする。

冬十月の甲申の朔に、的臣が祖口持臣を遣して、皇后を喚したまふ。【一に云はく、和珥臣が祖口子臣といふ。】爰《ここ》に口持臣、筒城宮に至りて、皇后に謁《まを》すと雖も、黙して答したまはず。時に口持臣、雪雨《しぐれ》に沾《ぬ》れつつ日夜を経れども、皇后の殿の前に伏して避らず。是に口持臣が妹国依媛、皇后に仕へまつれり。是の時に適《あた》りて

皇后の側に侍り、其の兄の雨に沾るるを見て、流涕《かなし》びて歌して曰く、

山背の　筒城宮に　物申す　我が兄を見れば　涙ぐましも（55）

といふ。時に皇后、国依媛に謂りて曰はく、「何とかも爾《いまし》が泣《いさ》つる」とのたまふ。対《こた》へて言《まを》さく、「今し庭に伏して請ひ謁すは妾が兄なり。雨に沾れつつ避らず。猶し伏して謁さむとす。是を以ちて、泣き悲しぶるのみ」とまをす。時に皇后、謂りて曰はく、「汝が兄に告げて、速く還らしめよ。吾は遂に返らじ」とのたまふ。口持則ち返りて、天皇に復奏《かへりことまを》す。（仁徳紀三十年十月―三十五年六月）

的臣は孝元条において石之日売の父・葛城長江曾都毘古が的臣の祖と注され同じ家系に属する。土橋寛『古代歌謡全注釈　古事記編』が「石之日売皇后の侍女に丸邇氏の娘は不似合いで、これも『書紀』の伝承のほうが本来のものではないかと思う」とし、石之日売の侍女としては日本書紀の伝のほうが整合的である。しかし山代と丸邇氏が深くかかわりをみせることに鑑みれば、山代の筒木宮に丸邇氏の口子臣・口比売が仕えることは必然であり、本譚においても重要な意味をもつと考えられる。

「口子」とは口上を伝える者の意と解釈される。兄妹が対応的な名をもつのは沙本毘古・沙本毘売（垂仁条）、軽太子・軽大郎女（允恭条）の例がある。前者沙本毘売は天皇と兄との間で葛藤するが結果として兄を選ぶ。軽太子は同母妹でありながら軽大郎女に通じ罪を問われる。前者後者ともに最後には死を選ぶ。対偶名をもつ兄妹の結びつきは互いを深く愛するほど強く、天皇に対してある独立性をもつことを示唆する。兄にかかわる事柄を妹が歌によって明らかにする方法は次の譚と同一である。

阿治志貴高日子根《あじしきたかひこね》は、忿《いか》りて飛び去りし時に、其のいろ妹《も》高比売命、其の御名を顕はさむと思ひき。故、歌ひて曰はく、

天なるや　弟棚機《をとたなばた》の　項《うな》がせる　玉の御統《みすまる》　御統に　足玉《あなだま》はや　み谷　二渡らす　阿治志貴高日子根の　神そ（記6）　（上巻）

天若日子と間違えられた阿治志貴高日子根神は怒って飛び立つ。天若日子の妻であり、阿治志貴高日子根神の妹である高比売命は歌によって兄の名を明かした。兄妹の名は高日子・高比売と対応的であり、妹は兄としての神に仕える巫女としてあった。

さらに、口子臣・口比売が揃って天皇・大后に仕える在りようは、次の例をも想起させる。

豊国の宇沙《うさ》に到りし時に、其の土人、名は宇沙都比古、宇沙都比売の二人、足一騰宮《あしひとつあがりのみや》を作りて、大御饗《おほみあへ》献りき。（中巻　神武条）

神武東征において天皇に仕えようと現れるのは単独の神、或いは宇沙都比古、宇沙都比売のみであった。土地の兄妹は天皇に仕える存在として現れた。

日本書紀において口比売に対応するのは国依媛である。国依媛の名の「依《より》」は、玉依毘売（上巻）、伊須気余理

比売（神武条）、息長水依比売（開化条）のようにヨル（寄り憑く）を意味し、土地の神に仕える巫女を思わせる。口比売もまた兄口子臣に仕える存在であるといえるだろう。記紀の異伝においても兄妹の位置づけは同様であるといえる。

場面に降る雨は「我が泣く涙　有間山　雲居たなびき　雨に降りきや」（萬葉3・四六〇）の例からも記62「涙ぐましも」の句と対応する。口子臣の姿は「匍匐ひ進み赴きて、庭中に跪き」と描写される。朝礼を改め「凡そ宮門を出で入らむときは、両手を以ちて地を押し、両脚をもちて跪《ひざまづ》きて、閾《しきみ》を越ゆれば立ちて行け」（推古紀十二年九月）の動作に対応し、天武紀（十一年八月）に「今より以後、跪礼《ひざまづくゐや》、匍匐礼《はふゐや》、並びに止めて、更に難波朝庭の立礼を用ゐよ」と禁止された礼である。ここで臣下は奴理能美の家である筒木宮に天皇の宮と同等の礼をおこなう。丸邇臣の正格の礼は、葛城氏が丸邇氏を従えるという支配関係のあり方を示すものではないか。

丸邇氏が仕えるべきは宇遅における宇遅能和紀郎子にかかわる一族である。宇遅能和紀郎子死後の仁徳朝に至っても宇遅の勢力が未だ難波に対立的なものであったことは、次章で論じる女鳥王譚に明らかである。敵対する勢力に平伏しなければならない兄の理不尽な姿への共感、それが口比売の言う「涙ぐましも」ではないか。それが口比売と石之日売の間の距離といえる。

こうして川上りから筒木宮での生活まで、丸邇氏は石之日売に寄り添うようにはたらく。この山代「遁走」譚は、石之日売が八田若郎女の属する丸邇氏を従えて筒木宮に坐し、山代の支配を語るものとしてあると考えられる。山代への旅と隠りを経て、石之日売は再び大后としての威儀を取り戻すのである。

おわりに――古事記における石之日売の造型

三十五年の夏六月に、皇后磐之媛命、筒城宮に薨ります。（仁徳紀）

三十七年の冬十一月の甲戌の朔にして乙酉に、皇后を那羅山に葬りまつる。（同）

山背で的臣が奉仕する日本書紀の磐之媛は、その地で無念の死を遂げる。日本書紀の論理は磐之媛を薨去させ八田皇女の立后を両立させることであった。そこに丸邇氏を従える必要はなく、譲らない磐之媛のままでいることが求められた。山背での歌は筒木宮で亡くなるための前提であり、物語内容にかかわろうとしない。仁徳天皇が臣下の家系である磐之媛だけではなく、皇族である八田皇女を迎えようとすることは道理としてきわめて自然である。景行紀ではははじめ播磨稲日大郎姫が崇神天皇の皇女八坂入媛を措いて皇后とされ、薨去すると八坂入媛が皇后とされる。吉井巖氏はここに仁徳紀と同様の論理をみとめ、「書紀には、八田皇女を皇后として立てるためにイハノヒメの死を必要とし、イハノヒメが死ぬためにはイハノヒメは絶対に天皇を拒否する必要がある、という論理が働いているように思う」[33]とされた。日本書紀の磐之媛が死ななければならなかった理由は、皇后として相応しいのは臣下の娘ではなく皇女であるという了解のためだろう。

天平元年、藤原氏である光明子の立后はそうした認識のもとで、同様に臣下の一族でありながら皇后となった磐之媛に準えられ、皇后としての正当性が賦与された。

朕が時のみにはあらず、難波の高津の宮に御宇しし大鷦鷯《おほさざきの》天皇、葛城《かつらぎの》曾豆比古《そつひこ》の女子伊波乃《いはの》比売皇后とみ相ひまして、食国天の下の政を治賜ひ行賜ひけり。（『続日本紀』天平元年八月）

光明子立后の直前には讒言により長屋王が自死する。讒言は臣下の家系の娘の立后に反対したための謀略といわれるように、(34)磐之媛の立后も異論を多く抱えたであろうことが推察される。

こうした歴史的なあり方に対し、古事記は石之日売を大后として一貫させ、八田若郎女を不遇のままに位置づける。日本書紀にはない記64・65「八田の　一本菅」の歌はそのための慰めの処置であった。歴史として不自然なあり方を貫く古事記の恣意性は、しかし作品の中で整合する。仁徳崩御後の三代はいずれも石之日売の皇子であり、三代の天皇を生んだ偉大な母として位置づけられたと思われるためである。そこに石之日売の無念の死は不要であった。景行条に活躍した倭建命の母・景行妃伊那毘能《いなびの》大郎女が皇女・八坂之入日売命を抑えて皇后とされた事例も同様に考えることが可能である。

自ら山代へと迎えに赴いた仁徳天皇は、「つぎねふ　山代女の」とはじまる次の二首を石之日売に歌いかけた。

つぎねふ　山代女の　木鍬持ち　打ちし大根　根白の　白腕　枕かずけばこそ　知らずとも言はめ（記61）

つぎねふ　山代女の　木鍬持ち　打ちし大根　さわさわに　汝が言へこそ　打ち渡す　八桑枝なす　来入り
参ゐ来れ（記63）

記61は山代女が掘り起こした大根のように白いあなたの腕を枕にして寝たことがなかったなら、あなたなど知らないとも言えようが、の意。山代女は、『厚顔抄』が萬葉歌にみえる「河内女」「大和女」などの類と指摘し、「旅先の他国の女性というニュアンスがある」（『思想大系』）、特に山代女については「農婦の語感がともなう」（『古事記注釈』）とされる。或いはこの歌を山城女との共寝が主題の民謡とみる説もある（『古典集成』）。ここにおいて、山代女は山代に逗留する石之日売となる。「つぎねふ　山代女の」と反復される呼びかけは、天皇が、石之日売を山代の女性として新たに讃える表現といえるだろう。石之日売は山代女として再生を果たし、仁徳に迎えられる。

皇女の由来の氏族を治めることは、石之日売が諸氏族の頂点に立ち得たことを意味する。山代での物語を通して臣下の氏族という立場を克服し、大后の威容を身につけたことで、石之日売は豊楽において手づから女性たちに酒をふるまい、丸邇氏である女鳥王に対する慈しみが可能となるのである。石之日売の嫉妬とそれに伴う行動とは、彼女が大后としての地位を築き、またそれに相応しい威容を身につけるための方法であったといえる。

それとともに、石之日売の嫉妬を宥和に導いたとすることで、本譚は仁徳の聖帝としての徳をも語る。ここの志都歌が、上巻、国作りを終えた八千矛神が適后須勢理毘売の妬心を宥めて「我が大国主」と称えられ、迎えられる神語が歌で構成されていたことと照応することも、古事記の三巻構成を論じる上で見逃すことができない。上巻大国主神物語の主題は、この仁徳天皇、そして次章で論じる雄略天皇の物語に引き継がれる。

注

(1) 矢嶋泉『古事記の歴史意識』「皇統譜から見た『古事記』」吉川弘文館　二〇〇八年
(2) 守屋俊彦『古事記研究―古代伝承と歌謡―』「山代の歌と丸邇氏」三弥井書店　一九八〇年
(3) 澤瀉久孝『万葉の作品と時代』岩波書店　一九四一年
(4) 土屋文明『萬葉集私注　新訂版』筑摩書房　一九六九年―一九七〇年
(5) 矢嶋泉（前掲書）
(6) 内田賢德（『上代日本語表現と訓詁』「訓詁から見た古事記」塙書房　二〇〇五年）にその漢語としての語義が考証されている。
(7) 内田賢德『萬葉の知―成立と以前』「記紀歌謡の方法」塙書房　一九九二年
(8) 曾倉岑「イワノヒメの嫉妬」『明治学院論叢』一〇七号　一九六五年十一月
(9) 天皇の黒日売、八田若郎女との婚姻はともに石之日売により妨害される。各譚のおわりには黒日売の歌（記55・56）、八田若郎女との贈答歌（記64・65）が配され、はなればなれでありつつも互いの結びつきを確認する意味をもつ。
(10) 土橋寛『古代歌謡全注釈　古事記編』角川書店　一九七二年
(11) 内田賢德『萬葉の知―成立と以前』（前掲書）
(12) 井手至「万葉人と『隈』」『萬葉集研究』第八集　塙書房　一九七二年
(13) 「宮上り」の表現は「うちひさす　宮へ上ると　たらちしや　母が手離れ　常知らぬ　国の奥かを　百重山　越えて過ぎゆき　いつしかも　都を見むと」（萬葉5・八八六）にみられる。
(14) 契沖『契沖全集』第七巻　岩波書店　一九七四年
(15) 相磯貞三『記紀歌謡全註解』有精堂出版　一九六二年
(16) 山路平四郎『記紀歌謡評釈』東京堂出版　一九七三年
(17) 西郷信綱『古事記注釈』平凡社　一九七五年―一九八九年

（18）西宮一民校注『新潮日本古典集成　古事記』新潮社　一九七九年
（19）橘守部『稜威言別』富山房　一九四一年
（20）次田潤『古事記新講　増訂版』明治書院　一九二六年
（21）中島悦次『古事記評釈』山海堂出版部　一九三〇年
（22）土橋寛『古代歌謡全注釈　古事記編』角川書店　一九七二年
（23）倉野憲司校注『日本古典文学大系　古事記・祝詞』岩波書店　一九五八年
（24）青木和夫・石母田正・小林芳規・佐伯有清校注『日本思想大系　古事記』岩波書店　一九八二年
（25）今井啓一『帰化人』「山城国」綜芸舎　一九七四年
（26）吉田東伍『大日本地名辞書 増補版 上方』（富山房）、『角川日本地名大辞典26 京都府』（角川書店）、『日本歴史地名大系26 京都府の地名』（平凡社）による。
（27）今井啓一（前掲書）
（28）大島武好「山城名勝志」『改訂史籍集覧　新加通記類 第五』臨川書店　一九八四年（初出一七〇五年）
（29）沙門白慧「山代名跡志」『新修京都叢書　十五・十六巻』臨川書店　一九六九年（初出一七一一年）
（30）『角川日本地名大辞典　京都府』角川書店　一九七八年―一九九一年
（31）守屋俊彦（前掲書）
（32）折口信夫はここに違和感をみとめ「此歌も、おそらく多少、此歌の出来た動機からは遠のいて解釈せられてゐるので、綴喜宮は、石之日売の御所と見てもよいが、其場合は石之日売を指すのでなく、綴喜宮に祭る神にものを申す、私の思ふ男が病気らしうございます、とかう言つた祈願の歌であつたものが、石之日売の物語に深く入り込んで、意味のにじりを持つて来たもの、と見るのが本当だらう。此場合の、母《も》能《の》麻《ま》袁《を》須《す》、も勿論申請する意味を含んでゐる」とする（『折口信夫全集第十四巻「国文学篇8」中央公論社　一九六六年）。
（33）吉井巖『天皇の系譜と神話 二』「石之日売皇后の物語」塙書房　一九七六年

（34）岸俊男『日本古代政治史研究』「光明皇后の史的意義―古代における皇后の地位―」塙書房　一九六六年

第四章　女鳥王　雲雀の歌

はじめに

女鳥王《めどりの》は古事記において最も近代的な価値観をもった女性であるとされる。仁徳天皇は、異母弟・速総別王《はやぶさわけの》を仲立ちとして女鳥王に求婚するが、女鳥王は承諾せず速総別王の妻となろうと言う。ふたりは結ばれる。

亦、天皇、其の弟速総別王を以て媒《なかびと》と為て、庶妹《まま》女鳥王を乞ひき。爾くして、女鳥王、速総別王に語りて曰はく、「大后の強《こは》きに因りて、八田若郎女《やたのわかいらつめ》を治め賜はず。故、仕へ奉らじと思ふ。吾は、汝が命の妻と為《な》らむ」といひて、即ち相婚《あひあ》ひき。是を以て、速総別王、復奏《かへりごとまを》さず。爾くして、天皇、直に女鳥王の坐す所に幸して、其殿戸の閾《しきみ》の上に坐しき。是に、女鳥王、機に坐して服を織りき。爾くして、天皇、歌ひて曰はく、

女鳥の　我が大君の　織ろす機　誰《た》が料《たね》ろかも（記66）

女鳥王、答ふる歌に曰はく、

高行くや　速総別の　御襲衣料《みおすひがね》（記67）

故、天皇、其の情《こころ》を知りて、宮に還り入りき。此の時に、其の夫速総別王の到来《きた》れり。時に、其の妻女鳥王歌ひて曰はく、

雲雀《ひばり》は　天に翔る　高行くや　速総別　雀《さざき》取らさね　（記68）

天皇は自ら女鳥王のもとに行きその真意を確かめるが、織るのは速総別王の襲衣との返答を聞く。天皇が「其情」を知り宮に還るとき、速総別王が到来する。女鳥王は歌によって速総別王に天皇を討ち取るよう唆した。その歌、記68に注目したい。この歌では、記67と併せて速総別王を「高行くや」と讃えるのに対し、大雀の名をもつ天皇を「雀《さざき》取らさね」と貶め、高く飛ぶことのできない雀など討ち取っておしまい、と軽んじる姿勢があらわにされる。ここで、女鳥王が時の天皇に対して一貫して畏まらず対等で挑発的な態度をみせるのはなぜだろうか。

先行研究において、女鳥王は意志の強い主人公として捉えられる。

短い物語であるが、メトリの性格がストーリーの展開の基本となっており、それに起因する悲劇を形成している。すなわち主人公はあくまでメトリという古代の宮廷に皇族の一人として生きた女性なのであり、その生き方が一篇の主題なのである。（都倉義孝「女鳥王物語論」一九七五年三月）(1)

『古事記』の女鳥王は、主導性を貫き通す女性として造形されている。結婚相手の選択、結婚の事実の表明、夫の方が天皇より優位であるとの判断とそれを根拠にしての反乱の教唆――これらすべてが女鳥王の発話や

歌謡によって呈示され、女鳥王の意志の実現化という形で事件が進行する。（荻原千鶴「女鳥王―説話の発展とその周辺―」一九八二年十一月）(2)

この物語における事の推移は、すべて女鳥王の選択によって進行している。その選択の根拠は、天皇の妻妾となっては、皇后の存在によって、皇女としての自尊も、自由に人を愛するという生き方をも失われてしまう、という判断であった。（吉井巖「古事記の作品的性格（四）―中・下巻の物語―」一九八四年九月）(3)

ここには氏族制社会の論理や氏族の願望に制約されない女鳥王の感情的で、しかも個人的な怒りと主張がある。（寺川眞知夫「雌鳥皇女・女鳥王伝承の性格と形成―反逆伝承の公開と氏族―」一九九二年三月）(4)

『古事記』は、さきのところでもみえていたように、メドリを、天皇と対立しぶつかりあうはげしい個性としてえがこうとしているのではないか。（身﨑壽「ウタとともにカタル―女鳥王物語論―」二〇〇七年十二月）(5)

一九七〇―八〇年代に端を発する論は思想の趨勢により、共通して女鳥王を氏族社会の中にあって例外的な「個性」をもち、自らの意志と主張をもって行動する女性と捉えられ、現在まで継承されている。雲雀の歌はこうして女鳥王の感情的な性格によって説明することが可能である。

しかしこの女鳥王の物語をひとりの女性の生き方を描いたものと捉えたとき、仁徳条の一連の中での関連を見出すことは難しい。仁徳条は、聖帝としての治世、石之日売の嫉妬と宥和（黒日売・八田若郎女求婚譚）、女鳥王と速総別王の反逆、雁の卵と巨木の瑞祥と大きく四つの内容により構成される。そこに一貫する主題は聖帝としての仁徳の治世を語ることである。

女鳥王、石之日売の性格が際立つように、仁徳条は女性の活躍が顕著な時代であるともいえる。しかし、石之日売の嫉妬は葛城氏という氏族の立場に基づき、天皇と他氏族の女性との婚姻を妨げる意味を有していた。つまり石之日売の嫉妬は個人的な性情にみえて、実際には氏族の意図を反映したものであった（第二部第三章）。ここで女鳥王という女性の中にもまた氏族の利害関係に基づいた判断があるのではないか。

女鳥王が一概に主導的な女性とはいえないことは、後続の箇所から窺うことができる。

天皇、此の歌を聞きて、即ち軍を興《おこ》し、殺さむと欲ひき。爾くして、速総別王・女鳥王、共に逃げ退《そ》きて、倉椅山に騰《のぼ》りき。是に、速総別王歌ひて曰はく、

　梯立の　倉椅山を　嶮《さが》しみと　岩懸《いはか》きかねて　我が手取らすも（記69）

又、歌ひて曰はく、

　梯立の　倉椅山は　嶮しけど　妹と登れば　嶮しくもあらず（記70）

故、其地より逃げ亡せて、宇陀の蘇邇《そに》に到りし時、御軍、追ひ到りて殺しき。其の将軍、山部大楯連《やまべのおほたてのむらじ》、其の女鳥王の御手に纏《ま》ける玉釧《たまくしろ》を取りて、己が妻に与へき。

此の時の後に、将に豊楽《とよのあかり》を為《せ》むとする時に、氏々の女等《をみなら》、皆朝参《みかどまゐり》しき。爾くして、大楯連が妻、其の王の玉釧を以て、己が手に纏きて、参ゐ赴きき。是に、大后石之日売命、自ら大御酒の柏を取りて、諸の氏々の女等に賜ひき。爾くして、大后、其の玉釧を見知りて、御酒の柏を賜はずして、乃ち引き退けき。其の夫大楯連を召し出して、詔はく、「其の王等、礼無きに因りて、退け賜ひつ。是は、異《け》しき事無けくのみ。其

夫の奴《やつこ》や、己が君の御手に纏ける玉釧を、膚も熅《あたた》けきに剝ぎ持ち来て、即ち己が妻に与へつ」とのりたまひて、乃ち死刑を給ひき。

（下巻　仁徳条）

倉椅山に登る逃避行の中で、速総別王は記69、70を歌う。大雀命の命令に従い、また女鳥王の求婚に応えた速総別王はここではじめてその意志を見せて妻への愛情をあらわす。そこでの女鳥王は夫に手を引かれる従順な女性である。

では、女鳥王が「雲雀は　天に翔る　高行くや　速総別　雀取らさね」と歌った強さはどこにその根拠を見出すことができるだろうか。応神条に遡れば、本来の皇位継承者は宇遅能和紀郎子であり、応神崩御後の即位が予定されていた。一方大雀命は宇遅能和紀郎子の早世なしには即位することがなかった皇子であった。つまり記68にみられる女鳥王の強い態度は、本来の天皇の同母妹であるということによるのではないだろうか。

本章では女鳥王の行動を氏族の立場に基づいて把握し、また記68の解釈をおこなって、仁徳条における本譚の意味について考察をおこなう。

一　宇遅の女性たち――女鳥王・八田若郎女

女鳥王譚は仁徳条において独立した譚ではなく、応神条の宇遅とのかかわりという主題を継承して展開される話であり、またその終章としての位置づけにあると考えることができる。まず本譚の前史としての宇遅能和紀郎子譚から考えていきたい。

　宇遅能和紀郎子は天皇の寵愛を得て、三皇子への分治命令において日継の位が与えられる。この寵愛の背景には、応神と宇遅能和紀郎子がその系譜と勢力基盤において、応神と大雀命のそれよりも近しかったことが想定できる。〈系譜〉に示すように、景行天皇の子・小碓命を端として、その子・仲哀と丸邇氏日子坐王の系譜に連なる息長帯比売命の結婚から応神は誕生する。応神は気比大神と名を交換し、自ら蟹に擬した歌で北陸から琵琶湖を下り、その途次で丸邇の比布礼能意富美の娘・矢河枝比売と結婚した。そこで宇遅能和紀郎子は生まれ、北陸に縁をもつ応神と、琵琶湖から大和北部に勢力をもつ丸邇氏が再び結びつくことが語られた（第二部第一章）。

〈系譜〉

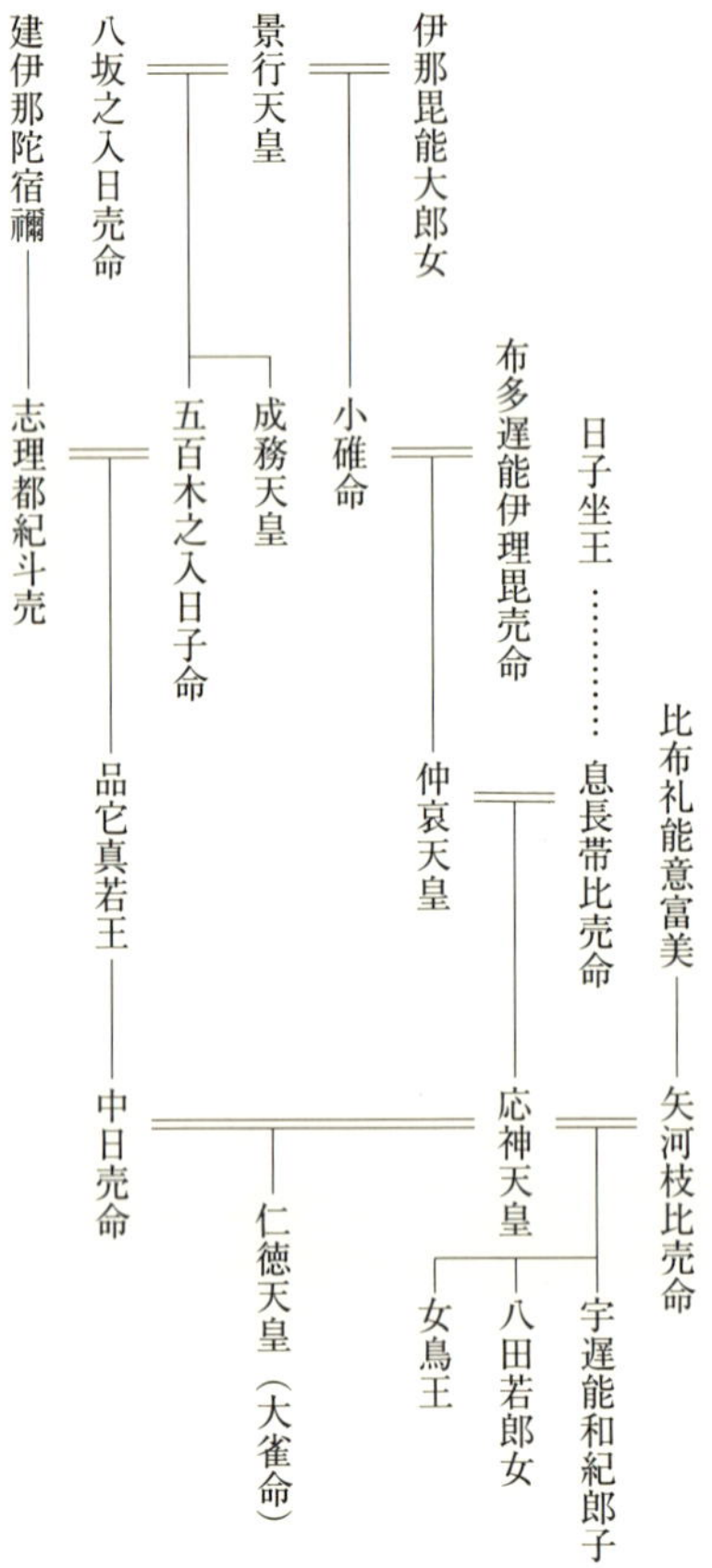

それ対し大雀命は景行天皇の御子・五百木之入日子命《いほきのいりびこの》（成務天皇同母弟）を端として、品它真若王、その娘・中日売と応神の結婚から生まれる。景行から分岐する成務天皇と小碓命の両皇統をつなぐのが応神であり、その象徴として誕生したのが大雀命である。つまり五百木之入日子命の系統とは疎遠である応神が、大雀命よりも母の系統に帰した結果の子・宇遅能和紀郎子により親しかったのは必然といえる。このように応神条は二人の皇位継承の可能性を物語るものであった。

大雀命は即位後、石之日売の他に八田若郎女、吉備の黒日売、女鳥王に求婚する。黒日売への求婚は瀬戸内航路の掌握を意図したものと思しい。そして八田若郎女、女鳥王、宇遅能和紀郎子の妹たちへの相次ぐ求婚は大雀命の勢力と並ぶ力を有する宇遅の系譜を取り込む意図に基づくと考えられる。つまり応神条に端を発する宇遅とのかかわりという主題は、仁徳条にそのまま引き継がれるのである。

書紀では菟道稚郎子の自死の前に八田皇女が進上される。

天命なり。誰か能く留めむ。若し天皇の御所に向ふこと有らば、具に兄王の聖《ひじり》にして、且《また》譲りますこと有しませるを奏さむ。然るに聖王、我が死《みまか》れるを聞こしめして、「急く遠路を馳せたまへり。豈労《あにねぎら》ひたてまつること無きを得むや」とまをしたまひて、乃ち同母妹八田皇女を進りて曰はく、「納采《なふさひ》するに足らずと雖も、僅に掖庭《えきてい》の数に充《あ》てたまへ」とのたまひ、乃ち且棺に伏して薨ります。

（仁徳即位前紀）

難波から菟道宮に駆けつけた大鷦鷯命に、菟道稚郎子は自分が死ぬのは天命であり、父の許に行くことがあれば、兄が何度も皇位を譲ったことを奏上しよう、遠路を駆けつけてくれたことの労いに同母妹の八田皇女を進上し、納采（礼物）には足らないが後宮の女性の一人に充てるよう告げ薨去する。異母兄への自らの同母妹進上は相手への服属を意味する。

こうした書紀のあり方からも、古事記の八田若郎女への求婚は宇遅能和紀郎子の皇位継承と死という前提に基づいたものと捉えられる。姉妹併せて娶ろうとする意思は、宇遅の勢力を重要視していることの証である。仁徳はさらに宇遅能若郎女（矢河枝比売の妹・袁那弁郎女と応神の子）をも娶った。こうした大雀命の求婚は、宇遅の皇統を婚姻によって取り込み、支配する意図に基づいたものといえる。

つまり仁徳条における八田若郎女と女鳥王は、応神条における宇遅能和紀郎子の残映であり、天皇として即位した大雀命に対峙することが可能な存在であるといえる。従って女鳥王の強硬な姿勢は、本来の天皇となるはずの宇遅能和紀郎子の妹であるということ、さらに兄の死が大雀命の即位を成立させているということに起因する。大雀命が女鳥王に対して「わが大君」と呼びかけるのはこうしたことと対応し、「吾と親みかしづきて詔ふなり」（『古事記伝』）のように、親しみの情であるとともに敬意の表現でもあるといえる。

しかし宇遅の勢力と親和的な関係を結ぶ政略は、大后石之日売によって阻まれる。女鳥王の求婚拒否は宮中に迎え入れられない姉・八田若郎女の処遇に対する反発としてあった。姉妹それぞれへの求婚が一連のものであることは、書紀との比較によっても明らかである。書紀では八田皇女の婚姻をめぐって磐之媛が反対し、山背へ赴く。記とは異なり磐之媛はそこで薨去するため、八田皇女は立后される。次いで雌鳥女王への求婚譚が記されるが、書紀の八田皇女は立場に相応しい処遇を受けているため雌鳥女王は求婚を拒否する理由をもたない。従って書紀は隼別王の意志的な密通によってこれを構成する。つまり記紀を通じて、八田若郎女の処遇が女鳥王の求婚の諾否を左右するのである。

ふたりへの求婚は同時ではないものの、姉妹婚の一例として捉えられる。姉妹婚とは、姉妹を併せて娶ることで天皇が特定の氏族との関係を深める政略性の強い婚姻の形であり、古事記では二人、三人、四人の例がみられる。

傾向ごとにみていきたい。まず、天皇の出生につながるのは〈垂仁条①〉〈応神条①〉〈欽明条〉の三例である。うち先の二例は三人姉妹であり、この三人の場合、日継の皇子を生むことが半ば約束された姉妹婚といえる。〈垂仁条②〉は〈垂仁条①〉の異伝であるが、長女のヒバスヒメのみ共通している。

また〈開化条〉〈応神条②〉〈仁徳条〉〈反正条〉の姉妹婚はいずれも二人姉妹で、かつ丸邇氏とかかわる。八田若郎女と女鳥王の婚姻はこの中に含まれる。岸俊男氏の研究によると、丸邇氏は古事記において皇族並みに扱われることがあり、日子坐王は倭建命に並んで大系譜を展開する特異な存在である[6]。諸氏族中で丸邇氏は最も多くの后妃を後宮に入れ、天皇家に寄り添うように古事記に登場するが、仁徳の皇統を主流とする中巻から下巻にかけての歴史の在りようの中では傍流に位置づけられているとされる。応神、仁徳、一代空き反正条とほぼ連続して丸邇氏との婚姻が記されるのは、この時期において天皇家と丸邇氏の政治的関係を示すものと考えることができる。

さらに〈神代〉や〈垂仁条②〉のように姉妹が対照的に造形される場合があることにも注目したい。前者の姉妹は美しい木花之佐久夜毘売、醜い石長比売とに分けられ、石長比売を返した邇々芸命は山神の呪詛をうける。

〈表〉『古事記』にみられる姉妹婚

巻	条	求婚者	姉妹	子	姉妹の親
上巻	神代	邇々芸命	木花之佐久夜毘売	穂々手見命他	大山津見神
			石長比売	〈甚凶醜〉	
中巻	開化条	日子坐王	息長水依比売	美知能宇斯王他	天之御影神
			袁祁都比売	大筒木真若王他	
	垂仁条①	垂仁天皇	氷羽州比売命	景行天皇	美知能宇斯王
			沼羽田入毘売命	沼帯別命	丹波河上摩須郎女
			阿邪美伊理毘売命	伊許婆夜和気命	
	垂仁条②	垂仁天皇	比婆須比売命		美知能宇斯王
			弟比売命		丹波河上摩須郎女
			歌凝比売	〈甚凶醜〉	
			円野比売	〈甚凶醜〉	
	景行条	景行天皇	兄比売	〈大碓命略奪により、子なし〉	三野国造祖大根王
			弟比売		
	応神条①	応神天皇	高木入比日売命	大山守命他	品它真若王
			中日売命	仁徳天皇他	
			弟日売命	阿倍郎女他	

	応神条②	応神天皇	矢河枝比売	宇遅能和紀郎子他	丸邇比布礼能意富美
			袁那弁郎女	宇遅能若郎女	
下巻	仁徳条	仁徳天皇	八田若郎女	子なし	応神天皇
			女鳥王	〈速総別王との謀反〉	矢河枝比売
	反正条	反正天皇	都怒郎女	甲斐郎女他	丸邇許碁登臣
			弟比売	財王他	
	欽明条	欽明天皇	石比売命	敏達天皇	宣化天皇
			小石比売命	上王	仁賢皇女橘中比売

後者は四人姉妹のうち比婆須比売命・弟比売命だけを留めて、他の二人は「凶醜」として返される。円野比売は恥じて自死に至る。この場合の姉妹は偶数であり、偶数特有の分けられるという性質によって一方は美しく、一方は醜いという対照をもって語ることが可能となる。

本譚に戻る。八田若郎女と女鳥王はそうした美醜で区別されることはないものの、二人姉妹という特性に基づいて性格は分化される。大雀命が石之日売に煩わされた際、八田若郎女は「八田の　一本菅は　一人居りとも　大君し　良しと聞こさば　一人居りとも」[7]（記65）と歌う。天皇の意向のままに生きようという表明である。対して女鳥王は「大后の強きに因りて、八田若郎女を治め賜はず。故、仕へ奉らじと思ふ」と天皇の求婚に応じず、仲介の速総別王を選択する。天皇の意のままにならないという表明である。ここで姉妹は協調と対立という対照的な性格づけがなされている。

協調と対立は、天皇家に対する宇遅勢力の立場そのものを示す。宇遅能和紀郎子は大雀命に天津日継を譲り、兄への恭順の意を示した。しかし互譲のさなか不意の死を遂げたことによって大雀命は即位する。宇遅能和紀郎子の存命中に位の譲渡が実現しなかったことは、互いが対立関係としてもあったことを示しているだろう(8)。協調しながらも対立する相矛盾する関係、これが古事記における宇遅と難波の関係である。この宇遅の立場をそれぞれに姉妹は負って、一方は天皇に従い、一方は天皇に反発する。女鳥王が自立した女性に見えるのは八田若郎女の従順さの裏返しにある。彼女は仁徳と対峙する宇遅の立場を担うのである。

そのことの証左として挙げることができるのが、彼女のもつ王の呼称である。このふたりは、姉妹でありながら郎女と王という対応のない名で呼ばれる。

皇族であることを示す「王」の呼称の皇女への使用は古事記では欽明条以後より大幅に増加する。それ以前にみられる女性と判別できる「王」と呼ばれる皇女の例は、若日下部王（雄略条）、飯豊王（清寧条）である。若日下部王は仁徳天皇と髪長比売命の娘であり、大日下王を兄とする。安康条では天皇が弟・大長谷王子に若日下部王を娶らせるため大日下王に打診する。しかし根臣の讒言により大日下王は殺され、雄略条に至って天皇は河内の日下に赴き若日下部王と結婚した。雄略と若日下部王の結婚は仁徳の皇統に拠り所を求める意図に基づく（第二部第五章）。飯豊王は履中天皇と黒比売命の間の娘である。兄・市辺忍歯王は雄略天皇に殺される。清寧崩御後の皇位継承者不在のとき、飯豊王は「葛城の忍海《おしぬみ》の高木角刺宮に坐《いま》せき」とされた。

このように欽明条以前の「王」と呼ばれる女性は、本来の長となるべき男性が不在であるとき、妹が家を代表するために特別「王」という呼称をもって呼ばれると考えることができる。女鳥王もまた兄の宇遅能和紀郎子を亡くしていた。宇遅の王家の長の役割を兄に代わって負うために、彼女は「王」なのである。

二　鳥の名前——サザキ・メドリ・ハヤブサ

大雀命、女鳥王、速総別王と鳥の名をもつ三者が登場する本譚は、山路平四郎氏『記紀歌謡評釈』(9)がその原型に「鳥の妻争い」というモティーフをみとめ、吉井巖氏（前掲書）・荻原千鶴氏（前掲書）が当時百済から入ってきたとされる鷹狩の風習に基づいて構想されたものとされた。

ここでは鳥の名とその人物の性格のかかわりといった面から登場人物を考えたい。鳥の名と人物のかかわりは次の例が示す。

a是の御子、八拳鬚《やつかひげ》の心前に至るまで、真事《まこと》とはず。故、今高く往く鵠《くぐひ》の音を聞きて、始めてあぎとひ為《し》き。爾くして、山辺の大鶙《おほたか》〈此は、人の名ぞ〉を遣して、其の鳥を取らしめき。故、是の人、其の鵠を追ひ尋ねて、木国より針間国に到り、亦、稲羽国に追ひ越えて、即ち、旦波国・多遅麻国に到り、東の方に追ひ廻りて、近淡海国に到りて、乃ち三野国に越え、尾張国より伝ひて科野国に追ひ、遂に高志国に追ひ到りて、和那美の水門にして網を張り、其の鳥を取りて、持ち上りて献りき。（中巻　垂仁条）

b天皇、其の大后山代より上り幸しぬと聞こし看して、舎人、名は鳥山と謂ふ人を使して、御歌を送りて曰はく、

山代に　い及《し》け　鳥山　い及けい及け　吾が愛し妻に　い及き遇はむかも（記59）

（下巻　仁徳条）

aでは口をきかない御子、本牟智和気命《ほむちわけの》は鵠の鳴き声を聞いて始めて口を動かす。山辺の大鶙《おほたか》という人物にその鵠を西や東、さらには北に追わせて献上させた。諸国にわたり一羽の鵠を求めて獲ることは常人には不可能である。しかし大鶙という人物は、その名にタカという空の支配者としての鳥の名を負うことでそれを可能にする。bでは山代に赴いた石之日売に歌を届けるため、鳥山という名の人物を遣わす。記59では「い及け」が繰り返されて、天皇は一刻も早くと難波から山代へと歌を届けさせる。天皇のその思いに応えるのは、鳥のように素早く山々を飛び翔る名をもつ鳥山でなければならなかった。ここには名前と人物の性格の相関関係がみとめられる。

では大雀命という名をもつ天皇とはどのような性格をもつのか。雀《さざき》は鷦　鷯《みそさざい》の古称である。「雀」について、『説文解字』では、「雀、依レ人小鳥也。从レ小隹讀」と小鳥を意味する。日本書紀の表記は大鷦鷯尊で、『篆隷萬象名義』で「鷯」は「小鳥」、『新撰字鏡』（天治本）では「鷦、鷯也。南方神鳥」とある。『倭名類聚抄』（元和本）では『文選』「鷦鷯賦」を引く。

鷦鷯小鳥也。生二於蒿莱之間一、長二於藩籬之下一。翔二集尋常之内一、而生生之理足矣。色浅體陋、不レ為二人用一。形微處卑、物莫二之害一。繁二滋族類一、乗居匹游。翩翩然有二以自樂一也。彼鷲鶚鵾鴻、孔雀翡翠、或淩二赤霄之際一、或託二絶垠之外一。翰擧足二以沖レ天、觜距足二以自衛一。然皆負レ矰嬰繳、羽毛入貢。何者、有レ用二於人一也。夫言有三浅而可二以託レ深、類有三微而可二以喩一大。故賦レ之云レ爾。伊茲禽之無知、何處レ身之似レ智。不二懐レ寶以賈レ害、不二飾レ表以招一累。静守レ約而不レ矜、動因循以簡易。任二自然一以為レ資、無三誘二慕於世偽一。鷦鷯介二其觜距一、鵠鷺軼二於雲際一。鶡鶏竄二於幽険一、孔翠生二乎遐裔一。彼晨鳧與二帰鴈一、又嬌レ翼而増逝。咸美羽而豊肌、故無レ罪皆斃。徒銜蘆以避レ繳、終為レ戮二於此世一。

（『文選』張茂先「鷦鷯賦　幷序」）

鷦鷯は小鳥であり、狭い範囲のもとで羽ばたく鳥であるが、生き物としての仕組みは十分に備わった鳥であるとされる。また、鷲などの大きな鳥は空高く飛んで射られるのに対し、鷦鷯は無知な鳥ではあるが身の処し方は知恵ある者のようで、外見を飾って災いを呼ばず、身を節して奢らず、周囲と合わせて活動する鳥であるとする。このような漢籍における鷦鷯の捉え方は、記紀における仁徳の性格づけに対応をもつ。

c天皇、大山守命と大雀命とを問ひて詔ひしく、「汝等は、兄の子と弟の子と孰《いづ》れか愛《うつく》しぶる」とのりたまひき〈天皇の是の問を発し所以は、宇遅能和紀郎子に天の下を治めしめむ心有るぞ〉。爾くして、大山守命の白ししく、「兄の子を愛しぶ」とまをしき。次に、大雀命、天皇の問ひ賜へる大御情を知りて、白ししく、「兄の子は、既に人と成りぬれば、是悒《おほつかな》きこと無し。弟の子は、未だ人と成らねば、是愛し」とまをしき。爾くして、天皇の詔はく、「佐耶岐《さざき》、あぎの言、我が思ふ所の如し」とのりたまひて、即ち詔り別きしく、「大山守命は、山海の政を為《せ》よ。大雀命は、食国の政を執りて白し賜へ。宇遅能和紀郎子は、天津日継を知らせ」とのりわきき。故、大雀命は、天皇の命に違ふこと勿し。（中巻　応神条）

d是に、天皇、高き山に登りて、四方の国を見て、詔ひしく、「国の中に、烟《けぶり》、発たず、国、皆貧窮《まづ》し。故、今より三年に至るまで、悉く人民の課役を除《お》け」とのりたまひき。是を以て、大殿、破れ壊れて、悉く雨漏れども、都て修理《かつつくろ》ふこと勿し。械《はこ》を以て、其の漏る雨を受けて、漏らぬ処に遷り避りき。後に、国の中を見るに、国に烟満ちき。故、人民富めりと為《おも》ひて、今は課役を科せき。是を以て、百姓は、栄えて、役使《えだち》に苦しびず。故、其の御世を称へて、聖帝の御世と謂ふぞ。（下巻　仁徳条）

e天皇、其の大后の坐せる殿戸に御立ちして、歌ひて曰はく、

つぎねふ　山代女の　木鍬《こくは》持ち　打ちし大根《おほね》　さわさわに　汝《な》が言へせこそ　打ち渡す　八桑枝《やがはえ》なす　来入り参ゐ来れ（記63）（仁徳条）

cでは天皇の真意を汲み発言し、その命令に従った配慮ある慎ましさが記され、dでは貧窮する人民に課役を免じ、天皇でありながらも豪奢な宮殿を造らず身を節する思想が窺える。またeでは山代に籠もる皇后の立場を配慮して迎えに赴く。さらに本譚においても、女鳥王に求婚するが「天皇、其の情を知りて、宮に還り入りき」と彼女の心が速総別王にあると知って諦める。この時点では女鳥王や仲介人の速総別王を責めることなく、ふたりの関係を容認している。ここでには寛容さ、事立てようとしない温和な性格がみとめられ、さらに全体を通して相手の状況・態度に応じて柔軟に行動する性格が共通する。

治水や課役、婚姻を通した政治、反逆者の征伐と天皇としての役割を果たしつつ、相手を圧倒的な力で押さえつけて支配することのない仁徳のあり方を、鳥に喩えるのであれば、それは獰猛な鷲や隼などではなく、地上のきわめて身近な場所に生息し、民に親しまれる小鳥こそ相応しい。大雀命の名は、本国でも最も小さな鳥である

「雀」に「大」と讃称が冠されるという一見矛盾ともとれるものである。しかし「雀《さざき》」の性格をふまえるならば、大雀命の名は偉大な、親愛なる天皇といった意味が込められたものであると捉えられる。こうした鳥の名をもつ天皇を中心として、女鳥王や速総別王は各性格に応じた鳥の名を与えられ、物語が形成されたのではないだろうか。

　また、ここには鳥の名をもつ人物とそうでない人物がいる。女鳥王と八田若郎女は名前の上で対応をもたない。姉妹婚における姉妹の名は前節の〈表〉にみる通り、木花之佐久夜毘売と石長比売の木花と石のように対照的である名、兄比売と弟比売のようにその関係性に基づく名、さらに氷羽州比売、沼羽田入毘売命、阿邪美伊理毘売命と同音数の名のいずれかに分類可能である。

　八田若郎女の名の直接の由来は不明である。天皇が彼女の御名代として八田部を定めたのは八田若郎女が女鳥王とは対照的に天皇に従属することを全うしたことの証左である。そうした彼女が鳥の名前をもたないことは注意される。彼女は皇位簒奪の意をもたない。若郎女の呼称は兄宇遅能和紀郎子に対応する。鳥の名をもたない宇遅能和紀郎子、系譜にのみ記される彼女の従妹・宇遅能和紀郎女も同様に天皇に反目する存在ではなかった。対して鳥の名をもつ女鳥王と速総別王はともに皇位簒奪を目論むことから、大雀命に対峙する意図をもつことを名によって明確にあらわしたものといえる。「女鳥」のみが女と性別を含むことから、そこには雄鳥が意識される。ここでは大雀命と速総別王がそれであり、雄鳥両者に対する雌鳥の王として位置づけられる。

　次に速総別王について、彼の名に含まれるハヤブサという鳥とは、見通しのよい断崖にいて、猛烈な速度で急降下し、他の鳥を捕獲する習性をもつ。物語における皇位簒奪者としての性格から、男の名はハヤブサの生態に準えられ速総別王の名をもつ。彼は桜井田部連の祖・島垂根の娘・糸井比売と応神の子である。応神の御子としては序列が低く、速総別王の母・糸井比売と応神の婚姻は五番目に記される。桜井は河内の一地域、田部は屯倉の耕作に従事した部民である。また応神条の分治の場面において対象とされなかったことからも、そもそも皇位継承枠から外れた存在であった。天皇の求婚に対し女鳥王がこのように格段に身分の落ちる御子を夫に選んだことは、大雀命に対する侮辱であり、否定を意味するだろう。

女鳥王が速総別王に好意を寄せていたことは記されない。女鳥王は天皇には恒久に仕えないことを、仲介に来た王に求婚するということで示したのである。それは自由で意志的な選択ではなく、その状況下での究極的な選択といえる。加えて「高行くや　速総別　雀取らさね」（記68）と皇位簒奪を唆したのは、難波を中心とする勢力が興隆する中、そこに不本意な形で参入することを良しとせず、自らの立場を全うすることを望んだからではないか。

速総別王もまた同様であり、逃避行中の倉椅山の歌は自らの血統が本流とはならないという女鳥王への共感と、天皇ではなく自分を選んだ彼女への愛情から歌われたものではないだろうか。そこには自由に人を愛する女の姿勢というよりも、後から生まれた愛情をみとめることができるだろう。

仁徳の時代、石之日売が大后となり、その皇子たちが履中・反正・允恭と連続して天皇となったように、葛城氏の権力は頂点に達していた。丸邇氏と葛城氏が古事記においてともに皇族並みに待遇されることに鑑みて、ここに両氏族の拮抗関係があったとみられる。

交戦することのないふたりの逃亡も、そもそもそれが勝算のない反逆であったことを示す。寺川眞知夫氏が

「ここでは女鳥王に権力に抗しての自滅的な拒否を選ばせている」(10)とされたように、ふたりの皇位簒奪は自滅を意味する。こうして応神条から仁徳条にかけて、宇遅の勢力は自滅し（宇遅能和紀郎子・女鳥王）、回収される（八田若郎女・宇遅能若郎女）。後者については「庶妹八田若郎女を娶りき。又、庶妹宇遅能若郎女を娶りき。此の二柱は、御子無し」とある。子がいないことへの特別な言及は、矢河枝比売の子孫が仁徳の代ですべて途絶えたことを強調する。天皇の位に限りなく近接し得た宇遅の勢力は、ここで遂にすべて滅び去ったのである。

三　雲雀の歌

雲雀は　天に翔る　高行くや　速総別　雀《さざき》取らさね（記68）

女鳥王譚の位置づけをふまえれば、女鳥王が速総別王を唆した記68はどのように解釈することが可能だろうか。この歌は鳥をモティーフとして各人物を寓意したものであり、反逆譚としての女鳥王譚を象徴する。鳥の名をもつ大雀命に対応して「速総別」があり、それに伴い初句に「雲雀」が歌われる。ここで直接の寓意をもたない「雲雀」はどのような意味をもつのだろうか。

この歌の解釈について、まず身﨑壽氏が「ヒバリはうたいて＝メドリの心中にわだかまるたかいのぞみ、自由さなどを含意し、メドリ自身をもなぞらえているようによめないだろうか」とされることに賛同したい。女鳥王の心の中にはあり得た天皇の姿があり、それが天皇を相対化する視点をもたせていたため、ここには「メドリのたかいのぞみ」がみとめられる。但し女鳥王の行動が氏族的制約に縛られたものであったことを思えば、そこには「自由さ」とはまた異なった意味がみとめられるだろう。

この句に対する注釈において最も一般的であるのは『厚顔抄』が「雲雀は　天に翔る」を「高行くや　速総別」にかかる序とし、「雲雀ハ殊に高ク上ル鳥ナレハ、其如ク隼モ高ク翔テ、鷦鷯ヲ捕レトナリ」とした解釈であるだろう。『古代歌謡全注釈　古事記編』[11]、『記紀歌謡評釈』、『古事記注釈』[12]もそれに従う。

しかし、『記紀歌謡集全講』[13]が、「はじめの雲雀の叙述は明快であるが、猛禽のはやぶさを出す準備としては、あかるすぎるし、軽すぎる。もっと鬱々たる空気をつくる譬喩を使用すべきであった」とするように、空高く翔け上がる点では雲雀も隼も同様であるが、獰猛な隼の序として雲雀は相応しくないといえる。一、二句目は三、四句目の序といえるのだろうか。

二句切れ同形式の歌は次にみられる。

倭は　国の真秀ろば　たたなづく　青垣　山籠れる　倭し麗し（記30）

上二句「倭は　国の真秀ろば」で句切れをもつ。「たたなづく　青垣」はどこまでも続き都を取り囲む山々を意味し、その中心にある「国のまほろば」として最も良い場所であることを実景化している。一、二句目は三、四句目の序ではなくむしろ主題である。

また上二句を序とは捉えない『新編全集』では、「ヒバリとハヤブサの対比に意味があろう。ヒバリだって空を翔る、まして天空高く行くハヤブサは…」と解釈する。しかし「天」と「高」の程度の比較からは、天に翔る雲雀が速総別よりも超越的であると考えられる。「高天原」の例があるように、「天」と「高」は高い場所を指すことで共通するが、「天」は高い場所のみならず、古事記において王権の根源の場所として絶対性を有する。

古事記において「天に翔る」という表現は次の倭建命の例にみる。

是に、八尋の白ち鳥と化り、天に翔りて、浜に向ひて飛び行きき。…其の御陵を号けて白鳥御陵と謂ふ。然れども、亦、其地より更に天に翔りて飛び行きき。（中巻　景行条）

倭建命が死後に白鳥となることは、彼の神的性格を象徴する。人を超越した力を有したために皇位を継承できず、大和から排除され、死んだ後もそこに留まることなく「天」に飛び去る。「天」とは地上に安住し得なかった彼が皇位継承といった枠から超越することの可能な唯一の場所であった。

古事記において「天に翔る」という表現をこうした意味で捉えるならば、「雲雀は　天に翔る」もまた、それを歌う女鳥王が地上において自らの身分に相応しい立場を得ないために、その居場所を地上を遙かに超越した高みへと求める表現であるといえるだろう。

隼別王の意志的な反逆譚として構成する書紀では、対応の歌は隼別王の舎人に歌われる。

隼は　天に昇り　飛び翔り　いつきが上の　鷦鷯取らさね（紀60）

隼別王が「天に昇る」鳥として鷦鷯を討ち取れとし、ここに「雲雀」の句はない。この対応関係をふまえると、古事記の物語内容と「雲雀」には密接な結びつきがみとめられる。つまり女鳥王が謀反の主体である古事記において、「雲雀は　天に翔る」の句において寓意されるのは、女鳥王自身であるということである。

萬葉集に雲雀は三例みとめられ、いずれも空高く「あがる」雲雀の姿が歌われる。

うらうらに照れる春日に比婆理《ひばり》上がり心悲しもひとりし思へば　（萬葉19・四二九二）

朝な朝な上がる比婆理《ひばり》になりてしか都に行きてはや帰り来む　（同20・四四三三）

比婆里《ひばり》上がる春へとさやになりぬれば都も見えず霞たなびく　（同20・四四三四）

まず四二九二歌は左注に「春日遅々、鶬鶊正啼。悽惆之意、非レ歌難レ撥耳。仍作二此歌一、式展二締緒一」とある。小島憲之氏はこの背後には「春日遅遅　卉木萋萋　倉庚喈喈　采蘩祁祁」（『詩経』小雅　出車）があるとされる。[14]この漢詩での「倉庚」は高麗ウグイスのこととされるが、日本での鶬鶊は「雲雀、崔禹錫食経云、雲雀似レ雀而大【和名比波里】楊氏漢語抄云鶬鶊【倉庚二音和名上同】」（『倭名類聚抄』元和本）とあり、ヒバリとされている。四四三三歌では「比婆理《ひばり》」と表記されるため、ここでの鶬鶊はヒバリと解しておく。「悽惆之意、非レ歌難レ撥耳」について、「悽惆」とは『篆隷萬象名義』に「悽」は「愴也。痛也」、「惆」は「痛也。愁也」と心が痛ましく愁いに沈むことをあらわし、この愁いは歌でなければ払拭し難いとする。歌では沈む心と明るい日射しの中で雲雀が翔け上がる風景が対照される。

次の四四三三、四歌の題詞には「三月三日防人を検校する勅使と兵部の使人等と同じく集ひて飲宴するに作る歌」とある。検校の場は難波とされ、四四三三歌では毎朝空に翔け上がる雲雀であれば難波から大和の都に行ってすぐに帰ってこれるだろうにと歌う。都に行くために山を越えて行かなければならない我が身と、軽々とそれを飛び越えることのできる鳥との対比である。四四三四歌ではすっかり春になり霞がたなびいて都も見えなくなったとする。ここでの雲雀は前歌の「上がる比婆理《ひばり》」の句をふまえ、春を導く序の機能をもつ。

このように萬葉後期の歌に雲雀は空に翔け上がる鳥として捉えられ、また四二九二、四四三三歌では自身の心や状況との対比関係によって歌われた。これは当該歌にも共通する表現といえるだろう。「雲雀は　天に翔る」は「上がる比婆理《ひばり》」と同じ着想であり、さらにそれとの対比で地上に近く生息する「雀」が位置づけられ、同一の構造をもつ。前節でみたように、雀《さざき》があくまで生活において親しまれたのに対して、萬葉歌にも詠まれるウグイスやヒバリはその声の美しさや優美な姿において親しまれている。ここで「雀」が大雀命であるならば、雄鳥の長に唯一対峙することが可能な雌鳥として、「雲雀」は女鳥王自身と、彼女の高みに駆け翔ろうとする意志を寓意したものと考えることができるだろう。

おわりに

日本書紀においても雌鳥女王譚は記され、雌鳥女王に対する隼別王の愛情を示す歌も載る。しかしそこに宇遅勢力の滅びという主題はなく、雌鳥女王の気高い意志は存在しない。隼別王の反逆譚の事実として記載されるのみである。

対して古事記の女鳥王譚は、応神条から仁徳条における物語の統一的主題として位置づけられるといえる。即ち応神条の宇遅能和紀郎子の夭折に並び、天皇にまで近づいたこのときの宇遅の勢力がここで遂に滅びゆくことを物語る。裏を返せば仁徳天皇の徳のある治世を主軸として構成される仁徳条の中で、この物語は葛城氏に支えられた仁徳の治世における不安要素を排除し、政権の安定を物語る意味をもつといえるだろう。

しかしそれは女鳥王の立場から語られ、仁徳側からではなかった。記68について、身﨑氏が「謀反のすすめという内容にともないがちな陰湿さを感じさせず、むしろ謀反人たちに共感する余地すらあたえている」[15]といわれ、さらに記69、70にみられる速総別王の女鳥王への愛情と逃避行は、二人に対する共感と同情が基調となる。

吉井巖氏が古事記のもつ「人間的感動を与える部分」として例示された中に、女鳥王譚と倭建命譚、沙本毘古・沙本毘売譚がある。[16]沙本毘古・沙本毘売譚を除いて歌を中心とした悲劇として構成され、軽太子・軽大郎女譚もまたその一つに加えることができるだろう。これらはいずれも皇統から排除された者たちの物語である。

開化天皇に端を発する崇神の皇統と日子坐王の系統がある。沙本毘古はその日子坐王を父にもち、皇統とはならない系統に属す。沙本毘古の望みは女鳥王のそれと同様であり、皇統の傍流ではなく本流になろうとすることであった。また、軽太子は允恭天皇崩御後の皇位継承者であったが、同母妹と通じたため百官と人民の信頼を失い、伊予に流される。女鳥王や倭建命を併せて考えると、これらは皇統の本流でありながら皇位継承がかなわない者、あるいは皇統の傍流ではあるが、本流となっても不思議ではない系統に属する者のどちらかであるといえる。古事記はそうした皇統から排除された者たちの姿を共感的に語る。

そして軽太子の失脚の上には雄略条の聖代がある。女鳥王が討たれた後には聖代とされる仁徳を讃える雁の卵の話が載る。古事記は天皇支配の由来と当代に連続する皇位継承の次第について記すことを主眼としつつ、一方でそれと拮抗する者たちの悲哀を描き、政権の繁栄が彼らの死のもとによって成り立つことをも語るのである。

注

（1）都倉義孝『古事記　古代王権の語りの仕組み』「女鳥王物語論」有精堂出版　一九九五年（初出一九七五年）
（2）荻原千鶴『日本古代の神話と文学』「女鳥王―説話の発展とその周辺―」塙書房　一九九八年（初出一九八二年）
（3）吉井巖『天皇の系譜と神話　三』「古事記の作品的性格（四）―中・下巻の物語―」塙書房　一九九二年（初出一九八四年）
（4）寺川眞知夫「雌鳥皇女・女鳥王伝承の性格と形成―反逆伝承の公開と氏族―」『梅澤伊勢三先生追悼記念論集』続群書類従完成会　一九九二年
（5）身﨑壽「ウタとともにカタル―女鳥王物語論―」『萬葉集研究』第二十九集　塙書房　二〇〇七年十二月
（6）岸俊男『日本古代政治史研究』「ワニ氏の基礎的考察」塙書房　一九六六年
（7）この「一人居りとも」の句に対して、従来贈歌の解釈との関係から「子がいなくても」と解されたが、福田武史氏は本来ともにいるべき夫が側にいないことの「一人」であると論じる（「仁徳天皇と八田若郎女の贈答歌について」『国語と国文学』八〇―七　二〇〇三年七月）。
（8）神田秀夫氏は、書紀のあり方から「夭逝ならば、潤色されて自殺といふことになるはずはなく、譲り合つたほど仲のよいものが一方が自殺するといふ必要もないはずで、これは夭逝がそもそも無理であり、自殺も夭逝の潤色ではなく、対立して年を越した太子が仁徳に攻め滅ぼされたと見るべきである」とされる（『古事記の構造』「仁徳グループと継体グループ」明治書院　一九五九年）。
（9）山路平四郎『記紀歌謡評釈』東京堂出版　一九七三年

（10）寺川眞知夫（前掲論文）
（11）土橋寛『古代歌謡全注釈　古事記編』角川書店　一九七二年
（12）西郷信綱『古事記注釈』平凡社　一九七五年—一九八九年
（13）武田祐吉『記紀歌謡集全講』明治書院　一九五六年
（14）小島憲之『上代日本文学と中国文学　中』「萬葉集と中国文学との交流」塙書房　一九六四年
（15）身﨑壽（前掲論文）
（16）吉井巖（前掲書）

第五章　雄略天皇　天語歌

はじめに

「日の御子」としての仁徳天皇の系譜を次に受け継ぐのは雄略天皇である。雄略条には「高光る　日の御子」を含む三首の長大な詞章をもつ天語《あまがたり》歌が載る。

天皇、長谷の百枝槻《ももえつき》の下に坐して、豊楽を為し時に、伊勢国の三重の婇《うねめ》、大御盞を指し挙げて献りき。爾くして、其の百枝槻の葉、落ちて大御盞に浮きき。其の婇、落葉の盞に浮けることを知らずして、猶大御酒を献りき。天皇、其の、盞に浮ける葉を看行《みそこなは》して、其の婇を打ち伏せ、刀を以て其の頸に刺し充《あ》て、斬らむとせし時に、其の婇、天皇に白して曰はく、「吾が身を殺すこと莫《なか》れ。白すべき事有り」といひて、即ち歌ひて曰はく、

纏向《まきむく》の　日代の宮は　朝日の　日照る宮　夕日の　日光《ひかげ》る宮　竹の根の　根足る宮　木の根の　根延ふ
宮　八百土《やほに》よし　い杵築《きづき》きの宮　真木《まき》栄《さ》く　檜の御門　新嘗屋に　生ひ立てる　百足る　槻が枝は　上つ
枝は　天を覆へり　中つ枝は　東を覆へり　下枝は　鄙を覆へり　上つ枝の　枝の末葉は　中つ枝に　落

ち触らばへ　下枝の　枝の末葉は　在《あ》り衣《きぬ》の　三重の子が　捧がせる　瑞玉盞《みづたまうき》に　浮きし脂　落ちなづさひ　水こをろこをろに　是しも　あやに畏し　高光る　日の御子　事の　語り言も　是をば（記99）

故、此の歌を献りしかば、其の罪を赦しき。爾くして、大后、歌ひき。其の歌に曰はく、

倭の　此の高市《たけち》に　小高る　市の高処《つかさ》　新嘗屋に　生ひ立てる　葉広　斎《ゆ》つ真椿　其が葉の　広り坐し　其の花の　照り坐す　高光る　日の御子に　豊御酒　献らせ　事の　語り言も　是をば（記100）

即ち、天皇の歌ひて曰はく、

百石城《ももしき》の　大宮人は　鶉鳥《うづらとり》　領巾《ひれ》取り懸けて　鶺鴒《まなばしら》　尾行き合へ　庭雀　群集《うずすま》り居て　今日もかも　酒《さか》水漬《みづ》くらし　高光る　日の宮人　事の　語り事も　是をば（記101）

此の三つの歌は、天語歌ぞ。故、此の豊楽に、其の三重の婇を誉めて、多たの禄を給ひき。（下巻　雄略条）

天皇の豊楽のとき、三重の采女は、百枝槻の葉が浮かんでいることに気づかず天皇に大御酒を授ける。怒った天皇は采女を斬ろうとするが、采女は天皇を讃える歌（記99）をもってその罪を免れた。そこに大后（若日下部王）も歌（記100）をそえ、天皇自身もまた歌（記101）で応じた。三重の采女は禄を賜る。

この三首の歌は「典型的な宮廷寿歌」（土橋寛『古代歌謡全注釈　古事記編』）[1]とされる、雄略天皇の御代を讃える歌で、日本書紀にみえない古事記独自の歌である。この歌の詞章の新しさは、夙に太田善磨氏が、「八百土よし」「真木栄く」「百足る」「在り衣の」「高光る」に対して指摘され[2]、さらに次田真幸氏が、萬葉集においてこれらの詞章を用いた歌の年代を分析し、天語歌の成立年代を持統朝の頃とされるように、本歌は古事記の歌の中でも最

も新しい部類に属する。

天語歌とは、初め折口信夫が「海《あ》部《ま》語《がたり》」と海部の伝承歌とされた[3]。しかし益田勝実氏により検証され、本歌に海洋との関連は薄くその根拠が見出せないとされた[4]。また折口説を発展させた土橋寛氏は「天語連」を伊勢の族長とされ[5]、さらに次田真幸氏は阿曇氏の伝承した歌とされた[6]。

歌の内容から天語歌を説明したのが西郷信綱氏[7]である。記99の采女の歌に「天を覆へり」とあることが「天語歌」と呼ばれることの根拠とされた。また、多田元氏は三首にわたり天語歌と呼ばれる意味を考察され、記99・100に「新嘗屋」が歌われることに鑑みて、高光る日の御子の坐し所としての「天」によって、祭祀空間である「新嘗屋」を保証する歌とされた[8]。

「天語歌」という歌曲を論じるにあたって参照されるのは、上巻大国主神譚における神語である。天語歌と神語は、名称の対応のみならず、「事の　語り言も　是をば」の三句を共有する。この「事の　語り言も　是をば」について、鉄野昌弘氏が「普通の言葉ではなくて、歌によってカタリました」という意味の「私の伝えたいことも、この歌をもって」という表現であるとされる[9]。

「神語」は、『古事記伝』が「夷振《ヒナブリ》、思国《クニシノビ》歌など名け来したぐひにて、右の五首をば、殊に神語《カムコト》と古よりいひ伝へしなるべし〔下巻朝倉宮段に、天語歌と云るもあり〕」としたことから歌曲名との見方が支配的であった。しかし一方で、橘守部『難古事記伝』が「鰐、菟、赤猪等よりこなた、黄泉国の蛇、蜂、蜈蚣、鼠等、又此娶の唱和の事どもまでを係て、皆八千矛神に就たる談辞ぞと云ことなり」としたことを承け、吉井巖氏が、「神語」は歌謡を指すのではなく、大国主神実現の物語全体を指し「新しい重要な神格の創造」のためのものであるとされた[10]。

大国主神とは、四つの亦名を併せ一つの神格に創り上げられた、「古事記成立の過程で新しく創造された神話」の中の神であり、それを「昔から伝えられてきた聖なる伝承」として措定するのが「神語」であるとされたのである。

「天語歌」が「此の三つの歌は、天語歌ぞ」と述べられるように、歌曲のひとつの名称として記99—101を指すことは疑いがない。しかし、「天語」の語は「神語」と対応的であり、ふたつの「語《かたり》」が、上巻大国主神と下巻雄略の物語において位置づけられていることに、三巻構成にかかわる構想をみることができるのではないか。

「神語」が国土を統治した大国主神物語を語るものであることに鑑みるならば、「天語」もまた、広大な国土を統治した雄略天皇物語を語る意味をもつと考えることができる。本歌は雄略条の終わりにあって、本条の多数の求婚譚を締め括る。そして天皇の支配の完成としての位置づけをもって、大国主神の「神語」に対応する意味をもつ歌曲と考えられる。

一　雄略の系譜——息長氏とのかかわり

まず、雄略天皇の系譜について、古事記成立当時の王権に関与したとされる息長氏とのかかわりといった面から考察する。

仁徳の皇子が履中・反正・允恭と連続した末に、允恭天皇は忍坂之大中津比売と結婚し、九人の皇子女が誕生する。その中に安康・雄略は誕生する。

〈系譜〉雄略誕生まで

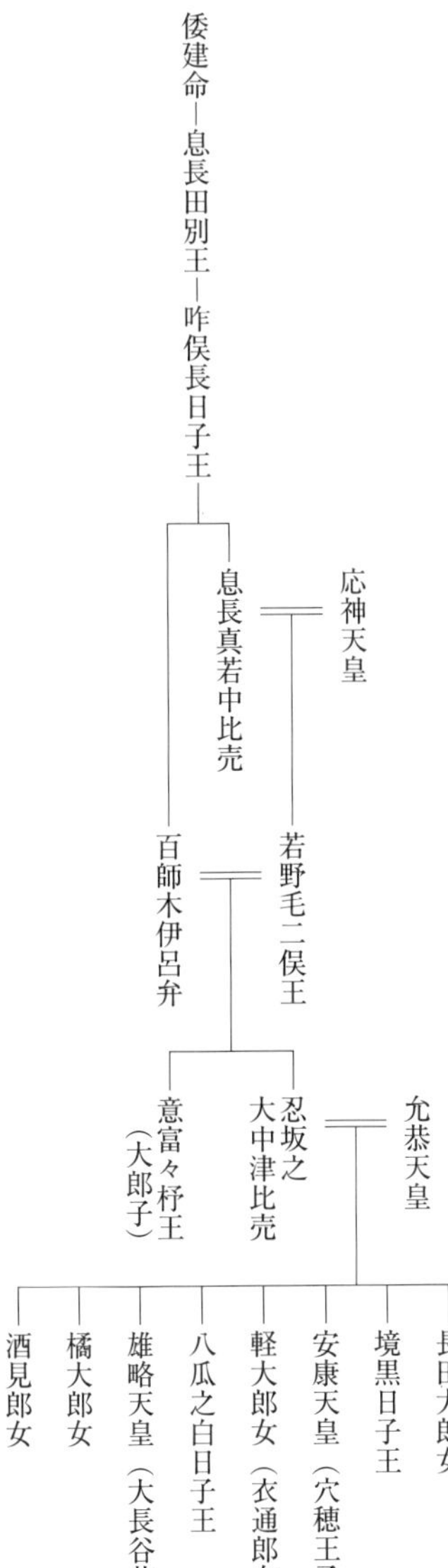

雄略の母は応神から続く若野毛二俣王の女忍坂之大中津比売である。この若野毛二俣王の系譜は中巻応神条の最後に記載される。系譜が各条の冒頭に記される中で異例のあり方を示すこの系譜は、後の増補と考えられ、忍坂之大中津比売の兄意富々杼《おほほどの》王の存在は、十分な形ではないが継体天皇（袁本杼《をほど》命）とのつながりを示すためのものといわれる。(11)

さらに、若野毛二俣王の母、息長真若中比売は、景行条末尾の倭建命の系譜に記され、倭建命の曾孫という血筋をもつ。この倭建命の系譜もまた景行条の末尾に記されるため、本来の景行条に含まれない部分と推定される。(12)つまり雄略天皇は、景行条と応神条のともに増補された系譜に位置する母から誕生した天皇である。

雄略の父・允恭天皇は病のため即位を躊躇していた。しかしその天皇に即位を強く勧めたのは忍坂之大中津比売である。

天皇、初め天津日継を知らさむと為《せ》し時に、天皇の辞《いな》びて詔ひしく、「我は、一つの長き病有り。日継を知らすこと得じ」とのりたまひき。然れども、大后を始めて諸の卿等、堅く奏すに因りて、乃ち天の下を治めき。（下巻　允恭条）

允恭紀（即位前紀—元年十二月）にはさらに詳細な経緯が載る。允恭は仁徳より「汝、病に患りて縦《ほしきまま》に身を破れり。不孝、孰《いづれ》か茲《これ》より甚しからむ。其れ、長く生けりとも、遂に継《あまつひつぎしら》業すこと得じ」と告げられ、兄の履中・反正にも「我を愚なりとして軽《かろみ》したまひし」と愚弄されたため他に賢王を求めるよう群臣に答える。そこで忍坂大中姫は自ら洗手水《おほてみづ》を取り天皇に進言する。聞き入れない天皇を待ち凍え死にそうになった忍坂大中姫を見て、允恭は天皇となる要請を受け入れた。記紀を通して、允恭天皇の即位には忍坂之大中津比売の意向が強くかかわることになる。

忍坂之大中津比売のその意志は、従って息長氏の意向である。忍坂之大中津比売の系譜には息長田別王、息長真若中比売がおり、湖東近淡海の坂田郡に本拠をもつ息長氏を主体とし、それは允恭紀（七年十二月）に、忍坂之大中姫の弟姫が「母に随《したが》ひて近江の坂田に在り」とある記述に整合する。

忍坂之大中津比売がその名に負うのは、大和国磯城郡忍坂《おさか》（『倭名類聚抄』（元和本）に「城上郡　息坂【於佐加】」）の地である。この地名を負う人物は息長真手王の王子・忍坂日子人太子がおり、黒沢幸三氏により息長氏の大和における拠点が忍坂であったとされる[13]。

允恭と忍坂之大中津比売の九人の皇子女は、地名やその関係から、次の四つの類に分けることが可能だろう。

Ａ　軽太子・軽大郎女

Ｂ　長田大郎女

Ｃ　境黒日子王・八瓜之白日子王・橘大郎女・酒見郎女

Ｄ　穴穂命（安康）・大長谷若建命（雄略）

Ａは高市郡の軽の名を負う兄妹として対偶する名をもつ皇子女らである。軽は現在の橿原市大軽町とされ、萬葉集に軽の市が歌われた交易の盛んな地であった。軽太子は遠飛鳥に宮をもつ允恭天皇の後継者に相応しい地を名に負った皇子といえる。

次にＢの長田大郎女については成立に問題を抱える。長田大郎女は大日下部王と結婚し、大日下部王が殺された後、安康の嫡妻となる。Ａの兄妹が通じたことで批難を受けるのに対し、長田大郎女を娶った安康は批難されることがない。このことから『古事記伝』が「履中天皇の御子の、允恭天皇の御子に紛れたる伝の誤なり」とする。雄略即位前紀には、安康の皇后に対して「去来穂別《いざほわけの》天皇の女、中蒂《なかし》姫皇女と曰す。更の名は長田大娘皇女なり。大鷦鷯天皇の子大草香皇子、長田皇女を娶りて、眉輪王を生む。後に穴穂天皇、根臣が讒《よこしまごと》を用ゐ大草香皇子を殺して、中蒂姫皇女を立てて皇后としたまふ」と分注が施されるためである。

これは仁徳皇女・若日下部王に亦名の多いことが示すように、複雑な系譜の統合があったことを推測させる。古事記の若日下部王は波多毘能《はたびの》若郎女、長目比売と亦名をもつ。また日本書紀に対応の幡梭《はたびの》皇女は橘姫の亦名をもち、履中皇后となって中磯《なかしの》皇女（長田大娘皇女）を生む。幡梭皇女は一方で、安康天皇より雄略妃にと娶らされる。これを『新編全集』は別人とするが、となれば大草香皇子の同母妹として幡梭皇女は二人存在することになる。幡梭皇女が異母兄の履中と婚姻関係を結ぶことは、その四代後の雄略との婚姻よりも自然であるだろう。さらに、幡梭皇女所生の中磯皇女（長田大娘皇女）は伯父と結婚して眉輪王を生み、大草香皇子亡き後に安康に娶られる。

こうした幡梭皇女、中磯皇女の二代にわたる二度の婚姻の在りようには系譜上の作為がみとめられ、吉井氏は「系譜上の混乱は、混乱した史実とこれを説明しようとした作為から導き出された」とされる。(14) それは、恐らく仁徳履中系とは疎遠であった安康・雄略の二代が、仁徳・履中皇女と婚姻関係を結ぶことにより、自らの正統性を得ようとしたための系譜操作と考えることができる。即ち幡梭皇女は履中皇后とならないまま仁徳皇女として据え置かれ、中磯皇女（長田大娘皇女）は允恭皇女として一代後に引き延ばされた。その整えられたあり方が古事記の若日下部王と長田大郎女であると考えられよう。

Cは黒日子・白日子が対応する名をもち、境・八瓜はともに高市郡の明日香村にみえる坂井・八釣の地名を負う。橘大郎女も明日香に橘の地がある。(15) さらに、Dは天皇となる皇子・穴穂命と大長谷若建命である。この両者は、以下の記述によって互いの関係の深さが窺える。

天皇、いろ弟大長谷王子の為に、坂本臣等が祖、根臣を、大日下王の許に遣して、詔はしめしく、「汝命の妹、若日下王を、大長谷王子に婚《あ》はせむと欲ふ。故、貢るべし」とのりたまはしめき。（下巻　安康条）

安康条では天皇自身の事跡ではなく、まず雄略のための結婚が図られる。なぜ安康条はこのように弟雄略の婚姻から語られるのか。

このあり方は応神条のそれと類似する。応神条では系譜記事の後に、三皇子への分治の命令があり、冒頭から次代の後継者の決定がなされる。その後、応神と矢河枝比売との婚姻譚があり、直後にはそれと対応をなして大雀命（仁徳）と髪長比売との婚姻譚が語られる。これは応神から仁徳への王権の譲渡という重要な意味をもっており（第二部第二章）、応神は、仁徳あるいは継体に天皇としての資格を与えるための天皇であった。一天皇条の中で、次代の天皇となる皇子に対する婚姻が図られることは、応神条と安康条にしかみることができない。

根臣の讒言により大日下王が殺された後、安康は大日下王の嫡妻・長田大郎女を皇后とする。連れ子である目弱王により安康は殺されたことに続いて、「大長谷王子は、当時童男なり」と雄略の話ははじまる。大長谷王子は同母兄の黒日子王・白日子王、市辺之忍歯王を弑殺する。即ち雄略より上位の皇位継承可能者を排除することが安康条の目的であり、さらに天皇の位に即いた安康もまた早々に殺害される。安康条は雄略が即位するための準備段階を語る条であった。

条の途中で崩御する天皇は安康の他に仲哀が存在する。息長帯比売命が神託を受け、それを信じなかった仲哀は神の罰を受け崩御する。その後の仲哀条はすべて息長帯比売命と品陀和気命（応神）の物語となり、息長氏の活躍が中心となるのである。

注目したいのは、こうした仲哀条と同様に、安康雄略条においても息長氏とのかかわりがみられるということである。条の途中における天皇の崩御は、息長氏の系譜をもつ次の天皇の即位につながる。即ち仲哀は息長帯比売命を介して応神に、安康は雄略にである。

允恭の九人の皇子女のうち、大和における息長氏の拠点忍坂の地と最も縁が深いと考えられるのは、忍坂に隣接する同磯城郡の長谷《はつせ》に宮を構えた大長谷命である。先の分類の中で、A（軽太子・軽大郎女）とC（境黒日子王・八瓜之白日子王・橘大郎女・酒見郎女）はいずれも允恭の遠飛鳥の宮がある高市郡明日香村の地名をもつ皇子女であったのに対し、Dの穴穂命は山辺郡石上、大長谷は磯城郡長谷と、高市郡周縁の郡に宮を置いた天皇であり、穴穂命は物部氏、大長谷命は息長氏との結びつきを有していた。従って、息長氏の系譜は、九人の皇子女の中でもひとり雄略と密接に結びつく。

石上の穴穂宮に坐した安康には、石上神宮を本拠とした物部氏とのかかわりが推察される。允恭条の軽太子が包囲された舞台は、物部氏大前小前宿禰の家であった。

百官と天の下の人等と、軽太子を背きて、穴穂御子に帰りき。爾くして、軽太子、畏みて、大前小前宿禰大臣が家に逃げ入りて、兵器《つはもの》を備へ作りき。穴穂王子も、亦、兵器を作りき。是に、穴穂御子、軍を興して、大前小前宿禰が家を囲みき。爾くして、其の門に到りし時に、大氷雨零《ふ》りき。故、歌ひて曰はく、

大前　小前宿禰が　金門蔭《かなとかげ》　斯く寄り来ね　雨立ち止めむ（記80）

爾くして、其の大前小前宿禰、手を挙げ膝を打ちて、儛ひかなで、歌ひて参ゐ来たり。其の歌に曰はく、

宮人の　足結の小鈴　落ちにきと　宮人響む　里人もゆめ（記81）

此の歌は、宮人振ぞ。如此歌ひて、参ゐ帰りて、白ししく、「我が天皇の御子、いろ兄の王に兵を及ること無かれ。若し兵を及らば、必ず人、咲《わら》はむ。僕、捕へて貢進《たてまつ》らむ」とまをしき。爾くして、兵を解きて、退き坐しき。故、大前小前宿禰、其の軽太子を捕へて、率て参ゐ出でて、貢進《たてまつ》りき。（下巻　允恭条）

軽太子は大前小前宿禰の家に逃げ入り、軽太子と穴穂命は互いに「兵器」を作って戦いに備える。穴穂命の作った矢については「即ち今時の矢ぞ。是は、穴穂箭《あなほや》と謂ふ」と、朝廷の軍事を司る物部氏の性格に則った分注が施される。大前小前宿禰は穴穂御子を「我が天皇の御子」と呼び、軽太子を捕えて穴穂御子に渡した。穴穂御子が安康として石上の穴穂宮に即位するのはこうした物部氏の協力による。

同母兄弟でありながら、物部氏の協力を得られるのは穴穂命であり、軽太子は裏切られるというあり方は、両者が異なる勢力基盤を有していたことを示す。また物部氏は雄略ともかかわりをみせており、雄略紀には物部連目が大連として仕えている。安康によって従えられた物部氏は、雄略にそのまま引き継がれただろう。

古事記での安康と雄略の関係は、一面、応神仁徳の二代において応神条が子の仁徳の即位のための準備を描いたことと似る。安康条もまた、弟の雄略即位の準備を描く条といえるためである。応神に実体性が薄いとされるように、早々に目弱王に殺される安康もまた天皇としての実体性は薄く、雄略の九人の兄弟は、飛鳥に本拠をもつ允恭の後継者を排除し、物部氏をも従えた新たな大和の王の誕生を語るために構想されたものと考えることができる。つまり、息長氏による雄略を主体とする系譜の構想がここに想定されるのである。

雄略と近淡海のかかわりは、市辺之忍歯王を弑殺したときの記述にみられる。

淡海の佐々紀山君が祖、名は韓袋が白ししく、「淡海の久多綿《くたわた》の蚊屋野《かやの》は、多た猪鹿在り。其の立てる足は、荻原《うはぎはら》の如し。指し挙げたる角は、枯松の如し」とまをしき。此の時に、市辺之忍歯王を相率て、淡海に幸行《いでま》して、其の野に到れば、各異に仮宮を作りて宿りき。（下巻　安康条）

佐々紀山君は、近江国蒲生郡篠笥（『倭名類聚抄』元和本）に本拠をもつ氏族であり、のちに蒲生郡大領としての記述が載る（『続日本紀』天平十六年八月）。息長氏と同様に湖東の氏族であり、この時佐々紀山君が登場するのは系譜において雄略が湖東の氏族と結びついていたことを理由とする。さらに雄略条では長谷部と河瀬の舎人を定めたことが記される。河瀬は近江国犬神郡の地である。

吉井氏は「息長公以下六氏族が中央豪族へと展開する最初の契機が、継体擁立にあった」(16)とされるが、塚口義信氏は、それ以前の少なくとも允恭・安康・雄略の時代から息長氏と皇室の結びつきがあったと述べられるように(17)、允恭条を端として雄略天皇時代における息長氏の明確な関与をみとめることができる。

次に、忍坂之大中津比売の兄・意富々杼王《おほほどの》に着目したい。意富々杼王は表1のように湖東から北陸にかけての氏族の祖となる。

近江国坂田郡の息長坂君は複姓の異なる同族、また酒人君は同坂田郡内で息長氏と並んで有力な氏族であった坂田酒人君と考えられる。息長氏と坂田酒人氏の関係について、大橋信弥氏は、坂田氏は四世紀後半代に畿内勢力と結びつきを深めた氏族であり、息長氏を従属させていたが、六世紀になり息長氏が自立化して畿内勢力と強力な政治関係を結んだと論じられる(18)。意富々杼王は坂田郡のふたつの有力氏族の祖となり、さらに湖北の氏族、伊香郡の布勢君の祖、湖西の波多氏の祖として、湖水周辺の氏族へと拡大し、さらに北陸・越前坂井郡三国の祖となった。

忍坂之大中津比売の兄がこのように湖東を中心に湖西から北陸にかけての一帯の始祖となったことをふまえれば、雄略が大和から近淡海、北陸にかけた広大な領域を遍く統治下に置いていたことが窺える。それは応神五世の孫として近淡海に現れた継体天皇の支配領域を同じくする。表2にみるように、継体は近淡海を中心とする五氏族の娘と婚姻関係を結ぶ。

若比売、倭比売はともに高島郡三尾郷の三尾君であり、継体が三尾郷を本貫としたと捉えられる。古事記の継体天皇が近淡海から迎えられる一方、日本書紀では越前国坂井郡の三国から迎えられる。その父は「近江国の高島郡の三尾の別業《なりどころ》より、使を遣して、三国の坂中井に聘《むか》へ」てと、三尾に別業（別邸）を所有していたと記さ

〈表1〉意富々杼王の子孫

氏族	本拠
息長坂君	近江国坂田郡
酒人君	近江国坂田郡
布勢君	近江国伊香郡か
波多君	近江国高島郡か
三国君	越前国坂井郡三国
山道君	不明
筑紫米多君	肥前国三根郡米多郷

〈表2〉継体天皇の婚姻関係と氏族

女	氏族	本拠
若比売	三尾君等祖	近江国高島郡三尾郷
倭比売	三尾君加多夫妹	近江国高島郡三尾郷
麻組郎女	息長真手王女	近江国坂田郡
黒比売	坂田大俣王女	近江国坂田郡
目子郎女	尾張連等祖／凡連妹	尾張国
波延比売	阿倍（紀では和珥臣河内女）	不明

れ、継体が高島郡から越前にかけての地域を支配する王であったと考えられる。越前の角鹿の港によって対外とかかわり、近淡海において琵琶湖の水運を利用した経済交易を展開させて、大和を中心とする政権に匹敵する力を有していたのであろう。皇統の断絶によって袁本杼命《をほどの》（継体天皇）は顕宗皇女の手白髪命との婚姻により大和朝廷の王となる。

また、麻組郎女、黒比売との婚姻は、坂田郡における二大氏族との婚姻である。息長真手王には敏達条に娘比呂比売命がみられる。さらに敏達と比呂比売命の間には忍坂日子人太子が誕生しており、それが「岡本宮に坐して天の下を治めし天皇」（舒明）の父、そして天武の祖父となる。

継体天皇の名は袁本杼命《をほどの》と、意富々杼王《おほほどの》ときわめて近い名をもつ。『古事記伝』はオホドを高島郡大処郷（『倭名類聚抄』元和本）とする。[19] 意祁《おけ》・袁祁《をけ》の名に見られる如く、祖としての意富々杼王と、それを祖とする袁本杼命《をほどの》といえようか。この両者に系譜的つながりは明示されないが、近淡海における高島郡と坂田郡、越前との地縁により両者の関係はきわめて近い。

応神五世の孫として近淡海から擁立された継体は、水野祐氏[20]、直木孝次郎氏[21]によって説かれたように、皇位を簒奪した天皇として認識されるが、本位田菊士氏が、継体即位の背景には「仁徳朝以後続いた葛城氏を外戚とする皇統に代わり、五世紀中葉の安康・雄略系皇統の延長として考えるべき要素が強いものと考えられる」[22]とされるように、雄略と継体は共通の基盤より輩出された天皇であるといえよう。

従って古事記成立当時の系譜を形成する継体、欽明にかけての系譜にとって、雄略はそのさらなる祖としてあった。萬葉集巻一の劈頭に雄略御製歌が位置づけられることも、こうした系譜の中にあって古代天皇の始発とみとめられたためではないか。そして、雄略条の天語歌は、倭建命、応神天皇の増補された系譜の中で、古事記の「現代」の系譜を形成するための神話として、新たに作られた歌と考えることができる。

二　日の象徴としての若日下部王

三首の天語歌は、その詞章の内容から、次の四つの要素から成り立つと考えることができる。①日の御子を讃える日の主題、②支配の拡大を讃える主題、③豊穣を讃える要素、④上巻神話に準える要素である。

本節ではまず①について考察する。天語歌の最も重要な主題はこの日の御子を讃えることにある。「纏向の日代の宮」（記99）はその象徴である。

長谷朝倉宮において政務を執り豊楽を催す雄略に対し、なぜ景行天皇の宮が歌われるのか。『厚顔抄』[23]が「是ハ景行天皇ノ世ヲ知シ召タル時ノ宮ナリ、此帝ノ時、西国ノ熊襲、東国ノ蝦夷ヲ追随カヘサセタマヒタレハ、今ノ泊瀬朝倉宮ヲ准ラヘ奉ヌ」と東西平定がおこなわれた景行朝を雄略朝と重ねたものとし、『新編全集』において「雄略天皇の治世が、景行天皇の実現した世界を受け継ぎ、それを充足するものであることを歌おうとする」とする。

この三首の天語歌に共通するのは「高光る　日の御子（宮人）」という詞章であり、雄略を日の御子として讃える起源として「纏向の　日代の宮」はある。日代とは地上における日の拠り所であり、それが纏向の宮としてあるのは倭建命の東西征討により国土の拡大と統治が成し遂げられたことに基づいている。倭建命もまた高光る日の御子と讃えられた。国土を支配する王は、国を遍く照らしわたる日の御子に象徴される。そうした景行条の世界を雄略は引き継ぐが、雄略はまた倭建命の血筋を遠く受け継ぐ者であった。そうした血筋は大長谷若建命と、その名に記憶がとどめられる。

　またこの詞章は、雄略が同様に日の御子と讃えられた仁徳天皇の系譜を受け継ぐことをも示している。古事記において雄略は仁徳の孫であり、大后として仁徳皇女・若日下部王を娶る。先代安康がその婚姻を企図したように、若日下部王との婚姻が重要視されたのは、履中系と允恭系のうち本来の主流は履中系であり、允恭系が傍流であるということの意識に基づいている。この婚姻は雄略が主流となるための重要な要素であった。

　この若日下部王もまた、日を象徴する意味を有した聖なる女性である。下巻劈頭の日の御子・仁徳天皇と、王権の聖地としての日向に由来をもつ髪長比売との間の子は、ここで日の御子と讃えられる雄略の大后として最も相応しい。

　そもそも日下とは、次の神武東征にみえる神話的な地である。

> 故、其の国より上り行きし時に、浪速の渡を経て、青雲の白肩津に泊《は》てき。此の時に、登美能那賀須泥毘古《とみのながすねびこ》、軍を興《おこ》し、待ち向へて戦ひき。爾くして、御船に入れたる楯を取りて、下り立ちき。故、其地を号けて楯津と謂ひき。今には、日下の蓼津《たでつ》と云ふ。是に、登美毘古と戦ひし時に、五瀬命、御手に登美毘古が痛矢串《いたやぐし》を負ひき。故爾くして、詔ひしく、「吾は、日の神の御子と為て、日に向ひて戦ふこと、良くあらず。故、賤しき奴が痛手を負ひつ。今よりは、行き廻りて背に日を負ひて撃たむ」と、期《ちぎ》りて、南の方より廻り幸しし

時に、血沼海《ちぬの》に到りて、其の御手の血を洗ひき。故、血沼海と謂ふ。

（中巻　神武条）

古代、河内湖が生駒山付近にまで広がり(24)（地図①）、大和川と淀川の合流した入り江は日下江（草香江）とも呼ばれた（記94）。その日下江（日下の蓼津）は、日向より東征した神武が難波を通り過ぎ、内陸に着いた最初の地点である。そこには登美能那賀須泥毘古《とみのながすねびこ》が待ち構え、五瀬命は痛手を負う。そして日の神の御子は日に向かって戦うことが良くないため、背に日を負う形で攻めるために、南方より迂回の道を目指す。日下において「日を背に負う」といわれることは、次の若日下部王求婚譚と併せて解釈されている。

其の若日下部王の許に幸行《いでま》して、其の犬を賜ひ入れて、詔はしむらく、「是の物は、今日道に得つるつまどひの物ぞ」と、云ひて、賜ひ入れき。是に、若日下部王、天皇に奏さしめしく、「日に背きて幸行しつる事、甚恐《いとかしこ》し。故、己、直に参ゐ上りて、仕へ奉らむ」とまをさしめき。

（下巻　雄略条）

志幾の大県主の幣として得た白犬を妻問の物として雄略は若日下部王に求婚する。しかし若日下部王は天皇が日に背いて到来したことを畏れ、自ら赴いて仕えると応じた。ここで若日下部王が「日に背きて幸行しつる事、甚恐し」と言うことは、たとえば『古事記全註釈』(25)に「太陽に背中を向けて求婚に出掛けることを不吉とした信仰に基づくものではあるまいか」とあるように不吉なこととともされる。しかし、神武即位前紀に「背《そびら》に日神の威を負ひ、影の随に圧《おそ》ひ躡《ふ》まむ」と表現されるように、日を背後に行動することとは、その威を身に負うことを意味する。『古典集成　古事記』(26)が「「日を背にして」とは、「日の御子たる雄略天皇が日を背に負うて」の意で、河内は西、大和は東で日の出る国という意識に基づいて、その日の威光を背負った日の御子だから恐れ多い、と言ったのである」とされるように、若日下部王が抱いた恐れは目の前の雄略がまさに体現された日の御子としてあることへの畏敬であるといえる。

若日下部王は髪長比売の娘であることで、母同様に（第二部第二章）、日向の神話をも受け継ぐ女性であった。本婚姻譚は仁徳天皇と髪長比売の婚姻と対応して考えることができ、難波と日下という場所は、河内の要港として対応する。こうして日の御子としての雄略は、日向に血筋の由来をもち、日下に本拠をもつ若日下部王と結ばれた。それは日下の地において日の威光が強く意識されるという或る了解に基づいた、日の御子の資格を充足するための婚姻であった。

港としての日下の重要性は、大草香部吉士や日下部連のはたらきから窺える。雄略紀（十四年四月）には、大草香部皇子亡き後、「難波吉士日香香が子孫を求めて姓を賜ひ、大草香部吉士としたまふ」と航海に従事する難波吉士の子孫を大草香部吉士としたことが載る。また清寧即位前紀には、謀反を企図した星川皇子を焼き殺す際、星川皇子に仕えていた河内三野県主小根が「慄然《は》ぢ振怖《おのの》き、火を避け逃れ出て、草香部吉士漢彦が脚を抱きて、因りて生かむことを大伴室屋大連に祈《まを》さし」めて、漢彦が大伴連に謹言したことで刑に処せられなかったとあり、朝廷において力を有していたことが窺える。

この婚姻譚に先立つ、安康から大日下部王への申し入れの場面にみえる「押木《おしき》の玉縵《たまかずら》」も、日下の氏族が航海技術を利用して対外交易に従事したことの証左である。雄略と若日下部王の婚姻は、雄略の同母兄・安康天皇によって企図された。根臣《ねのおみ》を大日下王の許に遣わし、妹若日下部王を大長谷王子（雄略）に奉るよう伝えた。大日下王は押木の玉縵を礼物として献上し恭順の意を表明するが、根臣はそれを盗み、讒言して「大日下王は、勅命を受けずして曰はく、『己が妹をや、等しき族《うがら》の下席《したむしろ》と為《せ》む』といひて、横刀《たち》の手上を取りて怒りつるか」と伝える。安康は大日下王を殺し、嫡妻長田大郎女を奪い皇后とする。この玉縵については、新羅の王族が用いた樹枝形の立飾りをもつ船来の冠と考えられている。(27)

雄略紀（十四年四月）にはさらに詳細な根使主《ねのおみ》の話が載る。根使主は呉人の饗応の共食者として群臣から推薦される。このとき密かに舎人に根使主の服装を窺わせ、立派な玉縵を身につけていることを知る。皇后はそれを見て兄のものであると嘆き、天皇が斬ろうとすると根使主は日根野へと逃げて戦うが、官軍に殺される。根使主は和泉国日根郡を本拠とした。その後、根使主の子、小根使主が「天皇の城は堅からず、我が父の城は堅し」と語っていたことが明らかとなり、人を派遣すると堅固な城であったため、小根使主は殺された。こうした根使主の在りようからは、古事記の当該譚にも河内の要津である日下を支配する大日下部王に対する、和泉の日根の根使主の嫉妬を推測することが可能である。

但し、この宝飾品をめぐる騒動が仁徳条の女鳥王譚と同一の筋により作られていることには注意を要する。女鳥王の死が仁徳の政権の安定のために必要なことであったことと同様に（第二部第四章）、ここで仁徳皇子の大日下王の死は雄略即位のために必然であった。即ちこれは、叛逆の意をもつ臣下を利用した、目下の政権の障害となる皇族を排除するための方法といえる。

大長谷若建命は雄略天皇として即位後、河内に赴き、「山の上に登りて国の内を望めば」と国見をおこなう。

国見と求婚という天皇としての一連の行動である（第二部第一章）。若日下部王への求婚は、仁徳皇女を娶り即位の正当性を証立てる意図をもつと同時に、河内の掌握を確かなものとする実質的意味を負う。

初め大后の日下に坐《いま》しし時に、日下の直越《ただごえ》の道より、河内に幸行《いでま》しき。爾くして、山の上に登りて国の内を望めば、堅魚《かつを》を上げて舎屋《や》を作れる家有り。天皇、其の家を問はしめて云ひしく、「其の、堅魚を上げて作れる舎は、誰が家ぞ」といひき。答へて白ししく、「志幾の大県主が家ぞ」とまをしき。爾くして、天皇の詔はく、「奴や、己が家を天皇の御舎《みあらか》に似せて造れり」とのりたまひて、即ち人を遣して、其の家を焼かしめむとせし時に、其の大県主、懼《お》ぢ畏みて、稽首《ぬかつ》きて白《まを》さく、「奴にし有れば、奴随《なが》ら覚《さと》らずして、過ち作れるは、甚畏し。故、のみの御幣物《みまひもの》を献らむ」とまをして、布を白き犬に繋《か》け、鈴を著《つ》けて、己が族《うがら》、名は腰佩《こしはき》と謂ふ人に、犬の縄を取らしめて、献上りき。故、其の、火を著《つ》くることを止めしめき。

（下巻　雄略条）

その河内の掌握の過程で、天皇は地方の首長の権威を示す堅魚（鰹木）を上げる、志幾の大県主の家を焼き滅ぼそうとする。「己が家を天皇の御舎に似せて造れり」と咎める天皇の言からは、河内において志幾の大県主が天皇家に匹敵する権威と財力を有していたことを窺わせる。「人を遣して、其の家を焼かしめむとせし時」は、地域の豪族に対して武力で制圧する雄略天皇の支配の方法がある。

河内国志幾は、奈良盆地より生駒山地と金剛山地（二上山・葛城山を含む）を越えた大阪平野の東部一帯の志紀郡（『倭名類聚抄』元和本）である。「国府台地の北端地域は、北方の河内の平野部全体はもとより南方の石川上流地域をも眺望できる視界の広さをもち、また竜田川、石川、大和川などの水運を利用しうる交通の要地であった」（『日本歴史地名大系』[28]）とあり、河川のみならず大津道（長尾街道）などの古代道路も通る、交通の要である。

日下と志幾の関係については、足利健亮氏が、「長尾街道は、平城京南から大阪平野を指して西走した竜田道を最もスムースに承ける道にほかならない。また、平城京からほぼまっすぐ西を指して生駒山地を越える「日下の直越え」（『古事記』雄略記）によって大阪平野へ下ったその地点から生駒山地の西麓を直線的に南下してきた計画古道と、大和川・石川合流点で極めて合理的に接続する道が、この長尾街道であった」とされる[29]。

若日下部王より婚姻の受諾を得た雄略は、河内より宮に戻る際、「山の坂の上」に立ち雄略は次の歌を歌った。

日下部《くさかべ》の　此方《こち》の山と　畳薦《たたみごも》　平群《へぐり》の山の　此方此方《こちごち》の　山の峡《かひ》に　立ち栄ゆる　葉広熊白檮《はびろくまかし》　本には
い茂《く》み竹生ひ　末辺には　た繁竹《しみだけ》生ひ　い茂《く》み竹　い隠《く》みは寝ず　た繁竹《しみだけ》　確《たし》には率寝《ゐね》ず　後も隠《く》み寝む
其の思ひ妻　あはれ（記90）

大和盆地と河内平野を区切る生駒山地の、河内側の山の一つが日下山（草香山）である。雄略はその「日下の直越《ただごえ》の道」を通る。萬葉集に「草香山を越ゆる時に、神社忌寸老麻呂が作る歌」に「直越の　この道にてし　おしてるや　難波の海と　名付けけらしも」（萬葉6・九七七）とみられる険しいが難波に直結するルートである。

足利健亮氏は辻子谷或いは日下町背後の山越え道が平城京からの最短距離であり、これを直越道とされる[30]。

そうした山峡に、支配の象徴としての葉広熊白檮は咲く。垂仁条のうけひにみられる「葉広熊白檮」、「御諸の厳白檮が下　白檮が下　忌々しきかも　白檮原童女」（記91）にみられる聖なる樹木である。[31] 日下山と平群山における聖なる樹木の繁茂の歌は、大和を中心とした雄略の政権が、若日下部王への求婚を契機として河内へと及んだことを意味する。

雄略の河内とのかかわりという主題は、次の葛城にかかわる譚にも通底する。

又、一時《あるとき》に、天皇、葛城之山の上に登り幸《いでま》しき。爾くして、大き猪、出でき。即ち天皇の鳴鏑《なりかぶら》を以て其の猪を射し時に、其の猪、怒りて、うたき依り来たり。故、天皇、其のうたきを畏みて、榛の上に登り坐しき。爾くして、歌ひて曰はく、

やすみしし　我が大君の　遊ばしし　猪の　病み猪の　うたき畏み　我が逃げ登りし　在り丘の　榛の木の枝（記97）

又、一時に、天皇の葛城山に登り幸しし時に、百官の人等、悉く紅の紐を著けたる青摺の衣を給はりて服《き》たり。彼の時に、其の、向かへる山の尾より、山の上に登る人有り。既に天皇の鹵簿《みゆきのつら》に等しく、亦、其の装束の状と人衆《ひとかず》と、相似て傾かず。天皇、望みて、問はしめて曰はく、「玆《こ》の倭国に、吾を除《お》きて亦、王は無きに、今誰人ぞ如此て行く」といふに、即ち答へ曰ふ状《かたち》も、亦、天皇の命の如し。（下巻　雄略条）

雄略は一度目は猪により威嚇され、二度目は一言主神との邂逅を語る。国見の意味をもつ葛城山への繰り返さ

れる行幸は、雄略の葛城に対する執着を意味する。なぜ葛城での国見は繰り返されたのか。葛城は大和と河内の境界となる金剛山地に属する。葛城山を掌握することは、即ち大和と河内にわたる交通路の掌握につながる。

さらに、吉井氏が「葛城県は葛城臣の故地だけではなく、葛城臣出自の皇妃に伴った由緒ある仁徳王朝相承の地と考えられていた地域であり、この地域を継承することは、仁徳王朝をつぐ意義をもっており、代々の天皇直轄領として重視せられたものと考えられる」(32)とされるように、葛城を治めることは、市辺之忍歯王を殺して履中系の皇位継承を妨げた雄略が自ら本流となるために必要な任務であったといえるだろう。

大猪による神の抵抗を受けつつ、再度葛城の掌握に挑んだ雄略は、そこで一言主神の承認を得る。それは雄略が葛城を治めた仁徳天皇に連なる正統な継承者となったことを示すのではないか。

若日下部王との婚姻、そして葛城での物語を通じて、允恭系の雄略天皇は、支配の正当性を備えていく。それは下巻冒頭の偉大な天皇である仁徳天皇へと近づくための、ふたつの重要な要素であったといえるだろう。

これらは、天語歌を構成する要素の二つ目の、支配の拡大を讃える主題に対応する。記99「百足る　槻が枝は上つ枝は　天を覆へり　中つ枝は　東を覆へり　下枝は　鄙を覆へり」は、倭建命の系譜に連なる雄略の世界を表現する。

また「倭の　此の高市に　小高る　市の高処」(記100)と、倭の中心としての小高い場所、その高みにある国の最も賑わしく栄えた市に雄略が坐すことを歌うことは、葛城氏を制圧し、葛城神の祭祀権を得た雄略が皇統の本流に相応しい資格に立ち得たことを示すだろう。

三　聖なる盞——大国主神物語との対応

記99、100にはともに「新嘗屋」が歌われる。収穫された一年の穀物を天皇が召し上がる場として新嘗屋はあり、一年の豊穣が祝われる。

「鶉鳥《うづらとり》　領巾《ひれ》取り懸けて　鶺鴒《まなばしら》　尾行き合へ　庭雀　群集り居て　今日もかも　酒水漬《さかみづ》くらし」（記101）と群れ集まる鳥が酒に浸って遊ぶ詞章もまた、豊かな稔りをもとに酒が醸造され、天から穀物をもたらす存在としての鳥がその豊穣を享受する様子を歌ったものと考えられる。天語歌を構成する要素の三つ目、豊穣を讃える要素はここにある。

豊かな穀物の稔りを祝う新嘗の宴は、天皇としての役目として、神代にその由来をもつ。天語歌・記99における「瑞玉盞《みづたまうき》に　浮きし脂　落ちなづさひ　水こをろこをろに」という詞章が、上巻伊耶那岐命・伊耶那美命の国土の創成部分、「国稚く浮ける脂の如くして、くらげなすただよへる時」に、「天の浮橋に立たして、其の沼矛を指し下して画《か》きしかば、塩こをろこをろに画き鳴して、引き上げし時に、其の矛の末より垂り落ちし塩は、累《かさな》り積りて島と成りき」とした部分に対応することは夙に指摘され、『古事記伝』は「さて如《カ》此言捨《クイヒステ》て、下に凝《コリ》て淤能碁呂嶋《オノゴロシマ》と成れる、是《レ》此《ノ》国土の生出《ナリイヅ》べき始《メ》なり、と云意を含めたる壽辭《ホギコト》なり」とする。ここには雄略の御世を上巻神代に準える、天語歌の四つ目の要素を指摘することができる。

さらに本歌前半部、「八百土《やほに》よし　い杵築《きづき》きの宮」にも、上巻とのかかわりが想定される。「杵築」は『厚顔抄』

が「是出雲大社ノ別名ナカラ、何処ニモ宮ヲホムル摠名也」とあるように、杵で土を固めた盤石な宮を褒め称える普通名詞であるが、他に出雲国風土記（出雲郡）に「杵築郷。…天の下所造《つく》らしし大神の宮奉らむとして、諸の皇神等、宮処に参集《つど》ひて杵築《きづ》きき。故、寸付《きづき》と云ふ」、出雲国造神賀詞に「八百丹《やほに》杵築の宮」とみられるのみで、杵築大社を示す以外には見られることがない。(33)「い杵築《きづき》の宮」と讃えられる雄略の宮には、大国主神の神殿が投影されるのではないか。

天語歌と大国主神との関係は、さらに若日下部命歌の「豊御酒　献らせ」（記100）の二句において、須勢理毘売命の歌（記5）と共通する。

其の后、大御酒坏を取り、立ち依り指し挙げて、歌ひて曰はく、
八千矛の　神の命や　我が大国主　汝こそは　男にいませば　打ち廻る　島の崎々　掻き廻る　磯の崎落ちず　若草の　妻持たせらめ　我はもよ　女にしあれば　汝を除て　夫は無し　汝を除きて　夫は無し　綾垣の　ふはやが下に　蚕衾《むしぶすま》　和《にこ》やが下に　栲衾《たくぶすま》　騒ぐが下に　沫雪の　若やる胸を　栲綱《たくづの》の　白き腕《ただむき》　そ叩き　叩き愛がり　真玉手　玉手差し枕き　股長に　寝をし寝せ　豊御酒　奉らせ（記5）
如此歌ひて、即ちうきゆひ為《し》て、うながけりて、今に至るまで鎮まり坐す。此を神語と謂ふ。
（上巻　大国主神）

高志国の沼河比売との婚姻後、適后須勢理毘売命の嫉妬に困り、大国主神は出雲から倭国へ上ろうと支度をす

る。大国主神は妻に対して思い遣る歌（記４）を歌いかけ、須勢理毘売命は大御酒を捧げて歌（記５）を歌った。

この歌は夫との和合を主題とする。また、初三句「八千矛の　神の命や　我が大国主　汝こそは　男にいませば　打ち廻る　島の崎々　掻き廻る　磯の崎落ちず　若草の　妻持たせらめ」にみられるのは、数多くの国の氏族の女との婚姻を通して国土を遍く治める神に対する称賛である。八千矛に象徴されるその支配の拡大への讃えは、天語歌とそれに連続する婚姻譚に共通する。

嫉妬深い后への宥和は、仁徳天皇と石之日売命の関係と同様、徳をもって治める国の支配者の資質として求められた。元来出雲の一地方神であった須佐之男大神の女・須勢理毘売命は、自らの力で「我が大国主」たる大国主神を出雲に留める必要があった。「うきゆひ」とは、「盞結《ウキユヒ》にて、女神男神たがひに、御盞をさし交《カハシ》て、今より長《トコシヘ》に心かはらじと、結固《ユヒカタ》め賜ふ契《チギリ》を云なり」（『古事記伝』）とされ、ここで永遠の契が誓われる。最も力を有した神の女を娶り、そこを治めることにより国の平安は保たれる。大国主神にとって、地上側の支配者であり続けた出雲の須佐之男大神の女を娶り、変わらぬ心を誓うことこそが「大国主」となることであった。

天語歌の「瑞玉盞」は、ここで聖なる盞となる。雄略が「其の婇《うねめ》を打ち伏せ、刀を以て其の頸に刺し充《あ》て、斬らむとせし」とした行為は、「慎まず、おろそかにして、怠れるを、大《イタ》く怒《リ》坐るなり」（『古事記伝』）、「天皇に対しては、不知不識の過失も罪になるということも表している」（『古典集成』）とされるが、落葉の浮いた盞は、三重の采女の天皇への盟約を汚すものであり、采女の単純な過失ではあったが、雄略はそこに采女の不服従の意志を読んだのではないか。

酒を捧げることは、支配者としての相手に服属を誓うことであった。

a是に、大御食を献りし時に、其の美夜受比売、大御酒盞を捧げて献りき。（中略）

高光る　日の御子　やすみしし　我が大君　あらたまの　年が来経れば　あらたまの　月は来経行く
うべな　うべな　うべな　君待ち難《がて》に　我が着せる　襲衣《おすひ》の襴《すそ》に　月立たむなよ（記28）（中巻　景行条）

b是に、還り上り坐しし時に、其の御祖息長帯比売命、待酒を醸みて献りき。爾くして、其の御祖の御歌に曰はく、

この御酒は　我が御酒ならず　酒の司《かみ》　常世に坐す　石立たす　少御神《すくなみかみ》の　神寿《かむほ》き　寿き狂し　豊寿き　寿き廻《もとほ》し　奉り来し御酒ぞ　止《あ》さず飲《を》せ　ささ（記39）（中巻　仲哀条）

c又、吉野の白檮《かし》の上に、横臼《よくす》を作りて、其の横臼に大御酒を醸みて、其の大御酒を献りし時に、口鼓を撃ちて、伎《わざ》を為て、歌ひて曰はく、

白檮の生《ふ》に　横臼を作り　横臼に　醸みし大御酒　美味《うま》らに　聞しもち飲《を》せ　まろが父《ち》（記48）

此の歌は、国主らが大贄を献る時々に、恒に今に至るまで詠ふ歌ぞ。（中巻　応神条）

a景行条では、倭建命が尾張へ戻ったとき、美夜受比売が大御食を献上すると同時に大御酒盞を捧げた。美夜受比売は「高光る　日の御子　やすみしし　我が大君」（記28）と讃える。大御食献上の意味と併せ、大御酒盞の

献上は土地の氏族の服属の意をあらわす。

b仲哀条の場面では、品陀和気命が気比大神という北陸の主要神を治めたことで、母・息長帯比売命は、この酒は国作りの神、少御神自らが作って捧げる酒だと歌った。この酒楽歌の詞章は、次の崇神紀の歌に共通する。

天皇、大田田根子《おほたたねこ》を以ちて大神を祭らしめたまふ。是の日に、活日《いくひ》自ら神酒を挙《ささ》げ、天皇に献る。仍《よ》りて
歌《うたよみ》して曰く、
此の神酒は　我が神酒ならず　倭なす　大物主の　醸みし神酒　幾久　幾久　（紀15）
といふ。如此歌ひて神宮に宴す。　（崇神紀八年十二月）

天皇は活日を大神の掌酒《さかびと》とし、大田田根子に大神を祭祀させる。活日が、この神酒は大物主神の醸したものであると歌うことは、天皇が大物主神の祝福を受ける存在として讃えることだといえる。従って、記39の大国主神とともに国作りをおこない、常世に渡った少名毘古那神（少御神）の酒が捧げられる意味とは、新羅を従えた息長帯比売命の子・品陀和気命が、国の支配者として少御神に讃えられる存在となり得たことを意味する。

応神条では、まず応神自身が矢河枝比売より御酒を捧げられた（第二部第一章）。そして次には、「天皇、豊明を聞し看《め》す日に、髪長比売に大御酒の柏を握《と》らしめ、其の太子に賜ひき」と大雀命が髪長比売より御酒を賜る（第二部第二章）。さらに、cにおいて大雀命（仁徳）に対し吉野の国主らが白檮《かし》の林で作った横臼で大御酒を醸して

献上し、記48で「美味《うま》らに　聞しもち飲《を》せ」と歌われる。「まろが父《ち》」の呼びかけは、「吾大君と云意になる也」（『稜威言別』[34]）と「我が大君よ」の意と解する説、「クズの宮廷への特殊な隷属関係」が示されるとする説（『古事記注釈』）があるように、土着の民であった吉野国主という特殊な立場において、隷属関係を示しつつ天皇を讃える句である。

御酒を捧げることは支配者としての相手に仕える意味を示し、三重の采女は「面を俯し、目を高く擎《ササゲ》て、献る故に見えざるなるべし」（『古事記伝』）とされるように、倭の支配者雄略に仕える意を表すものであった。罪は歌によって償われ、讃歌として転化されることで若日下部命の記100へと続く。この歌で大后が「豊御酒　献らせ」と歌うことは、日を象徴として負う若日下部王からもまた、日の御子としての雄略に対する服属の意があらわされているといえる。

このように若日下部命の「豊御酒　献らせ」は上巻神語の中の須勢理毘売命の歌に淵源をもち、古事記の中で大国主神、倭建命、応神天皇、仁徳天皇の物語に共通する要素であった。この中、倭建、仁徳、加えて雄略が共通して「高光る　日の御子」と讃えられていることは、御酒の献上の行為とこの称辞の意味の重なり合いを意味する。即ちこの二つは、国土を拡大しそれを統治した支配者の物語を構成する主題としてあるといえるだろう。

雄略条は大国主神譚に共通する主題をもって構成される。国土を遍く支配下に置いた古代天皇の最後として、天語歌は神語と対応をもってここに置かれたのではないか。

最後に、春日の袁杼《をど》比売が雄略に大御酒を捧げる。

是の豊楽の日に、亦、春日の袁杼比売が大御酒を献りし時に、天皇の歌ひて曰はく、

水灌《みなそそ》く　臣の嬢子　秀罇《ほだり》取らすも　秀罇取り　堅く取らせ　確堅《したがた》く　弥堅《やがた》く取らせ　秀罇取らす子（記102）

此は、宇岐《うき》歌ぞ。爾くして、袁杼比売、歌を献りき。其の歌に曰はく、

やすみしし　我が大君の　朝とには　い倚《よ》り立たし　夕とには　い倚り立たす　脇机《わきづき》が下の　板にもが
吾兄《あせ》を（記103）

此は、志都《しづ》歌ぞ。　（下巻　雄略条）

記102「秀罇」は「罇《タリ》は、もと酒を盃に注き入る、器なり」（『古事記伝』）とあり、その秀罇をしっかりと捧げもつように反復する。それが宇岐《うき》歌、つまり盞《うき》歌となる。

嬢子が天皇に盞を高く捧げる。そこには豊穣の象徴としての御酒が注がれ、倭の小高い高市に君臨する天皇はそれを召し上がる。袁杼比売の御酒の献上は、三重の釆女譚に先行して語られた次の譚に対応する。

天皇、丸邇之佐都紀臣《さつきの》が女、袁杼比売に婚《あ》はむとして、春日に幸行《いでま》しし時に、媛女、道に逢ひき。即ち幸行すを見て、岡辺に逃げ隠りき。

媛女の　い隠る岡を　金鉏《かなすき》も　五百箇《いほち》もがも　鋤《す》き撥《ば》ぬるもの（記98）

故、其の岡を号けて金鉏岡と謂ふ。　（下巻　雄略条）

雄略の求婚に対して、袁杼比売は岡辺に隠れる。古代的な「隠《な》び妻」の習俗は、「権力者の強引な妻問いに対する抵抗」（『古代歌謡全注釈　古事記編』）とされ、記98はそうした習俗と対応して「鋤《す》き撥《ば》ぬるもの」と雄略の激しさをあらわす。高佐士野における神武の聖婚の記憶は記43に再生されたが（第二部第二章）、この岡辺での求婚においても同様といえる。

神武条や応神条との共通はこれに留まらない。実質的な天皇のはじまりとされる崇神条も加えるならば、美和・吉野・伊勢と、王権にとって枢要な地の嬢子との婚姻を通じて広大な倭の国を築いた雄略は、神話的天皇の投影を受けた、古代天皇を集約する存在といえる。

天語歌はそうした雄略条の頂点にあるものとして雄略を讃える。こうして天語歌は、大国主神の神語における主題「新しい重要な神格の創造」に対応する新しい重要な天皇の創造として歌われたのではなかったか。

この天語歌の歌い手が三重の采女、若日下部王であることも重要だろう。雄略は、王権にとっての聖地である伊勢と日向の女の讃えを受け、古事記の現代につながる最も神話的な天皇として歌をもってここに完成されるのである。

おわりに

下巻において讃美される天皇は仁徳と雄略である。この両天皇は血縁的なつながりはもつが、雄略が允恭系統に位置することで、履中系に比して仁徳とは疎遠な関係にあった。従って雄略の若日下部王との婚姻と、葛城の掌握は、仁徳の皇統に連なるための重要な課題であった。

それは雄略が増補された系譜の中に位置することと無関係ではないだろう。ただ系譜的操作をみとめてもなお仁徳と雄略に共通するのは、応神天皇を共通の祖とすることである。中巻末に位置づけられた応神は、仁徳の祖となるだけでなく若野毛二俣王を通して雄略天皇、そして五世孫の継体天皇とも連なる。

息長氏の活躍が最も際立つのは息長帯比売命の時代である。息長帯比売命は、海を渡り異国の力を得ることで応神を身ごもり、出産するために必要とされた母であった(序章)。従ってその系譜の中心は応神天皇にある。応神は上巻の鵜葺草葺不合命の誕生に対応するべく、胎内からの力強い出産を果たした。それは鵜葺草葺不合命がすべての天皇の始祖としてあるのと同様、下巻における画期をなす重要な天皇——仁徳・雄略・継体の共通の祖として位置づけられたことに起因する。

雄略が多くの皇位継承者を排除して即位したことが示すように、この時代の権力関係は複雑さをきわめたと思しい。古事記の三巻構成は、そうした天皇の歴史を、聖なる出産によって誕生した始祖と、それを継承する天皇というあり方によって構造的な重層性を系譜に与えるためのものであると考えることができる。

注

(1) 土橋寛『古代歌謡全注釈　古事記編』角川書店　一九七二年

(2) 太田善麿『古代日本文学思潮論Ⅱ　古事記の考察』「天語歌にあらわれた徴候」桜楓社　一九六二年

(3) 折口信夫『折口信夫全集』第一巻「古代研究」中央公論社　一九六五年（原著一九二九年）
(4) 益田勝実『記紀歌謡』「亜流の形式―「上枝は　天を覆へり」」筑摩書房　一九七二年
(5) 土橋寛『土橋寛論文集（中）古代歌謡の生態と構造』「『天語歌』と『神語』歌―宮廷語部の歌―」塙書房　一九八八年
(6) 次田真幸『日本神話の構成と成立』「天語歌の成立と阿曇連」明治書院　一九八五年
(7) 西郷信綱『古事記注釈』平凡社　一九七五年―一九八九年
(8) 多田元「「天語歌」の位相―歌の実相と記載と（服属をめぐって）―」『古事記研究大系9　古事記の歌』髙科書店　一九九四年
(9) 鉄野昌弘「「神語」をめぐって」『萬葉集研究』第二十六集　塙書房　二〇〇四年
(10) 吉井巖『天皇の系譜と神話　三』「古事記上巻の〝神語〟について」塙書房　一九九二年
(11) 吉井巖『天皇の系譜と神話　一』「應神天皇の周邊」塙書房　一九六七年
(12) 吉井巖『天皇の系譜と神話　一』（前掲書）「古事記皇族系譜の検討」
(13) 黒沢幸三『日本古代の伝承文学の研究』「古代息長氏の系譜と伝承」塙書房　一九七六年（初出一九六五年十二月）
(14) 吉井巖「應神天皇の周邊」（前掲書）
(15) 酒見郎女は不明、橘大郎女に従い便宜的にCの皇子女類に入れる。
(16) 吉井巖「應神天皇の周邊」（前掲書）
(17) 塚口義信『神功皇后伝説の研究―日本古代氏族伝承研究序説―』「継体天皇と息長氏」創元社　一九八〇年（初出一九七六年六月）
(18) 大橋信弥『日本古代国家の成立と息長氏』「近江における息長氏」吉川弘文館　一九八四年
(19)『延喜式』神名帳には大処神社が載る。
(20) 水野祐『日本古代王朝史論序説　増訂版』小宮山書店　一九五四年
(21) 直木孝次郎『日本古代国家の構造』青木書店　一九五八年

(22)本位田菊士「安康・雄略系皇統の成立とその意義―継体天皇確立の背景―」『歴史学研究』三三一号　一九六七年十二月
(23)契沖『契沖全集』第七巻　岩波書店　一九七四年
(24)梶山彦太郎・市原実「大阪平野の発達史」『地質学論集』第七号　一九七二年十二月
(25)倉野憲司『古事記全註釈』三省堂　一九七三年―一九八〇年
(26)西宮一民校注『新潮日本古典集成　古事記』新潮社　一九七九年
(27)小島憲之・直木孝次郎・西宮一民・蔵中進・毛利正守校注・訳『新編日本古典文学全集　日本書紀②』小学館　一九九六年
(28)『日本歴史地名大系　大阪府の地名』平凡社　一九八六年
(29)足利健亮『日本古代地理研究』「摂河泉の古代計画道路」大明堂　一九八五年
(30)足利健亮（前掲書）
(31)内田賢德「記紀歌謡の方法―意味と記憶―」『萬葉集研究』第十六集　塙書房　一九八八年
(32)吉井巖『天皇の系譜と神話　二』「倭の六の御県」塙書房　一九七六年
(33)伝承者との関係で、土橋寛（『古代歌謡全注釈　古事記編』前掲書）は、「杵築の宮」の語は伊勢の海人出身の語部が出雲と何らかの関係があったことを示すものと想定する。
(34)橘守部『稜威言別』富山房　一九四一年

あとがき

本書は、京都大学に提出した博士論文を一部修正し、更に二つの章を加えてまとめたものである。京都大学の若手出版支援を受けて、未熟な段階ではあるが、自身のひとつの古事記論として発表する機会をいただいた。

大学および大学院に在籍した間、師に恵まれすぎるほど恵まれた。

関西学院大学文学部時代の高木和子先生には、上代・中古文学を中心とする演習において古代文学の読み方を教えていただいた。その後、専ら古事記ばかりを読みつづけることになる私にとって、演習や講読を通して源氏物語を学んだことは貴重な時間であり、私の原点となった。のち、大阪市立大学大学院で毛利正守先生にご指導を賜り、上代の日本語学と古事記や日本書紀の読み方を教えていただいた。語句の緻密な検証を通して作品を理解する方法を身をもって学ばせていただいた。毛利先生のご退職後、博士後期課程は京都大学大学院に編入させていただき、内田賢徳先生のご指導を賜った。それまでの知識、考えてきたことのすべてが試されるような場であり、私はそこで一から考え始めなければならないと感じた。本書出版の支援を受けることにはじまり、成書の体裁を整えることができたことは、内田先生のご指導の賜物である。先生のご退職になった昨年四月、ちょうど時を合わせたかのように、私は現在の職を得て教壇に立つことになった。

渡り鳥のような十年間の中で、諸先生から受けた学恩は、生涯忘れることのできないものである。また、諸先輩からの励ましにも支えられてきた。

かつて内田先生に従って、亡き吉井巖氏のご自宅の蔵書整理をお手伝いさせていただいたことがあった。五十音順に整頓された蔵書、膨大な量のノート、天井まで本が並べられた書斎と、研究者の現場を拝見させていただいたことは、私にとって得がたい経験であった。もはや私淑するしかない方であるが、氏の古事記研究を仰ぎ見て精進していきたい。

末尾となるが、資料の収集に協力していただいた大学図書館の方々、この出版をお許しくださった塙書房の白石タイ社長、編集で大変お世話になった寺島正行氏に心より感謝申し上げたい。

二〇一二年十一月

村上　桃子

初出一覧

序章　神話の風景　書き下ろし

第一部　三巻構成の方法

第一章　中巻への神話――日向三代
「葦原中国と海原――「塞海坂」をめぐって――」をもとに全面改稿『古事記年報』四九号　二〇〇六年度

第二章　下巻への神話(1)　天之日矛譚
「天之日矛譚――『古事記』下巻への神話として――」に加筆『萬葉』二〇三号　二〇〇九年

第三章　下巻への神話(2)　秋山春山譚
「秋山春山譚――『古事記』中巻末構想論――」『萬葉語文研究』第8集　和泉書院　二〇一二年

第二部　歌われる神話

第一章　応神天皇　角鹿の蟹の歌
「角鹿の蟹の歌」に加筆『萬葉』二〇八号　二〇一一年

初出一覧

第二章　応神天皇　蒜摘みの歌
「いざ子ども　野蒜摘みに（記43）——大雀命と髪長比売の結婚——」に加筆
『萬葉語文研究』第5集　和泉書院　二〇〇九年

第三章　石之日売　志都歌　書き下ろし

第四章　女鳥王　雲雀の歌　書き下ろし

第五章　雄略天皇　天語歌　書き下ろし

本文引用一覧

本文引用のテキストは以下の通りである。

古事記『新編日本古典文学全集　古事記』神野志隆光・山口佳紀校注　小学館　一九九七年

日本書紀『新編日本古典文学全集　日本書紀①～④』
小島憲之・直木孝次郎・西宮一民・藏中進・毛利正守校注　小学館　一九九四年―一九九八年

風土記『新編日本古典文学全集　風土記』植垣節也校注　小学館　一九九七年

風土記逸文『風土記逸文注釈』上代文献を読む会編　翰林書房　二〇〇一年

萬葉集『新編日本古典文学全集　萬葉集』小島憲之・木下正俊・東野治之校注　小学館　一九九四年―一九九六年

古語拾遺『古語拾遺』西宮一民校注　岩波文庫　一九八五年

日本霊異記『新編日本古典文学全集　日本霊異記』中田祝夫校注　小学館　一九九五年

延喜式祝詞『日本古典文学大系　古事記・祝詞』倉野憲司校注　岩波書店　一九五八年

続日本紀『新日本古典文学大系　続日本紀』青木和夫・稲岡耕二・笹山晴生・白藤礼幸校注　岩波書店　一九八九年―一九九八年

村上　桃子（むらかみ　ももこ）

略　歴
1981年　広島県に生まれる
2004年　関西学院大学文学部日本文学科卒業
2007年　大阪市立大学大学院文学研究科国語国文学専攻　前期博士課程修了
2011年　京都大学大学院人間・環境学研究科共生文明学専攻　博士後期課程修了
博士（人間・環境学）
現　在　島根県立大学短期大学部専任講師（2012年より）

古事記《こじき》の構想《こうそう》と神話論的主題《しんわろんてきしゅだい》

2013年３月31日　第１版第１刷

著　者　村上桃子
発行者　白石タイ
発行所　株式会社　塙書房
〒113-0033　東京都文京区本郷六丁目８－16
電　話　03-3812-5821
FAX　03-3811-0617
振　替　00100-6-8782
富士リプロ・弘伸製本

定価はケースに表示してあります。落丁本・乱丁本はお取替えいたします。
 ISBN978-4-8273-0120-5 C3091

索　　引

I　神名・人名索引

本書に登場する神名・人名を選んで構成した。
表記は基本的に古事記のものに統一する。

Ⅱ　歌謡番号索引

〈古事記歌謡〉

歌謡番号は、『新編日本古典文学全集　古事記』による。

〈日本書紀歌謡〉

歌謡番号は、『新編日本古典文学全集　日本書紀』による。

Ⅲ　事項索引

地名・神社・氏族・話型・モティーフほか、本書に用いた概念を挙げる。